講談社文庫

夏のレプリカ

REPLACEABLE SUMMER

森 博嗣

講談社

目次

REPLACEABLE SUMMER

by

MORI Hiroshi

1998

PAPERBACK VERSION

2000

夏のレプリカ

……運命……そうだ……運命に違い無い……これが彼女の……。

こんな風に考えまわしてくるうちに私は耳の中がシイ――ンとなるほど冷静になって来た。そうしてその冷静な脳髄で、一切の成行きを電光のように考えつくすと、何の躊躇《ちゅうちょ》もなく彼女の枕許にひざまずいて、四五日前、冗談にやってみた通りに、手袋のままの両手を、彼女のぬくぬくした咽喉《のど》首へかけながら、少しばかり押えつけてみた。むろんまだ冗談のつもりで……。

彼女はその時に、長いまつげをウッスリと動かした。それから大きな眼を一しきりパチパチさして、自分の首をつかんでいる二つの黒い手袋と、中折帽子を冠ったままの私の顔を見比べた。それから私の手の下で、小さな咽喉《の》仏《どぼとけ》を二三度グルグルと回《まわ》して、唾液《つばき》をのみ込むと、頬を真赤にしてニコニコ笑いながら、いかにも楽しそうに眼をつむった。

「……殺しても……いいのよ」

（夢野久作／冗談に殺す）

第2章　偶発の不意

1

暗い田舎道を、タクシーは走る。

点々と小さな明かりが散らばっている。それらはどれも鈍く、大きさも位置も微妙に変化して定まらない。ぼんやりとして焦点が合わなかった。すべてが同じ距離に存在している。少なくとも、そう、彼女には見えた。この拡散する暗闇という球体、そして、その中心にいる自分。無邪気な一瞬の錯覚を誘発させると同時に、あらゆる物体と現象から無関心になっていく過程、つまり人間の「生」のフローチャート。そんな断片的な印象に、この季節の夜は、とても近い。

原因は、蒸し暑い夜の湿った空気だった。

「篠之森《しののもり》のどちらまで？」運転手が半分だけ振り返って尋ねる。愛想の良い声だったが、どことなく下品な発声で、最も弱い部分をうまく抑制できていない、無防備な響きがあった。

「森の北側です」後部座席から簑沢《みのさわ》杜萌《ともえ》は答える。「そこを左へ……。あとは一本道ですから……」

「簑沢のお屋敷ですか？」

「ええ」

彼女の返事を聞いて、運転手はひゅうと掠《かす》れた口笛を鳴らした。杜萌は、運転手の反応を無視して、黙っていた。ラジオから野球の中継が遠慮がちに流れていたが、電波状況が悪いためなのか、音は割れている。何を言っているのか、彼女にはほとんど聞き取れなかった。申し訳程度に街路灯が並んでいた県道から逸《そ》れ、車はさらに闇の中に突入した。ヘッドライトの光も、田園から立ち上る高湿の空気を突き通すには弱々し過ぎる。クーラが効いてはいたものの、杜萌は首筋に汗をかいていた。

お昼頃、東京を出て、新幹線で那古野《なごの》まで来た。帰省は、実に二年ぶりのことだった。実家に帰るまえに、高校の頃からの親友である西之園《にしのその》萌絵《もえ》と会ってきた。彼女とも二年ぶりだ。昨夜、杜萌の方から電話をかけ、萌絵と会うことになったのである。偶然、萌絵が行くつもりにしていたマジックショーに杜萌も誘われ、それを一緒に観てから、夕食をともにした。那古野の繁華街で別れたのが八時半。杜萌はそのあと地下鉄で那古野駅に出て、コインロッカに預けてあったバッグを取り、私鉄を乗り継いで故郷に帰ってきた。

閑散とした駅前でタクシーに乗り込んだのが九時半である。バスに乗っても、最寄りのバス停から彼女の実家までは歩いて三十分以上もかかる。しかも、そこまで行ってしまっては、タクシーを拾うことも絶望的となる。中学、高校のとき、自転車で通い慣れた田舎道も、この時刻、女性が独り歩きをするには物騒《ぶっそう》というもの。タクシー独特の匂いが好きではなかったけれど、大きなバッグを横に置いて、今、彼女はシートに深々ともたれていた。

ワインを飲んだだけだ。杜萌は少し酔っている。

一緒に食事をしたのは、西之園萌絵と、もう一人、萌絵と同じN大学の先輩で、浜中《はまなか》という名の大人しい男だった。萌絵のボーイフレンド、というわけではなさそうだ。なにしろ、今夜、萌絵はフィアンセを杜萌に紹介するつもりだったのである。そのフィアンセというのは、彼女の大学の教官。確か、十以上も歳上のはずだ。その彼が何かの都合で来られなくなり、浜中が代理でやってきた。西之園萌絵はそのことで最初はたいそう不機嫌だったが、その不機嫌さを隠そうともしない彼女の相変わらずの仕草が可愛らしかった。それを思い出して、杜萌は微笑む。

西之園萌絵は全然変わっていなかった。それが、杜萌には羨《うらや》ましい。自分の感情を隠すことなど、きっと萌絵にはできないだろう。いや、隠さなければならないような状況を、彼女はまだ知らないのに違いない。

自分は知っている、と杜萌は思った。

そういった面では、彼女はずいぶん場数を踏んでいた。

簑沢杜萌は今年で二十三になる。現在、T大学の大学院生。専攻は情報工学である。昨年度に提出した卒業論文は、情報通信における暗号システムに関するものだったが、既往の研究を総括した程度の拙《つたな》い内容で、自分ではまったく不本意だった。実際、オリジナルのプログラミングに真剣に取り組んだ経験もまだない。卒論もただ数学的な基礎技術に終始したレベルだったのだ。

四月から大学院生になったものの、自分の研究を進める時間的な余裕はほとんどなかった。毎日、午前中は講義があるし、演習のレポート作成に追われる日々が続いている。幸い、実家からの仕送りは充分な金額だったので、杜萌はアルバイトをしたことはなかったが、その分、彼女には人よりも余分な時間を消費する対象があった。それは、東京で一人暮らしを始めた彼女が、ちょっとしたきっかけで勧誘されたもので、大学の文化サークルの一つだった。一言でいえば、多少難解な原書を読んで議論をする、というだけのサークルである。

えてして、このような些細《ささい》な扉から、人生の道筋は大きく変わっていくもののようだ。誰もが最初の扉を自分で開けている。杜萌も自分から始めたのだからしかたがない。

サークルの名称や具体的な活動目的など、今となってはどうでも良いことだった。そんなことはとうに忘れてしまった、といって良い。ただの場に過ぎなかったのだから。

杜萌は、そのサークルで、七つ歳上の人物に出会った。それが彼女の前に現れた扉だったのである。一昨年のこと、彼女自身が学部の三年生のときだった。

その恋人（その表現に、彼女自身は抵抗を感じているが）のことは、親友の西之園萌絵には黙っていた。今夜、萌絵の顔を見て、何度か口に出かかったが、どういうわけか話せなかった。杜萌にしてみれば、これは極めて特異なことである。第一に、これほどまで意志に反した行動を取る自分が珍しかったし、第二に、西之園萌絵に対して秘密にしていることも、多くはなかったからだ。

ほんの少しの変化でも、杜萌は必ず電話をかけて萌絵に語った。親友に伝えることで、それは、言葉になる。自分がどんな表現をするのか、言葉が選択され、感情を具体化させる。だから、自分の身の回りの変化を自分なりに整理することができたし、親友の反応を確かめてから、客観的に分析しようともした。それが彼女のやり方だった。

だが、これまでに恋人のことを電話で萌絵に話したことは一切なかった。

今日は直接会うのだから、きっと話すことになる、と予感していたのに、結局それもできなかった。

何故、話せなかったのだろう？

それはたぶん、この恋愛が今でも不透明なうえ、未来に向かってますます不鮮明となることを、自分でも充分に認識できていたためだろう。けして発展的には考えられない恋愛だったからだ。

不透明なのは、ひとえに曖昧模糊《あいまいもこ》とした杜萌自身の愛情の形に起因している。それほど、不確かな形であるにもかかわらず、欲望の強力な重力には逆らえない。だから、このまま、曖昧のまま、彼女は落ちていくことになるだろう。行き着く先には、未来も展望もありえないのだ。気体のまま飛散するといった破滅的な映像しか、今の杜萌にはイメージできない。それだから、友人に話せなかった。彼女のプライドが、未来の惨めな自分を許容できない。惨めな姿を曝《さら》したくない。そう判断したのに違いなかった。

今、こうして冷静に考えられる自分が本当に不思議だ、と杜萌は思う。

中学生のときに夢中になった西洋の物語。その中に描かれていたような愛情の鮮明さは、彼女に飛来した実際の恋愛体験には皆無だった。そんな原色の爽《さわ》やかな冒険的高揚など、どこを探しても見つからない。あるのは、ただただ卑近に濁《にご》った執着、そして色褪《あ》せた後悔の繰り返しばかり。

だが、その執着も後悔も、何もないよりはましだ。

周囲を見渡せば、世間の人々は、そんな僅かな執着にも後悔にも、けして触れようとしない。皆、恐れ怯えている。恐れているから、何もできない。

あれは、どういう了見《りようけん》だろう……、と杜萌はいつも考える。

たとえば、「子供に夢を与える」と言いながら、本当に夢を見る者を徹底的に排斥しようとする社会。集団はいったい何を恐れているのだろう。多くの大人たちは怯えて何もできない。ただ作業をするだけ、子供を育てるだけ。新しい目的に挑戦している者は少数である。それなのに、子供には挑戦させようとする。自分たちにはとうてい消化できないものを子供に与えている。こんな動物が他にいるだろうか？

確かに、この恋愛は絶望的だが、少なくとも自分はまだ夢を見ている……。そうだったら本当に良いのに、と杜萌は思った。

夢を見たいという執着。

目覚めてしまったときの後悔。

まだ見続けている、と杜萌は信じたかった。

このことが、溜息が出るほど比重の大きな認識だった。彼女の恋愛もまた、鉛のように重い存在だったので、自分の力ではもうどうにもならないことを知っていた。

そんな重い溜息を杜萌はつく。

タクシーが停車した。彼女はバッグから財布を出して料金を支払い、ボストンバッグを引っ張り出しながら車を降りた。

タクシーが走り去ったあとは静かだ。都会に比べて低温で透明な空気。見上げると、雲がかかって星は見えなかった。

屋敷の正面。鋼鉄製のゲートが閉まっている。敷地の中に佇《たたず》んでいる建物は、庭木に遮《さえぎ》られて見えない。ただ、奥から回折して届く光が僅かに辺りの闇を弱め、あらゆるものを軟らかいシルエットにして浮かび上がらせるばかりだった。ゲートの右手の通用口に触れてみたが、そこも閉まっていた。

「簑沢」と横書きされた大きな表札のすぐ下にあるインターフォンのボタンを押し、杜萌は、重いバッグを地面に下ろして待った。返答はない。

やがて、敷地内の暗闇を足音が近づいてきた。

「あの、お嬢様でしょうか?」不安そうな若い女の声だった。

「はい、杜萌です」

「あ、お帰りなさいませ」

女はそう言いながら、通用口を開けた。

「すみません。インターフォンが壊れているものですから。ええ、チャイムはちゃんと鳴るんですよ。でも、話ができないみたいなんです。明日にでも、電気屋さんに見てもらいますので……」

女は早口にしゃべる。杜萌の知らない女だった。杜萌が敷地の中に入ると、彼女は通用口の鍵をかけた。

「ごめんなさい。遅くなってしまって……」杜萌は言う。

「杜萌お嬢様がお帰りになるまでは、待っているように言われまして……。あの、私……、まだここに来たばかりなんです。はじめまして、佐伯《さえき》と申します。よろしくお願いいたします」

暗くてよくわからなかったが、佐伯という女は若そうだった。杜萌よりも歳下に違いない。彼女は小柄で、長身の杜萌に比べると、頭一つ低かった。

「佐伯さんね。こちらこそ……」杜萌は優しく言う。時計を明るい方に向けて見る。十時少しまえだった。

屋敷の玄関までは石畳の小径が緩やかにカーブして続いている。まったく変わりがなかった。

「お食事はお済みですか？」

「ええ、もちろん」杜萌は歩きながら答える。「お父さまは、お帰りかしら？」

「あの……、それが……」佐伯は歯切れが悪くなる。「二時間ほどまえなんですけども、皆さんお出かけになられまして……」

「皆さんって？」

「旦那様と奥様と、それに紗奈恵《さなえ》お嬢様です」

「え？　こんな時間に？　どこへ？」杜萌は驚いてきき返す。

「さあ、私にはわかりません。お急ぎのようでしたけれど……」

2

「あの……、申し訳ありません。私、もう帰らせていただく時間なんです」家政婦の佐伯千《ち》栄子《えこ》は、ダイニングルームで杜萌の前のテーブルにサイダを置きながら言った。「本当に、申し訳ありません」

「あ、ええ」杜萌はグラスを手に取りながら言う。「かまわないわ。佐伯さん、この近くなの？」

「はい、自転車で十分ほどのところです」

「うん、あとは大丈夫……。そのうち、みんな帰ってくるでしょう」杜萌は微笑んだ。「そうか……、私一人ってことなのね」

「あの……、三階に……」佐伯は丸い目をますます丸くして口籠《くちご》もった。

「あ、お兄様？」杜萌はグラスを口から離して、佐伯を見つめる。「ああ、そう……、そうね」

「はい」佐伯は僅かに頷いた。

短い沈黙があったが、杜萌は視線を他に移し、部屋の壁を見回しながら、冷たいサイダを飲んだ。

「それでは、失礼させていただきます」佐伯が頭を下げる。

「ええ、気をつけて」杜萌はグラスを持ったまま立ち上がり、窓際まで歩く。

「あ、そうだ。佐伯さん、裏門から出るんでしょう？　鍵は持っているの？」

「はい」部屋を出ていくところだった佐伯が振り返って答える。

「ちゃんとかけておいてね」

佐伯千栄子が部屋から出ていった。杜萌は窓の外を見る。天井近くまで届く大きな窓だった。外側には白く塗装されたテラスデッキがあり、同じく白色の丸いテーブルが幾つか置かれている。庭は黄色い照明で控え目にライトアップされ、手入れされた芝が、木立《こだち》の間から一部だけ光って見えた。

ダイニングから、一段低くなった隣のリビングに杜萌はゆっくりと歩いていく。そちらの部屋は、庭側の半分が建物から突き出したサンルームになっている。天井までガラス張りだった。そこには、人間の背丈よりも大きくなった観葉植物が並び、コーナの一角では、熱帯の文明を想わせる民芸品が壁や床を埋め尽くしている。不気味な色彩の木製の仮面。ヤシの実で作られた素朴な人形。悪魔的な表情の動物たち。それらはどれも、杜萌の母親の趣味で集められたものだった。

杜萌は顔をガラスに近づけ、サンルームから外を眺めながら、しばらく立ったままでサイダを飲んだ。玄関から出ていく佐伯千栄子が、杜萌に気がつき、軽く頭を下げていく。彼女は、裏門へ向かう石畳を歩いていき、姿が見えなくなった。やがて、門を開け閉めする金属音が遠くから聞こえる。

それほど静かだった。

杜萌は、リビングの中央に戻り、大きな籐製の椅子に腰掛けた。あまりの静けさが不快だった。音楽が聴きたいと思う。だが、近くにはステレオもラジオもない。そういえば、小さい頃には、この部屋に家具のように大きなステレオがあったのに、あれはどうしたのだろう、と彼女は考えた。部屋も屋敷も静まり返り、空調の僅かな音が意識すると聞こえてくるくらいで、あとは彼女が座っている椅子が軋《きし》む音しかしなかった。

（いったい、みんな、どこへ行ったのだろう？）

家族が全員で出かけた行き先を、彼女は考えようとした。けれど、その思考は長続きしない。杜萌は立ち上がり、気泡のすっかり消えたサイダのグラスをテーブルに残したまま、リビングから出た。

バッグはロビィに置いてあった。その場所は奥行きのある吹抜けで、今はメインの照明が消されていたため薄暗かった。彼女は、玄関まで行き、ドアの鍵をかけた。それから、重いバッグを持ち上げてロビィの奥に向かい、突き当たりから両側二手に分かれて延びている階段の一方を上った。

階段を上りきったところで、二階の廊下の電灯をつける。杜萌の部屋は廊下の一番奥だ。

バッグを抱えて奥へ進み、彼女は自分の部屋のドアを押し開けて中に入った。

東京の大学に入学して既に四年半になるが、彼女の部屋は、そのままだった。高校のときの状態と何も変化がない。彼女が帰ってくることになっていたので、佐伯千栄子が掃除をしたのだろう。ベッドのシーツも新しく、きちんと整えられていた。

杜萌は内側からドアの鍵をかけ、ベッドの近くの床にバッグを下ろした。

少しかび臭い感じがしないでもないが、それは懐かしい匂いだった。白い壁紙も、シンプルなデザインの鏡台も、お気に入りの図鑑や参考書が並んだ木製の本棚も、何も変わっていない。この部屋は写真のように静止し、色褪《あ》せることもなく保存されていた。数年の間に彼女自身に起こった変化と比較すれば、この空間は、相対的には過去に向かって逆戻りしているようにさえ感じられる。事実、まるで小学生の部屋ではないか、と杜萌は思った。

疲れていたので、そのままベッドに飛び込みたいところだったけれど、シャワーを浴びることにする。洋館風に作られた簑沢の屋敷であったが、バスルームは、それぞれの個室にはなかった。彼女は、着替えを用意し、同じフロアの一番北にあるバスルームに向かった。

3

熱い湯を首筋に当てながら、杜萌は、西之園萌絵がこの屋敷に一度だけ遊びにきたときのことを思い出していた。それは、杜萌がT大に合格したすぐあとのこと。三月だった。彼女が東京へ行ってしまうまえに一度遊びにいきたい、と萌絵が言い出したのである。

西之園萌絵は、老人の運転する車でやってきた。上品なその老人を今でも杜萌ははっきりと思い出せる。小柄な白髪の紳士。何という名前だっただろう。西之園萌絵は確か、学校の制服を着ていた。黒っぽい車の後部座席から出てくる彼女がとても印象的だったのを、杜萌は覚えている。

西之園萌絵は、杜萌の部屋でおしゃべりをして、チェスをした。チェスの盤も駒も、簑沢家に古くから伝わるものだった。木製の手作りの駒には細かいペインティングが施されていたが、それは色褪せ剝げかかっていた。チェスの局面はよく覚えていない。もちろん、勝ったのは萌絵だった。

それから……、そう、二人は三階に上がった。

素生《もとき》の部屋に……。

簑沢素生は、杜萌の兄である。実は、兄とはいっても、彼女とは血のつながりはない。素生は、杜萌の現在の父である簑沢泰史《やすし》とその先妻の間に生まれた一人息子だった。杜萌と、姉の紗奈恵は、ともに泰史の後妻となった彼女たちの母、祥子《さちこ》の連れ子である。杜萌たちの本当の父親は、杜萌が生まれて間もなく亡くなっていた。杜萌は、小学校の高学年から簑沢の姓を名乗っている。血のつながっていない父親に対する違和感も、杜萌自身はそれほど感じていないが、兄に対してだけは、どうしても兄妹だとは思えなかった。

それは、兄妹として認めたくないといった排他的な感情ではない。まったく、その反対だった。

兄の素生は、目が見えない。生まれたときからずっとそうだという。けれど、素生の目が杜萌はとても好きだ。深く、透き通っている瞳……。おそらく、それはすべての光を拒絶して、何もかもを反射してしまったときにだけ現れる本来の輝きで、それゆえ、外界の光が届かない深い漆黒の恐ろしさを秘めている、と思われるほど美しかった。

素生は、人形のように滑らかな容貌の少年だった。いつ、どこで、その眩《まぶ》しさに自分は気がついたのだろうか、と杜萌はいつも自問する。

それだから、兄は特別だった。すべての点において、素生は、自分の兄という存在とはなりえない、と杜萌は頑《かたく》なに認識していた。

今も……？

今も、そうだろうか……。

その素生と西之園萌絵が会ったとき。

そのときの情景は、今思い出すだけでも、眩しさに目を細めたくなる。

三階の小部屋で、窓際のテーブルに向かい合った二人は、カシニョールの版画のような淡い彩りだった。飲みものを持って部屋に戻ってきた杜萌は、しばらく息を止め、立ちつくしてしまった。

あれは、もしかしたら、嫉妬だったかもしれない。

素生は、西之園萌絵の顔に手を触れていたのである。萌絵は、横目で杜萌を捉え、恥ずかしそうに顔を赤らめて微笑んだ。

「私、男の方に、こんなふうに触れられたことなんて、きっと初めてだわ」萌絵はおっとりとした口調でそう言った。

「ありがとう」素生は手を引っ込めて微笑む。「これで、もう、西之園さんが見える」

いつ、どんなふうにして、そんな微笑み方を、兄は覚えたのだろう、と杜萌はいつも不思議に思った。自分を魅力的に見せる表情を、兄はどんな方法で知ったのだろう、と。

「杜萌さん」素生は、妹を日頃からそう呼んだ。

杜萌は返事をする。このときもそうだったが、一度でも彼女が口をきけば、一瞬にして、彼の目は寸分違わず彼女の視線を受け止める。

「書き取ってほしいんだけど……」

「あ、ええ」杜萌は持っていたお盆をテーブルに置き、急いでキャビネットの上からメモ用紙とペンを取った。

「手に、届く、白い、暖かさ」素生はゆっくりと発音した。杜萌は兄の言葉を書き写す。

簑沢素生は、その当時には既に数冊もの詩集が出版されていたほど、詩人として名を知られていた。彼のその才能は小さなときから顕著であったし、最初は自費出版の形で父親が誘発したものだった。彼の持っている障害と美貌、それらがマスコミにアピールしたことも事実だろう。素生はあっという間にスターになっていた。杜萌は、毎日届くくだらないファンレターを兄に読んでやらなければならなかったが、兄のために何かができる、ということは素直に嬉しかった。彼が思いついた言葉を書き留める役割も、杜萌の栄誉の一つだった。

西之園萌絵の目の前で、そのとき素生が作った即興の詩は、その年の夏に刊行された彼の五冊目の詩集に収録されている。

手に届く白い暖かさ
白いって、どんな感じだろう

焼けて収縮しかけた精神に
まだ消えないオアシスの祈りを
少しだけ漂い見せて
眼球との交換で手に入れたものは
エーテルの神秘と
渦巻き蒸散する霧を白いと教える指

君の傍《かたわ》らで僕は
斜面をよぎっていく
粗野な荒馬を見る
また次の一瞬は
精確無比に立ち並ぶ首
首、首の輝かしさ！
輝かしさって、どんな感じだろう

素生の詩に詠《うた》われたものは、ちょうど、このとき杜萌が感じた眩しさと同じものだっただろう。

「見る、っておっしゃったでしょう？」西之園萌絵は、素生の詩を聞いてから尋ねた。「どうして、見るっていう言葉を？」

「見えるからだよ」素生はすぐ答えた。

確か、そんなやり取りがあった。杜萌は思い出して独りで微笑む。

彼女はバスルームを出た。バスローブのままで、廊下を歩き、自分の部屋に戻った。今、屋敷には、目の見えない兄の他に誰もいないのだから、気遣いは無用だ。それに、クーラの効いている部屋に早く戻りたかった。

　ドアを閉めてすぐ鍵をかける。どんなときでも鍵をかけるのが彼女の習慣だった。濡れた髪にタオルを巻きつけ、ベッドに倒れ込む。ようやく気分が良くなって、大きな溜息がもれた。

（お兄様に、ご挨拶しなくては……）

　三階に、素生がいるはずだ。髪が濡れたままでも、それに、着替えをしなくても、兄には見えないのだから関係がない。そんな思ってもいないことを、考えようとした。久しぶりに帰ってきたのである。話をしにいこうか……。そう、帰省は二年ぶりだったし、兄には、三年間、会っていなかった。

　一旦は決心して、杜萌はベッドの上で起き上がった。しかし、時計を見て、すぐ思い直す。もう十一時近い時刻だった。

　それに……。

（明日にしよう）

　彼女は眠りたかった。

　タオルを巻いた頭を再び枕に埋める。頬に心地の良い冷たさが触れ、目を閉じると、昇華する二酸化炭素のように、無意識が膨張して彼女の全身を包み込んだ。

4

レースのカーテンを透過した陽射しが、東向きの部屋をプリズムのように満たし、閉じ込められた光はリズミカルに動く。その騒々《そうぞう》しさに目を覚ました杜萌だったが、しばらく、自分がどこにいるのかわからなかった。それどころか、自分が今、いくつなのかを思い出すのに時間がかかった。

パジャマも着ないで眠ってしまったようだ。バスローブとタオルだけで、何もかけずに。もちろん、クーラもつけたままだった。そのせいか、喉が少し痛い。

時間と空間における自分の位置をようやく認識し、眩しさにも目が慣れてくる。彼女は起き上がり、時計を見た。六時十分まえ。まだ早朝である。

バッグに詰め込んで東京から持ってきた洋服を着ても良かったのだが、なんとなく別のものを探しに、部屋の片隅にあるクロゼットに入った。すっかり忘れていたTシャツとスカートを見つけて引っ張り出す。高校生のときのものだった。着てみるとウエストはぶかぶかで余裕がある。自分が痩《や》せたことがわかった。懐かしくて嬉しくなり、鏡の前に立ってみる。

杜萌は吹き出した。

子供のような自分のファッションが妙に可笑《おか》しい。何故なのか理由は判然としないが、どう見ても可笑しかった。彼女はしばらく自分の姿を見て笑っていた。

クーラを止めて、ガラス戸を開け、ベランダに出る。部屋の中に比べて、既に外気は充分に暑い。それでも爽《さわ》やかな夏の朝を感じるために、杜萌は両手を挙げ、背伸びをして深呼吸した。子供の頃、姉と一緒に小学校のグラウンドまでラジオ体操に出かけたことを思い出す。今でもやっているのだろうか。

ベランダの手摺《てすり》から身を乗り出してみたが、庭には誰もいないようだった。南側の正面ゲートは建物で死角となる。反対の北側を見る。ガレージの屋根が邪魔で車は見えない。

（昨夜、みんなは帰ってきたのだろうか……）

たぶん、彼女が眠ってしまったあとで、家族は戻ってきたのだろう。気がつかなかったが、ひょっとしたら、深夜に彼女の部屋をノックしたのかもしれない。鍵がかかっていたので諦めたのだろうか。

杜萌は部屋の中に引き返し、再びベッドに倒れ込んだ。

そのまま目を瞑《つむ》る。

気持ち良かった。

彼女は短い夢を見た。

兄、素生の夢だった。

彼女は、素生を連れて、近くの川まで遊びにいった。まだ小学生のときだ。夏休みだったはずである。そのときの夢だとわかった。

スカートを片手で持ち上げ、杜萌は膝まで水に浸かっている。素生は、彼女の近くの浅瀬に立っていた。

「水が動いている」素生は驚いた表情で囁いた。

「浅いから大丈夫」と手を引こうとした杜萌に、素生は、こう言った。

「どうして、浅いってわかるの?」

「見えるもの」

「水の中が?」

「透明なんだって」

「ああ、透明なんだね」素生は頷く。

杜萌の片手を、素生の両手が握っていた。彼女は振り向いて兄を見た。

いつの間にか、素生の姿は、少年ではなくなっている。杜萌も大人になっていた。

急に躰中が熱くなるのを彼女は感じる。

暑い……。

もの音で目が覚めた。

杜萌はベッドで起き上がる。

時計の針は七時をさしていた。

汗をかいている。

確かに音がしたような……、気がする。

やっと誰か起きたのだろう……。それとも、家政婦の佐伯千栄子が出勤して、朝食の支度でも始めたのか……。

杜萌はドアを開けて廊下に出た。階段を下り、一階のロビィからリビングに入る。

部屋の照明がついたままだった。

庭に張り出したサンルームは外の光をいっぱいに吸収して、観葉植物の艶やかな葉が黄色っぽく輝いていた。奥のダイニングルームも見渡してみたが、誰もいない。部屋を横断し、キッチンを覗く。そこにも人はいなかった。

杜萌は冷蔵庫を開けて、食器棚から出したグラスにミルクを注いだ。その場に立ったままで半分を飲み、ミルクのパックを冷蔵庫に戻す。グラスを片手に、ダイニングに戻る。ガラス戸を開けて、テラスデッキに出た。もう、陽射しは充分に強い。そこでまた一口ミルクを飲んで、白いテーブルにグラスを置く。テラスの片隅にサンダルがあった。

杜萌はそのサンダルを履《は》いて、芝の上に下り立った。

庭は広かったが、平坦な部分は少ない。姉と一緒にバドミントンをした中央の付近以外は、人工的に起伏がつけられ、低い庭木が植えられている。片隅には、父親が使うゴルフの練習用ネットがあった。最近でも使っているのだろうか、既に、フレームが錆《さ》びているようだ。

　庭木の間を抜けて、正面のゲートの方へ足を進める。屋敷の正面の一帯には、大きな樹が幾つかあった。これらは屋敷を建てる以前からここにあったものらしい。

　鋼鉄製のゲートは閉まっている。通用口にも鍵がかかっていた。朝刊がポストに入れられていたので、杜萌はそれを取り出して、小脇に挟んだ。そして、反対側の方角へ足を向ける。

　敷地の西側は、ちょっとした雑木林で、塀が迫っているため広くはない。屋敷もこちらの方角には窓が少なく、北側のガレージへ抜ける細い小径が、ひんやりとした日陰の中を通っている。杜萌はそこを歩いて、ガレージの手前まで来た。

　北の裏門は、ガレージにも通じている。鍵がかけられていた。屋根のあるガレージには、父の黒いベンツと、姉が乗っている銀色のボルボが駐まっている。

（なんだ、やっぱり帰ってきているんだ）

　杜萌は、再び東側の庭に戻った。ぐるりと建物を一回りしたことになる。庭に突き出しているサンルーム、そこに反射した陽射しに目を細めながら、彼女はテラスデッキまでステップを上がる。サンダルを脱ぐと、テーブルに置いてあったグラスを手に取って飲み干した。

　昨夜は遅くまで、家族は出かけていたようだ。

（朝もずいぶんと、ごゆっくりじゃない）

杜萌は独り微笑んだ。もう七時半だというのに、誰も起きてこない。

(東京から娘が二年ぶりに帰ってきたというのに……)

薄情な家族である。しかし、もともと、簑沢はそんな一家だった。今に始まったことではない。

彼女は空のグラスを持ってダイニングを通り抜け、途中でソファに新聞を放り投げると、コーヒーを淹《い》れるためにキッチンに入った。フィルタをセットし、一人分の水を入れて、コーヒーメーカのスイッチを入れた。

リビングにぶらぶらと戻ってくると、壁に掛かっていた鏡に自分の姿が映った。その鏡は縦長の楕円形で、籐製の枠が周りを囲んでいる。短いスカートの子供のようなファッションが、冷静に見てもやはり滑稽《こっけい》だった。だが、この部屋のエキセントリックな雰囲気に似合わないでもない、と少し感じる。彼女は、急に思いついて部屋を飛び出し、階段を駆け上がった。そして、自分の部屋にあったバッグのポケットから小さなカメラを取り出した。

(確か、あと一枚フィルムが残っていたはず……)

杜萌は再びリビングに戻ると、テーブルの上にカメラを立て、ファインダを覗いて、アングルを慎重に調整した。そして、いつもしているように、セルフタイマをセットする。彼女は、急いでカメラの前に回り、籐製の椅子に脚を組んで座った。そして、澄ました顔でシャッタが落ちるのを待った。

5

八時になっても誰も起きてこなかった。

自分で淹れたコーヒーを飲み終え、朝刊もおおかた目を通してしまった。立ち上がって、何か食べるものがないかと冷蔵庫を覗《のぞ》きにいったとき、杜萌はやっと不思議さに気がついた。

家政婦の佐伯千栄子がこの時刻になっても出てこないのは変だ。ひょっとして、昨夜が遅かったからだろうか。いや、そんな理屈はない。

杜萌は二階に上がった。まず、姉の紗奈恵の部屋のドアをノックした。返事がないので、ノブを回してみると、鍵はかかっていなかった。

「姉さん……。入るよ」

彼女はそっと部屋の中を窺《うかが》う。

カーテンが引かれ、室内は薄暗い。ベッドには誰もいないことがすぐわかった。シーツはきちんとセットされたままで、昨夜使われた様子はまったくない。姉の姿はどこにもなかった。

杜萌はすぐに廊下の反対側のドアをノックした。そこは両親の寝室である。こちらも鍵はかかっていなかった。重いドアを押し開けて中を覗いたが、誰もいない。

（おかしいなあ……）

では、昨夜から誰も帰ってきていない、ということか……。

いったいどうしたのだろう。

親戚のどこかで急な不幸でもあったのだろうか。

しかし、それなら電話の一つもあるだろうし、出かけるまえに佐伯千栄子に行き先くらい告げたはずである。杜萌が帰ってくることはわかっていたのだから、伝言を残すのが自然だ。

急に心配になった。

杜萌は廊下に飛び出して、吹抜けのロビィを見下ろした。

ふと、上を向く。

彼女は、階段を駆け上がった。

三階には、広い八角形のロビィと、南側に二つの小さな部屋がある。北側には部屋がない。南側の一方は書斎だが、今は使われていないはずだ。もう一方が、兄、素生の部屋だった。

素生の部屋のドアの前で、杜萌は立ち止まり、深呼吸する。

彼女はノックした。

「お兄様……、私です。杜萌です」彼女は叫んだ。

耳を澄ませて待つ。部屋の中から反応はなかった。金色のドアノブに手をかける。鍵がかかっていて回らない。

そのドアはずっとまえから、そうなのだ。

外から鍵がかけられているのである。

杜萌は、この部屋、兄の部屋のドアを開ける鍵が、屋敷のどこに仕舞ってあるのか知らなかった。

このドアは、あのことがあってから、ずっと鍵がかけられている。

杜萌はそこで考える。

どうしたら良いだろう……。

ロビィの右側の書斎の方も、念のために覗いてみたが、もちろん誰もいない。閉じ込められている兄の素生を除けば、この屋敷には昨夜から彼女一人しかいなかったことになる。どうやら、それは確かなようだ。

階段を下りて、二階の部屋を全部もう一度確認してみた。それから一階へ行き、屋敷の中を歩き回ってみる。さらに、裏口を出たところから下りる地下室も調べてみた。

誰もいない。どこにもいない。

彼女だけである。

リビングに戻り、杜萌はソファに座り込んだ。

（まったく、どうなっているのだろう……）

少し腹が立った。

時刻は八時を過ぎている。杜萌は立ち上がり、部屋の隅にある電話まで行く。電話の置かれたテーブルには、すぐ近くに跳ね上げ式のテレフォン・インデックスがあった。彼女は「さ」のページを探し、佐伯千栄子の自宅の番号を見つけた。

呼び出し音は数回で止まり、相手が出る。

「もしもし、佐伯さんのお宅でしょうか？」

「はい、佐伯ですが」

「私、簑沢と申しますが、あの……」

「あ、お嬢様ですか？」

「ああ、佐伯さんね。ええ、杜萌です。えっと……、貴女、今日はこちらには来ないのかしら？」

「ええ、その……、そちらに行こうとしてたとき、旦那様からお電話がありましたので」

「え？　お父様から？」

「はい。二、三日留守にするから、来ないでいいっておっしゃいました」佐伯千栄子の声は少し沈んでいる。「あの……、私、もちろん、お嬢様のことを申し上げようとしたんですけど、とにかく、しばらく、休むようにと言われまして……」

「それ、今朝？」

「はい、ついさきほどです」

「何時頃？」

「七時……ちょっと過ぎだったと思いますが。あの、お嬢様、何か、ご不自由なことが？」

「あ、いえ、それは別にいいの」杜萌は慌てて言う。「そうか……、じゃあ、私の勘違いかな……。うん、ごめんなさい。そうね、それじゃあ、いいわ」

「はい、また何かありましたら、いつでもご連絡下さい」

「あ、そうだ。佐伯さん」杜萌はきいた。「変なことをきくけど、昨日の夜、お父様たち、車で出かけられたんじゃないの？」

「車ですよ」佐伯は答える。

「タクシーを呼ばれたの？」

「えっと、私、よくわからなかったんですけど、お客様がおみえになったみたいでした。その方の車で、お出かけになられたようです」

なるほど、それなら、ガレージに車が残っていても不思議はない。

「お母様もお姉様も一緒に？」

「はい、たぶん……。あの、ちょうど、私、そのときキッチンで片づけものをしていましたので……」

「そう……」杜萌は努めて元気な返事をする。「わかった。ありがとう」

受話器を置く。少しほっとした。

それほど深刻な事態ではなさそうだ。理由はわからないが、三人は急用でどこかへ出かけ、父はそこから佐伯千栄子に電話をしたのだろう。しかし何故、直接杜萌に知らせてこないのか。娘が帰ってきていることを忘れているのだろうか。その点は、どうも納得がいかない。佐伯には、二、三日留守にすると言ったそうだ。どういうことだろう。何かの間違いだ。父はともかく、母と姉は戻ってくるはずである。

しかたがないので、とにかくキッチンで何か食べられるものを作ることにした。彼女は腰を上げ、そして、気づいた。

（あ、そう……、お兄様に食事を運ばなくちゃいけないわけか……）

そうだ……。

三階の兄の部屋の鍵は、どこにあるのだろう……。

佐伯千栄子にもう一度電話をかけてきいてみよう。彼女なら知っているはずである。

そう考えて、杜萌が再び電話に向かったとき、インターフォンのチャイムが鳴った。

ダイニングルームにあるインターフォンまで、杜萌は駆け寄った。壁に掛かっている受話器を取る。

「はい?」

だが、何も聞こえてこない。雑音もしなかった。

(そうか……、故障しているんだ)

昨夜、佐伯千栄子が話していたことを思い出す。彼女は、リビングへ引き返し、その部屋を通り抜けてロビィに出る。やぼったい自分の服装が気になったが、着替えている暇はない。彼女は玄関から飛び出した。

だが、正面ゲートまで来てみたものの、人影はなかった。

通用口から外に出る。道路にも誰もいない。

近所には簑沢の屋敷以外に民家はない。細い道路の反対側は篠之森と呼ばれている小山で、こんもりとした森林である。したがって、そのゲート付近は、ほぼ一日中木陰になる。左右に伸びる真っ直ぐな道路には、人も車も見当たらなかった。

自分がぐずぐずしているうちに、留守だと思って帰ってしまったのだろうか。そうだとしたら、セールスマンか。しかし、こんな時間に……。そう考えて、杜萌は中に戻り、再び通用口に鍵をかけた。

カーブした石畳の小径《こみち》を戻る。途中で何げなく振り返ると、太陽は篠之森の上に顔を出し、屋敷の玄関の付近を照らしていた。彼女は屋敷の方を向いて見上げる。白を基調とした洋館で、窓のスチールサッシュがグリーンに塗装されている。左右に円柱形の太い二本の塔が建ち、広い玄関はその間に挟まれている。この塔の最上階が、三階にある二つの小部屋になる。二つの塔の八角錐の屋根は銅葺《どうぶ》きだった。今、杜萌が立っている位置からは死角になるが、遠くからこの屋敷を眺めると、酸化してエメラルドグリーンに美しく輝いている塔の屋根が見えるはずだ。

杜萌は、三階の部屋を見上げたまま、玄関から離れて後ろに下がった。

兄の部屋の窓は、カーテンが閉まっている。

（どうしよう……）

兄のところに行くべきだろうか……。

いや、家族が戻るまでもう少し待った方が良い、と彼女は判断した。

もう、昔の兄ではないのだから……。

それにしても、何故、父は家政婦を断ったりしたのだろう？　少なくとも、佐伯千栄子がいてくれたら、ちゃんとした朝食も食べられただろうし、それに、彼女と一緒に、三階の兄の部屋に行くこともできただろう。

そう……、一人では行きにくい。

リビングに戻ると、杜萌は、佐伯に電話をかけるまえに、自分一人のために朝食を作ることに決めた。

パンを見つけ、それをトースタに入れてスイッチをひねった。冷蔵庫から卵を出して、フライパンの上で割った。東京で暮らすようになって、こんな日常が、彼女にも自然なものになっていた。サラダでも作ろうかと冷蔵庫の下の扉を開けた、そのとき、ロビィの方から、もの音が聞えた。

杜萌は飛び上がるほど驚く。

大きく一度打った心臓を、彼女は片手で押さえていた。

「誰？」杜萌は声を出す。大きな声にはならなかった。

しばらく耳を澄まして待ったが、何も聞こえない。冷蔵庫をゆっくりと閉め、フライパンがのっていたコンロの火を消す。そして、キッチンを出た。

リビングを通り、ロビィへ。

吹抜けのロビィには、誰もいなかった。

奥にある二つの階段。二階の廊下の白い手摺。その奥の暗闇。高い天井は八角形のドームで、中央からぶら下がるシンプルなデザインのシャンデリアが、今、彼女の頭上にあった。

さらに、玄関の扉の上には、長細いステンドグラス。

「誰かいるの？」もう一度杜萌は囁いた。

いるはずがない。

でも、確かに音がした。

誰かが階段から下りてきたような音……。確かにロビィだと思った。

杜萌は、玄関の扉に近づき、鍵をかけた。

どん、という大きな音が背後に響く。

彼女は、短い悲鳴を上げて、瞬時に振り向いた。

二階だ。

二階の奥から……。

ドアが閉まった音だ。

誰かいる。

「誰？」杜萌は大声で叫ぶ。

ロビィに彼女の高い声が響く。

背後のステンドグラスから鋭角的に差し込んだ原色の光は、ちょうど彼女の前方、ロビィの中央から階段の付近に至るフローリングの平面に、幾何学的な文様を正確に映し出している。

「お兄様?」杜萌はもう一度叫んだ。

そんなはずはない。

素生は三階の部屋からは出られないはずだ。あの部屋のドアは、外から施錠されている。

彼女は、動けなかった。

速い心拍が躰中を顫動《せんどう》させる。

自分の部屋だろうか。

風かもしれない。

そういえば、今朝ベランダに出たとき、ガラス戸を閉め忘れたかもしれない。部屋のドアも、ちゃんと閉まっていなかったのか……。

きっと、そうに違いない。

彼女は短い深呼吸をして、歩きだした。階段を上がり、二階の廊下に出る。見たところ、どの部屋のドアも、今はちゃんと閉まっていた。彼女は迷わず自分の部屋の前まで進んだ。

ドアをそっと押し開ける。

部屋の中を覗く。

ベランダのガラス戸が開いたままで、カーテンが風で靡《なび》いていた。彼女はそれを見て、ようやく溜息をついた。

(ああ、びっくりした……)

おそらく、朝、部屋を出たときに、きちんと閉まらなかったドアが、風のために音を立てて閉まったのだろう。

彼女は、ガラス戸を閉めるために自分の部屋の中に足を踏み入れた。

突然、目の前に……。

ドアの陰から黒いものが飛び出し、彼女の目の前に迫った。

それは、杜萌の腕を摑《つか》んだ、
はね飛ばされるように、ベッドへ押し倒される。

何が起こったのか認識することもできない。

悲鳴を上げる暇もなかった。

「動くな！」低い男の声が、すべてを遮《さえぎ》る。

恐ろしい声は、彼女のすぐ耳もとだった。

息ができない。

強い圧力で、彼女の喉は押さえつけられていた。

灰色のTシャツに、作業服のような紺色のズボン。

黒い手袋が、ベッドの上に倒れた杜萌の首から、ゆっくりと離れる。

喉の圧力が消えても、相変わらず苦しかった。

躰は凍りつき、身動き一つできない。

もう一方の黒い手袋は、見開いた彼女の目前で、黒光りする物体を握っている。自分の髪が目にかかり、前がよく見えなかったし、あまりに近くだったのでピントも合わない。しかし、目の前にあるものが、ピストルだということはわかった。

彼女は、やっとのことで、男の顔を見る。

仮面だった。

恐ろしい、大きな仮面。

細長い楕円形の顔の中央には、鳥の嘴《くちばし》のように真っ直ぐ伸びる長い鼻。その左右両側に、何重にも同心円が描かれ、中心に小さな穴が開いている。

穴の中は闇だった。

真っ黒だ。

大きな口からは獣の長い牙が突き出している。

悪魔の仮面。

邪悪な仮面。

それは、一階のリビングに飾ってあるはずの民芸品だった。

恐ろしい仮面の顔は、何故か笑っているように見えた。

7

「大人しくしてりゃ、殺しはしない」

それは、今までに一度も聞いたことのない声だった。とても冷静な抑揚のない声である。不思議にも、杜萌はこのとき、小学校の先生を思い出した。母の再婚で転校した先のクラス担任は男の先生だった。初めての男の先生が、杜萌は怖かった。

彼女は何度も頷《うなず》いていた。

再び男の手が彼女の首に触れる。少し震えているようだ。自分が震えているのか、相手が震えているのか、わからない。

「声を上げても無駄だ。それどころか、こいつをぶっ放したって、誰にも聞こえやしないんだ。え？　そうだろう？　この付近には誰もいないからな。それくらい、わかるよな？」

男は杜萌の目の前でピストルを小さく左右に振る。

彼女は震えながら頷いた。

男の手は、もう一度ゆっくりと杜萌の首から離れた。彼女は頭を上げ、後ろに下がる。ベッドの枕に肩が触れ、両肘《りょうひじ》をついて上半身を少しだけ起こした。

「おもちゃじゃあないぜ、これ。なあ、本ものだってこと、見せてやろうか？　ちょっと、その枕を貸しな」男はピストルを持っていない方の手を、杜萌の鼻先まで伸ばした。

彼女は黙って首をふる。

「弾は残したくないんだよな。もし、お前を撃ったら、お前の躰の中から弾だけは取り出さなくちゃいけないことになるんだ。そりゃ、ちょっとやっかいだし、気が進まないだろう?」

杜萌は首をふり続ける。

「お願い……」

声が出て、やっと息ができるようになった。杜萌は咳《せ》き込んだ。息が詰まり、苦しかった。

「落ち着けったら」男は愉快そうに笑った。「悪かった。大人しくしてりゃ、何もしない」

「お金なら……、そのバッグのポケットに……入ってる。あまりないけど」そう言って、杜萌は片手で顔にかかっていた髪を払い、震えるその手を、自分の頬に強く押し当てた。何かで支えないかぎり震えが止まらないと感じたからだ。

涙は流れていなかった。てっきり、自分は泣いているものと思っていたが、そんな余裕もなかったということか。

「ねえ、お願い……」

「黙ってろ」男はさっと立ち上がる。

杜萌はぴくっと震え、目を瞑った。だが、恐る恐る目を開けてみると、男はベッドから離れていた。

それから、何も考えられない時間が流れた。躰は硬直し、杜萌はベッドの上で膝《ひざ》を抱えた。

時計を見て、その時刻が認識できたのは、しばらく経ってからのことで、既に九時に近かった。

仮面の男は、デスクの椅子に反対向きに座ったまま、動かない。仮面の目は、杜萌をじっと睨んでいるようにしか見えなかった。ピストルを持った黒手袋の右手は垂れ下がり、ぶらぶらと振り子のように揺れている。

杜萌はなるべく男の方を見ないようにした。クーラが効いていたので、躰は寒いくらいだったが、額も首も汗で濡れている。しかし、最初に比べれば、落ち着きを取り戻していたし、思考力も回復していた。

男はさきほどから何もしない。

もう三十分以上、座ったままだった。

いくつくらいだろうか。

声は二十代か……。

背は高い。

どこから入ってきたのか？

インターフォンを鳴らしたのは、この男に違いない。おそらく、杜萌がゲートに見にいくまえに、鉄柵を乗り越えて敷地内に入ったのであろう。開いた玄関から、杜萌と入れ違いで屋敷の中に侵入したのだ。

(ピストルは本ものだろうか？)

そんなことは、まったくわからない。しかし、男の態度は、少なくとも落ち着いていた。いや、そう見えるだけか。なにしろ、仮面のせいで表情が見えないのだ。

不自然な沈黙だった。

何もしない。

何かを待っているような素振りでもある。

これから、どうするつもりなのか……。

杜萌は次々に思い浮かぶ疑問に、自分で答えようとした。口の中は乾き、気がつくと、歯を食いしばっている。しかし、両手で抱え込んでいる膝は、今はもう震えていなかった。

「話をしてもいいですか？」杜萌は思い切って尋ねた。

「ああ」男は少し驚いたふうに答えた。

「何をしているんですか？」

「誘拐だ」

「誘拐？　私をどこかへ連れていくの？」

「いや、どこにも行かない」

男の受け答えには、意外にも知的なアクセントが感じられた。冷徹で、感情を押し殺したような独特の発声だった。

杜萌は気がついた。

両親と姉のことも思い出した。

(誘拐って……、まさか……)

そのとき、彼女の脳裡に恐ろしいイメージが現れる。

杜萌の父親は政治家だ。県会議員である。数々のシチュエーションが彼女の頭に浮かび上がった。

「ひょっとして、お父様たちは誘拐されたのね？」

「誘拐されているのは、お前だ」仮面の男は、おどけた感じの声でゆっくりと言った。「まあ、案外ものわかりが良くって、助かったよ。暴れたりされたら、怪我をさせなきゃならない。お互いに面倒だろう？」

「怪我なんてしたくないわ」

「俺だってさせたくない」

「お父様たちは、どこにいるの？」

響きだった。

「あまり、しゃべるな」低い声で男が言った。決して強い口調ではなかったのに、威圧的な響きだった。

「身の代金を要求するんでしょう?」

「さあね」

杜萌は黙る。

いずれにしても、相手が言葉の通じる人間で幸いだった、と思う。とりあえず、絶望的な危機は回避されたといえる。

仲間がいる。父と母と姉を連れ出した連中と同じグループなのだ。向こうでは既に、杜萌の生命と引き換えに、何かの要求が突きつけられているのかもしれない。普通の誘拐事件とは反対に、家族全員がどこかに連れ去られ、一人残った娘が自宅で人質になる。考えてみたら風変わりなパターンではないか。

家族三人を拘束しているのは、二人以上の人間だ。どうやって、金を受け取るつもりなのか? 父に銀行へ電話をかけさせるのだろうか。それとも、この屋敷のどこかに現金があるのか。身の代金を渡すとしたら、そのまえに娘が生きていることを確かめたりするのだろうか。仮面の男は、その連絡を待っているのかもしれない。しかし、杜萌の部屋には電話がなかった。

佐伯千栄子に電話をかけさせたのも犯人グループであろう。父は銃口を向けられ、佐伯に電話をかけたのだ。

　杜萌は、ぼんやりとそんなストーリィを想像した。

　今、杜萌の目の前にいる男は、杜萌を誘拐する目的で屋敷に戻ってきたことになる。昨夜、連れ出した家族をどこかの場所に監禁したあとで、この男は、屋敷に戻ってきたのだ。

　不思議なことに、実態が把握されると落ち着くものである。杜萌はすっかり平常の状態に戻り、冷静な思考を始めていた。

「いつまで、こうしているんですか？」杜萌は落ち着いた口調で尋ねた。

「さあな」

「お腹が空きませんか？」彼女は少し微笑んでみた。「私、朝御飯を作りかけだったんですよ」

　男は鼻息をもらした。

「逃げたりしない。私が逃げたら、お父様たちの命にかかわるんでしょう？」

「そういうことだ」

「じゃあ二人で、下に行って、何か食べませんか？」杜萌は、ベッドからゆっくりと立ち上がる。「ね？　いいでしょう？」

　男は椅子から立ち上がり、銃口を彼女に向けたまま近づいてくる。だが、二メートルくらいの距離で彼は立ち止まった。

「ここは退屈でしょう？」杜萌は言う。

「下手な真似をするなよ」

「ええ」杜萌は頷く。

「ゆっくり歩け。俺から離れたり、それに近づくのも駄目だ」

「ええ、わかった」

「じゃあ、さきに行け」男はピストルをドアの方に振った。

杜萌はドアまで歩いて振り向いた。

「着替えさせてもらえないかしら？」

「着替え？　どうして？」

「この服……、恥ずかしいから」

「勝手にしろ」

「ありがとう。あちらを向いていてもらえる？」

「駄目だ」

杜萌は床に置いてあるバッグに近づく。男はピストルを構えている。彼女は男にかまわず、スカートをジーンズに穿《は》き替えた。

「お前、よく、そんなことができるな」男は可笑しそうに言った。

「そちらこそ」

「俺が？　何のことだ？」

「よく、私を襲わないでいられると思って」

「俺たちの目的は、そんな些末《さまつ》なことじゃない」

着替え終わって杜萌が男を見ると、彼は少し横を向いていた。そのとき、男の髪型がちらりと見えた。野球帽を後ろ向きにかぶっていたが、長髪で若々しい。ひょっとしたら、自分よりも歳下かもしれない、と彼女は思った。

ドアを引き、開けたままにして、杜萌はさきに廊下に出た。男は少し離れ、彼女の後からついてくる。廊下をロビィの方に歩くときも、杜萌は振り返らなかった。

ロビィ正面のステンドグラスをじっと見つめながら、彼女は階段を下りる。

ふと、天井の八角形を見上げ、三階にいる兄、素生のことを思った。

8

杜萌が料理をしている間、仮面の男はキッチンの入口のところに立ったまま、動かなかった。幸い、ピストルを持った右手は下げられ、銃口は彼女の方には向けられていない。

「そのお面、外さないと食べられないわよ」杜萌は、スクランブルエッグとソーセージ、それに胡瓜《きゅうり》とレタスをのせた皿を持ち上げながら言った。「私に顔を見られたらまずいの？」

「当たり前だ」男は答える。「一度でも顔を見られたら、そのときは、お前を殺すことになる」

「どうして?」

男は答えなかった。

杜萌は、かまわずダイニングに出ていく。男は慌てて彼女に道を開けた。テーブルには既にトーストが置かれ、コーヒーメーカが湯気を上げていた。彼女は食器棚からカップを二つ取り出し、コーヒーを注《そそ》いだ。

「じゃあ、いただきます」椅子に座って杜萌は手を合わせる。

その動作は、自分でも芝居がかっていると思った。

フォークをソーセージに突き刺す。それを一口食べてから、彼女は男を見た。

「こんなときに、よく食べられるな」男は、ダイニングの壁際に突っ立っていた。「俺が怖くないか?」

「だって、何もしないって言ったでしょう?」

「家族も連れ去られてるんだぜ」

「そうね」杜萌は顔を少し下に向ける。「でも、しかたがないわ。政治家なら、そんなリスクは覚悟しているはずだし、お金なら……、ええ、お父様は出すべきだと思うし」

「どういう意味だ?」

「綺麗なお金ばかりじゃないことくらい、知っている。私、子供じゃないんですからね」杜萌は左手でコーヒーカップを持ち上げた。「いくら要求してるのか知らないし、そのお金を貴方《あなた》たちが何に使うのかも知らないけれど、どちらにしても、とりあえずは、私には関係がない」

「無関心は、犯罪よりも卑劣だ」

「それで、何か身の回りの社会が良くなるかしら？　ねえ、食べたら？　せっかく作ったんだから……」

「こんな生活をしてれば、関係ないか」男はゆっくりと言う。

「こんな生活って？」

「広い屋敷に住んで、使用人がいて、大きな車に乗って、冷房の効いた部屋で眠って……」

「そんな生活がしたい？」

「ああ、したいね」

「じゃあ、私にプロポーズしたら？」杜萌はにっこりと笑った。

「俺だけがリッチになったってしかたがないんだよ」男は笑いながら言う。「世界中の労働者がみんな、金持ちの女と結婚できるか？」

「どんどんジェネレーションが変われば、いつかはそうなるわ。エントロピーと同じ」

「いや、それは違うな。悪くなるばかりだ。これまでの歴史を見てみろ」

「ねえ、お食事をしなさいって。私、貴方の顔を見たなんて絶対言わないから。お父様のお金なんて、私には関係ないの。どうせ、わけのわからない団体から搾《しぼ》り取《と》ったものなんだから。貴方たちが持っていった方が、そうね、案外、役に立つかもしれないわ。そんな気もする」

「その金で、俺たちが武器を調達して、そのせいで人が死ぬかもしれないぜ」

「そんなの同じことよ」

「同じ?」

「ええ、何をしたって、どこかで誰かが不幸になるんだから」

男は、テーブルに近づいてきた。

そして、杜萌の目の前に銃口を突きつける。

杜萌は口に運んだレタスを食べていた。彼女は、上目遣いで仮面を睨《にら》んだが、やがて、少しだけ微笑んだ。

「何か、気に入らなかった?」

銃口を彼女に向けたまま男は動かない。

「私を殺さないと、食べられないって理屈?」

「黙ってろ!」

「大丈夫……。私は誰にも話さない。もう、そう決めたの。だから、お面を取って、これを食べなさい」杜萌はゆっくりと言った。

それは、自分でも不思議な勇気だった。

けれど、杜萌にはもう覚悟ができていた。ここで死んだってかまうものか、と考えていたのだ。

つい、さきほどまでの恐怖はすっかり影を潜め、彼女の鼓動はまったく安定していた。

そう、それこそ、この四年間で、彼女が一番変化した部分だった。

杜萌は既に居直っていたのである。

人生に対して……。

すべてに対して……。

男はまだ動かない。

彼女に睨まれて動けないみたいだった。

自分は錯覚している、と彼女は感じる。

フォークをテーブルに戻して、姿勢を正す。

彼女は、目を瞑《つむ》った。

そして、まるでキスでもするように、少し上を向く。

言葉が自然に出る。

「いいのよ、殺しても」

銃声が鳴り響いた。

9

同じ朝、簑沢紗奈恵は、硬いベッドで目を覚ました。

昨夜はほとんど眠れなかった。慣れないベッドだったからではない。部屋は寒いくらいだったが、毛布は新しく、肌触りが良かった。しかし、もちろん、そんなことは何の役にも立たなかった。

昨夜、紗奈恵は両親とともに、無理やりワゴン車に乗せられ、真夜中の不愉快なドライブを強《し》いられた。

最初は恐怖しかなかった。だが、しだいにその一部は、焦躁と嫌悪に形を変えた。どうして、自分がこんな目に遭わなくてはならないのだろう。

（お父様のせいだ）

決して口にはしなかった。しかし、車の最後部のシートに蹲《うずくま》っていたとき、彼女は、確かにそう思ったのである。

紗奈恵の家族たちをここまで連れてきたのは、銃を持った二人組だった。二人ともメタリック・イエローのサングラスに白いマスクをしていた。なんとも奇妙な取り合わせだ。

昨夜の八時過ぎのことである。

紗奈恵は母と一緒に帰宅した。二人は紗奈恵が運転するボルボで、那古野市までショッピングに出かけ、帰りはちょっとした渋滞に巻き込まれた。簑沢家の夕食は、通常七時と決まっている。したがって、ずいぶん遅めの帰宅だった。だが、彼女の家では、家族全員が揃って食卓に着くことなど、むしろ珍しい。そんな偶然はほとんどない、といって良かった。誰もが好き勝手な時刻に食事をする。だから、もし、父がさきに帰っていたとしても、彼女と母を待っていることなどありえない。

「まあ珍しい。お父様、お帰りね」母の祥子は、ガレージの中に駐まっているベンツを見て言った。

以前は運転手がいたが、近頃、父は自分で車を運転することが多くなった。理由は簡単である。その方が、有権者に受けが良いからだ。現に、父は自分で運転していることを方々で話している。実際には、自宅から事務所までの往復だけであったが、運転していることは事実だ。

ガレージの前、道路の反対側に、黒っぽいワゴン車が寄せられて駐まっていた。紗奈恵が車をガレージに入れるのに、少し邪魔になる位置だった。どうやらお客が来ているようだ、と彼女はそのとき思った。

リモコンでアルミ格子の電動シャッタを上げる。それがすっかり上がるのを待ってから、紗奈恵は慎重に車をバックさせた。ちょうど、車庫の中で車が停まった、そのときだった。

突然、母が短い悲鳴を上げた。

驚いて、紗奈恵は前を見る。

ワゴン車から降りてきたのだろう、二人の人物が彼女たちの車の両側に駆け寄ってきた。彼らの身なりは尋常ではない。二人ともサングラスにマスク、それに黒い野球帽をかぶっている。そのスタイルだけで充分に恐ろしかった。

ガラス越しに銃が突きつけられる。ドアを開けろ、と黒い手袋で指示された。

それが悪夢の時間の始まりだった。

紗奈恵と母は、ボルボから降ろされ、彼らのワゴン車まで連れていかれて、中に押し込まれた。一番後ろのシートだった。クーラがないため、ワゴン車の中は暑かった。何かが焦げたような異様な匂いがした。近くに街路灯もなく、辺りは暗い。

紗奈恵は、母の肩を抱き寄せていた。

二人組のうちの一人は女だ。

「簑沢泰史を呼んでこい」籠もった声だったが、はっきりとした発音で女はそう言った。

「二分間だけ待っている。家政婦には出かけてくるとだけ言えばいい。少しでも余計なことをすれば、即座に娘を殺す」

二人は引き離され、母は車から引っ張り出される。紗奈恵だけが車に残された。

その二分間はとても長かった。

両親が戻ってくることを、紗奈恵は願い、そして待った。

車の外の運転席側に男が立ち、女の方は、紗奈恵のすぐ前のシートで後ろを向き、両手で持った銃を彼女に向けている。ガレージまで来る道は私道で、行き止まりだった。一般の車は通らないし、誰かが近くに来ることなどありえない。

妹はもう帰ってきただろうか、と紗奈恵は一瞬だけ考えた。

母が、父を連れて戻ってきた。

父は、車に乗り込むとき、紗奈恵の手に触れて、「大丈夫だ」と囁いた。そんな台詞は何の足しにもならない、と彼女は思った。

三人を最後部に乗せると、男は運転席に飛び乗り、車をスタートさせる。女は中央のシートで銃を構え、牽制している。ちらりと顔を上げて見てみると、どういうわけか、銃口はいつも紗奈恵に向けられていた。

父は度々しゃべった。そのことで紗奈恵は少し驚いた。父は本当に落ち着いているように見えた。威厳を失わない口調だった。何が目的なのか、女房と娘は降ろしてやってくれ、金なら出そう、そういった内容の言葉が繰り返されたが、銃を持った女は一切応じなかった。

紗奈恵は、父が何かを口にする度に、鼓動が速くなった。

どれくらいの時間、車は走っただろうか。三、四時間にも感じられたが、実際には一時間半程度だった。彼女は自分の腕時計を見た。十時まえに、車は停まった。

外は涼しかった。

紗奈恵はその場所を知っていた。そこは、籔沢家の別荘だったのだ。近くに来るまで、どこに向かっているのか全然わからなかったが、中央自動車道の駒ヶ根《こまね》インタチェンジから車が出るとき、見たことのある景色だと思った。料金所を通過するまえに、サングラスの女は、紗奈恵の鼻先に銃を押し当て、黙っていろ、と囁いた。冷たい金属が紗奈恵の頬に触れ、彼女は目を瞑った。車内は暗かったので料金所の係員には見えなかっただろう。

何も起こってほしくなかった。だから、車から降りたときには、少しほっとした。見慣れた風景だったことも、多少の慰めにはなった。

駐車場から奥へ延びる坂。その途中にある小屋から、老人が飛び出してきた。彼は籔沢の三人を見て驚き、慌てて頭を下げた。

「我々三人と、それにお客さんが二人だ」父がすぐ大声で言った。その断定的な言葉を聞いて、老人は再び頭を下げた。紗奈恵の横にいた女は、そっと銃を脇に隠した。もちろん、そんなことをしなくても、暗くて見えなかっただろう。

老人は山荘の方へ走っていき、彼女たちも後に続く。山荘の鍵を老人が開けた。

五人は、木製の階段を上り、建物の中に入った。

「水谷《みずたに》さん。ちょっと……、悪いがちょっと、外してくれないか」父はそう言って、老人を中に入れなかった。

　玄関の内側には、もう一つドアがあって、その奥は、傾斜した高い天井の大広間である。小さな猪の剝製が入口近くに置かれていた。

「協力には感謝する。大人しくしていれば、危害を加えるつもりはない」山荘の広間の窓際に立って、女は言った。「我々はただ取り引きをしたいだけだ。無理なことは要求しない。冷静な行動を期待している」

　もう一人の男は、部屋の奥へ行き、こちらを向いて立った。彼も銃を持っている。不気味にも一度もしゃべらなかった。

「目的は金か？」大きな一枚板のテーブルの椅子に腰掛けて、父がきいた。

「そうだ」女は答える。彼女も男もサングラスとマスクをかけたままである。二人とも焦っている様子は微塵《みじん》もない。

「いくらだ？」

「現金で二億」女は即答する。

「無理だ。そんな金はない」

「すぐにとは言わない。金の用意ができるまで、ここで待つつもりだ。ゆっくり、金策を考えてもらおう」このとき、女は微笑んだのかもしれない。首を少し傾げ、リラックスした素振りを見せた。だが、紗奈恵にはそれがかえって恐ろしかった。

10

真夜中に銃声を聞いたような気がする。

あれは夢だったのか……。

ベッドで毛布をかぶっていた紗奈恵は、その音を聞いて飛び起きた。しかし、そのあとはもの音一つしなかった。

車のバックファイヤだったかもしれない。そう考えてみても、しばらく躰が震えていた。

毛布を頭からかぶる。頰を涙が伝った。

怖くて、ベッドからも、部屋からも、出ていけなかった。

あれは何時頃のことだったのだろうか……。

彼女は目を瞑り、眠ろうとした。

夢を見ているのだ。

自分は夢を見ている……。

しかし、夢は見なかった。

今、ベッドで起き上がった紗奈恵は、窓のカーテンの隙間から差し込む白色の光に、ぼんやりと目を細めている。

酷《ひど》い頭痛。
酷い朝。
硬いベッド。
ここは……。
別荘だ。
どうして、別荘にいるのだろう。
立ち上がり、カーテンを少し引いて、恐る恐る外を見る。
生い茂った樹々の間から駐車場の一部を見下ろすことができた。
黒いワゴン車の屋根が見える。
夢ではなかった。
昨夜の悪夢……。すべてが現実なのだ。
まだ、銃を持った連中がいるのか。
どうして、こんなことに……。
ドアがノックされ、紗奈恵は躰を震わせて振り返る。
母が部屋に入ってきた。憔悴《しょうすい》しきった表情だった。
「大丈夫？　眠れた？」母は小声できいた。
「お母様は？　眠っていないのね」

母はベッドに腰掛ける。背中を丸め、溜息をついた。

「お父様は？　あの人たち、まだいるの？」

「お父様も、ずっと起きていらっしゃって……」母は両手を顔に当てる。「ずっと……、あちらの部屋に……」

「あの人たちは、どこ？」

「さあ……。さっき外に出ていったみたい。車じゃないかしら」

「ねえ、電話をしたら？　警察に電話をして……」紗奈恵は母の隣に座って言う。

「電話は外されているの。持っていってしまったのよ」

「夜中に、外で銃声がしたわ」

「いいえ、そんな音はしませんよ」

「ああ、じゃあ夢だったのね」

「ええ」母は弱々しく頷いた。「大丈夫よ」

「水谷さんは？　彼は大丈夫なの？　私、あの人が撃たれたんじゃないかって……」

「水谷さんも広間にいるわ」母は紗奈恵の手を握った。「みんな、大丈夫よ。お父様に任せましょう。とにかく大人しくしているのが一番良いって、おっしゃっているわ」

時刻は午前八時半であった。

11

　紗奈恵と母が寝室から出ていくと、広間では、父と水谷老人が話をしていた。水谷は、彼女たちを見て立ち上がり、キッチンの方へ歩いていった。

「紗奈恵、眠れたか？」父がきいた。安心させるためか、微笑んではいるものの、明らかに疲れた表情である。

「はい」紗奈恵は返事をして、テーブルの端の椅子に腰掛けた。「水谷さんにも、あの人たちのこと話したのね？」

「ああ」父は頷く。「今、奴らは、下の小屋で電話を使っているようだ。水谷さんも、こちらに行けと言われたんだよ」

「面目ないことで……」水谷は湯のみを盆にのせて戻ってきた。「妙な客だとは思ったんですがね、昨夜のうちに気がついていれば、警察に連絡しましたのに……」

「そんなことをしたら、余計に危ない」父は唸《うな》るように言う。髭《ひげ》が伸び、顔は真っ青だった。「いずれにしても、刺激しないことだ」

「佐伯さんが警察に電話をしたかもしれないわ」紗奈恵は言った。家政婦の佐伯千栄子が異変に気がついたかもしれない、と思ったのである。

「いや、佐伯さんには、さっき電話をかけて、話したばかりだ」父は苦々しい表情で首をふる。「電話をかけるように言われたんだ。しばらく留守にするから今日は来なくていいと佐伯さんには伝えた。だから、彼女は何も気づかないよ」

「杜萌は？」母が尋ねる。「あの子、帰ってきているはずよ」

「大丈夫だ」父は母に優しく頷いた。

「今のうちに、裏口から逃げられないの？」紗奈恵は言った。

「見つかってしまったら、どうする？　相手は二人とも銃を持っているんだぞ。それに、車がなくては、とても山を下りられない」

紗奈恵は窓から外を見た。

ちょうど離れの小屋から男が出てきたところだった。駐車場からの坂道を女が上ってくる。彼女はサングラスを頭に上げ、マスクも外していた。遠くてよくはわからないが、色の白い顔が見える。紗奈恵の知らない顔だった。二人は、そこで何かを話し合っている様子である。

水谷と母が朝食の支度をした。簡単な食事だった。

外の二人は食べないのだろうか、と紗奈恵は思ったが、一緒に食事をするなんてまっぴらだ。彼女は洋服を着替えたかったが、もちろん、着替えなど持ってきていない。熱いシャワーを浴びて、髪も洗いたかったけれど、そんな余裕もなかった。

食事が終わった頃、二人が、玄関から入ってきた。広間は再び緊張した沈黙に支配される。男も女も、帽子をかぶり、サングラスとマスクをしていた。紗奈恵は、彼らが握っている銃から目が離せなかった。

「よく眠れたか？」女は顎を上げて紗奈恵にきいた。紗奈恵が黙っていると、彼女は父の方を向いて言った。「そろそろ仕事をしてもらおう」

男が片手に抱えていた電話をサイドテーブルに置く。そして、コードを壁のソケットに差し込んだ。

「すぐに動かせる現金はどれくらいある？」女は父に質問する。

「二千万くらいだ」父は答えた。

「では、手始めに、それをここへ振り込んでもらおう」女は胸のポケットから紙切れを取り出して、テーブルに置いた。「三百万ずつだ」

父はその紙を手に取り、広げる。紗奈恵には見えなかったが、銀行口座が書いてあるのだろう。

「電話で、指示をするんだ」女はひょいと首を倒す。「一言でもおかしなことをしゃべったら、まず屋敷の娘から殺す」

「杜萌が？」母が立ち上がって声を上げる。

「そうだ」女はゆっくりと母の方を向き、低い声で答えた。「我々は二人だけではない」

「待ってくれ……」父もさすがに声が上擦《うわず》っている。「杜萌をどうした？　あの子は……、大丈夫なのか？」

紗奈恵も驚いた。妹だけは助かったと思っていたのである。

「屋敷の金庫に現金は？」女がきく。

「杜萌には手を出すな」父は肩を震わせて言った。

「いくらある？」

「五百万くらいだ」父は椅子に座り直し、首をふる。「それも、全部持っていってくれ。頼む、杜萌を……」

「全員が我々の言うとおりに行動していれば、誰にも危害は及ばない」

「杜萌は本当に無事なのか？」父は両膝の上で手を握っていた。

電話のところにいた男が受話器を持ち上げ、ボタンを何度か押した。全員がそちらを注目した。男は受話器を耳に当て、もう片方の手には銃を持ったまま、しばらくじっとしていた。

「俺だ……」男はしゃべった。このとき、紗奈恵は初めてその男の声を聞いた。思ったより若々しい声だった。「どうした？　ああ……、そうか。そりゃ、予定外だったな。ああ、そうだ……。わかった……。ああ、もちろん、こちらは、予定どおりだ。娘は大人しくしているか？　ちょっと出してくれ。箕沢が娘としゃべりたいと言っている」

男はこちらを向き、受話器を持った手を伸ばした。

父が駆け寄った。

「杜萌か？　私だ。そう……、こちらも、そうなんだ。別荘にいるんだよ……。みんな一緒だ……。何ともないんだな？　大丈夫なんだね？　ああ……、心配しなくていい。我慢して、大人しくしていなさい。言われるとおりしているんだ。絶対に逆らってはいけない」

父の手から、男が乱暴に受話器を奪い取る。父は電話から離れ、テーブルに戻ってきた。

「代われ」男は受話器に向かって言った。そのときの男の低い声が紗奈恵には印象的だった。「いいか、今からすぐ、その娘を連れて、こちらに合流しろ。そこにある車を使え。娘に運転させてくるんだ」

「そのまえに、金庫を」部屋の反対側にいた女が叫ぶように言った。

「ちょっと、待て……」男はそう言うと、銃口を父に向け、顎《あご》をしゃくり上げる。「金庫はどこにある？」

「一階の書斎だ」父は淡々と答えた。

金庫のダイアルの回し方を、父はゆっくりと説明した。受話器を持った男がそれを電話先に伝える。

「うまくいかなかったら、すぐ連絡しろ」男は最後にそう言って電話を切った。

紗奈恵は、屋敷の様子を想像していた。妹は……、杜萌は、本当に大丈夫だろうか。たった一人で……。妹は、小さなときから気が強くて無茶をする性格だった。たぶん、相手も一人に違いない。屋敷に二人だけというのが、心配である。

紗奈恵と母、それに水谷老人の三人は、奥の寝室に行くように指示された。父だけが、広間に残される。これから秘書の杉田《すぎた》に電話をするようだった。こんなに言いなりにならなくてはいけないものか、と紗奈恵は思った。

山荘には寝室が四つある。いずれの部屋も入口のドアが広間に面している。紗奈恵たち三人は、北側の一番大きな寝室に入った。

12

簑沢杜萌はリビングのソファに座っていた。

あの銃声を聞いたとき、彼女の心臓は本当に止まったのではないかと思った。目の前の仮面の男、銃を構えたその男の姿が、閉じたはずの彼女の目の網膜に焼きついたかのようだった。聴覚が正常に戻っても、しばらくは目が開けられなかった。

銃声のあと、何も食べられなくなったし、男と話すこともできなくなった。耳をつんざくあの一瞬の爆音だけで、彼女の血液は流れるのをやめたみたいだった。ひょっとしたら、自分は死んだのではないか、とさえ思ったほどだ。

結局、男は仮面を外さなかった。彼は食事もしなかった。杜萌は、ずっとリビングのソファで大人しくしていたが、しばらくして電話のベルが鳴った。

電話に駆け寄って飛びつくわけにもいかない。彼女は仮面の男の顔をじっと見ていた。

懐かしい声を聞いたときも、杜萌は、言いたいことがほとんど言えなかった。それは本当に久しぶりの声だったのに、事務的な会話だった。

「はい、大丈夫……。ええ、何もされていません。そう、今もピストルを私に向けているわ」

父との短い会話。

父は、意外に落ち着いていた。いや、さすがというべきか。

「代われ」という男の低い声で、杜萌の躰はまたびくっと震えた。

受話器が置かれたときも、杜萌は電話のすぐそばにまだ立っていた。

男が手に握っている銃は、もう怖くなかった。

もう、どうでも良い……。

そんな投げやりな感情が、再び杜萌の中で急速に膨張し始めていたのである。一度は銃声のために委縮してしまった感情だった。

金庫が開けられ、その中にあった札束が黒い手袋によって紙袋に移される間、ずっと彼女は、夢を見ているように、不思議にぼんやりとした心地良さを感じていた。

その紙袋は彼女が車まで運んだ。姉のボルボであった。ガレージから振り返り、屋敷を見たとき、杜萌は三階にいるはずの兄のことを考えた。

(良かった……、これで、お兄様は何も知らずに済む)

なんとなく、そう思って安心した。兄には、こんな汚《けが》らわしい騒動は無縁であってほしい。知られたくなかった。

車は杜萌が運転した。彼女は汗をかいていた。後部座席には仮面の男と札束の入った紙袋。バックミラーを度々見ずにはいられない。男はついに仮面を外さなかった。

高速道路の料金所でも、彼女は黙ってハイウェイ・カードを差し出した。係員は後部座席を気にもとめなかった。駒ヶ根インタからの登り坂。そこまで来たとき、彼女はようやく、クーラもつけずに走ってきたことに気がついた。

鬱蒼《うっそう》と繁る森林の間を抜ける坂道を、車はゆっくりと上った。やがて、細い道に逸れ、何度もUターンに近い急カーブを繰り返す。

簑沢家の別荘の駐車場に到着したのは十一時頃だった。

太陽は高い位置から透き通った大気を貫いている。真っ直ぐに天を刺す大木の群れを見上げ、杜萌は車から降りた。

もう秋の空気だ。

「これからどうするつもり?」杜萌は久しぶりに口をきいた。

杜萌の目の前に立った男は、ゆっくりと首をふった。そして、黒いワゴン車の方へ歩いていく。彼女はじっとしていた。眩《まぶ》しい空を、片手を翳《かざ》して見上げる。眩暈《めまい》がするほど気分が悪いことを、急に自覚した。頭痛がする。寒気がする。風邪をひいたのかもしれない。

男は戻ってきた。そして、再び彼女の前に立ち、右手を挙げた。その右手に握られている銃が、高い空に向けられる。

眩しく晴れ渡った天空に向けて、銃が撃たれた。

13

杜萌は呆然と立ちつくしていた。

男は最後に仮面を投げ捨て、杜萌が乗ってきた車に飛び乗った。杜萌は、地面に落ちた大きな仮面をじっと見ていた。

あの仮面。

あの、恐ろしい仮面だ。

男が乗った車は走り去った。

それから、長い時間が流れたようだ。杜萌はそのまま、ずっと立ったまま、動けなかった。

山荘の方から、何人かが駆け下りてくる。

「杜萌！」父の声だった。

姉も母も、それに少し遅れて、水谷も走り寄ってくる。

姉の紗奈恵が、彼女を抱き締める。

「杜萌……、良かった……」姉は泣いていた。

「どうした？　奴らはどうした？」父は緊張した表情である。

「車で……」杜萌は下り坂の道路を指さす。「二人、逃げた」

「私の車で逃げたのね？」姉がそちらを見て言う。もちろん、もう車は見えない。

「逃げた？　どうして？」父がきいた。

四人の家族と水谷老人は、駐車場の真ん中で辺りを見回す。

「何故、逃げた？」父が同じことをまた言った。「奴ら、全員か？」

「いいえ」杜萌は額の髪を片手で払いながら首をふる。顔が熱っぽかった。「私と一緒に来た男だけ。逃げたのは一人」

少し離れたところにいた水谷が大声を出した。

そちらを振り向くと、彼は黒いワゴン車の横で尻餅をついていた。

「どうした？」父が怒鳴った。

四人は、そちらに駆け寄る。

水谷は自分で立ち上がり、ワゴン車の中を指さした。彼は、目を見開き、笑っているように変形した口を開けている。だが、その表情は普通ではなかった。笑っているのではない。それが、恐ろしかった。

杜萌はワゴン車の中を見た。

全員が、息を止める。

姉が短い悲鳴を上げる。

母は地面に蹲《うずくま》った。

「なんてことを……」父がしばらくして口をきいた。

杜萌と姉は、抱き合っていた。

熱っぽい頭が痛かった。気分が悪く、意識は朦朧《もうろう》としている。立っているのがやっとだった。

(どうしたんだろう……。疲れているんだ、私は)

「杜萌」父が彼女の名を呼ぶのが聞こえる。

(そう……、それは私の名前)

ワゴン車の中をずっと見ていた。中のそれを凝視していた。自分が見ているものを認識する。

車内では、二人の人間がシートの上で折り重なるように倒れていた。

黄色のサングラスは割れている。白いマスクが外れかかっている。帽子をかぶっていた。一人は体つきから女性だとすぐわかる。もう一人は長髪の若い男性だ。その男女が死んでいるのは、一目瞭然《りょうぜん》だった。

第4章　偶感の問

1

簑沢家の別荘で起きた奇怪な事件から約一週間後、金曜日の午後。

長野県警の西畑陽祐《にしはたようすけ》警部は、部下の運転する車の助手席に深々と座っていた。愛知県に向かう途中だった。彼は、窮屈なスペースで脚を組み、左手の山々をぼんやり眺めている。恵《え》那《な》山《さん》トンネルを抜けたら煙草を吸おう、と楽しみにしていたのだが、トンネルを出て中津《なかつ》川《がわ》インタを過ぎても、まだ我慢して吸わなかった。どこまで自分が煙草を我慢できるか、半分楽しんでもいた。西畑は、そういう男なのである。

それにしても、不可解な事件だ。事件のことを考えていると、煙草も忘れられる。

愛知県の自宅から誘拐された県会議員、簑沢泰史の一家。現在までに確認されている誘拐犯は三人である。だが、そのうちの二人が殺された。

「なんだかねえ……」西畑は独り言を呟《つぶや》く。車を運転している若い刑事は、西畑のこの習性には慣れている。したがって、何も反応しなかった。

何がおかしいのか……。

いや、おかしなことばかりなのだ。

先週の木曜日の夜、二人組の男女が、愛知県北部、犬山《いぬやま》市にある簔沢泰史の自宅の前で簔沢の家族三人を拉致《らち》した。この犯人二人は、鳥井恵吾《とりいけいご》、二十八歳と、清水千亜希《しみずちあき》、二十六歳（ともに以前より手配中の人物）と断定されている。

連れ去られたのは、県会議員の簔沢泰史本人と、その夫人祥子、それに長女紗奈恵の三人である。時刻は夜八時頃だった。彼らは、犯人たちが乗ってきた黒のワゴン車で長野県の駒ヶ根《こまがね》市郊外にある山荘へ向かう。そこは簔沢家の別荘である。彼らは、そこで一夜を明かすことになる。

翌朝、もう一人の犯人（この男は、犯人グループの仲間で赤松浩徳《あかまつひろのり》、三十歳ではないかと考えられている）が、簔沢宅に侵入、前夜遅く東京から帰省していた簔沢泰史の次女杜萌を拘束した。そして、彼女を銃で脅し、車を運転させて、やはり駒ヶ根の山荘に向かった、というのである。

ここまでは、特におかしな点はない。

急展開は、そのあとだ。

午前十一時頃、二人は山荘に到着した。不思議なことに、杜萌をその場に残し、赤松と思われる男は、一人で現場から逃走してしまった。

そして、その直後、山荘の駐車場にあった犯人グループのワゴン車（これは山梨県で盗難にあった車だった）の中で、鳥井恵吾と清水千亜希の二人の死体が発見された。二人とも殺されていたのである。鳥井恵吾は額を、清水千亜希は左胸を、いずれも前方から銃で撃たれていた。致命的な一撃であり、他に傷はない。ほぼ即死であると診断された。二人の死亡推定時刻はともに午前九時半前後。多くても三十分程度の誤差と考えられている。ただし、簑沢泰史が自宅の杜萌と電話で話をした時刻が九時十分であり、このとき、犯人の二人組はまだ生きていた。彼らが山荘から出ていったのは、この電話の数分後のことだった。したがって、死亡推定時刻は、九時十分から十時までに限定することができる。

鳥井恵吾を撃った拳銃は小型のもので清水千亜希が右手に握っていた。鳥井の頭部に弾丸が残留していたので、線条痕《せんじょうこん》の検証が行われ、その銃から発射されたことが確認できている。

一方、清水千亜希を撃った拳銃はやや大きく、鳥井恵吾が右手に握っていたものと推定されている。こちらは清水の体内を貫通しているため、弾丸はまだ発見されていない。しかし、射入口の状態から、口径などはほぼ一致している。

いずれの場合も、現場の駐車場から薬莢《やっきょう》が発見されていた。

二人が、何かを争って、ほぼ同時に相手を撃った、というのが今のところ最も有力な筋書きであろう。

山荘にいた籔沢家の三人と使用人の水谷という老人が、九時半頃に駐車場の方から連続した二発の銃声が聞こえた、と口を揃えて証言している。

状況と矛盾するような問題点は特にない。

幸いなことに、拉致された家族に怪我はなかった。被害としては、籔沢家の屋敷の金庫から持ち出された約五百万円の現金だけである。この他にも、犯人が指定した銀行に現金が一旦は振り込まれた。しかし、その直後に犯人グループに予定外の仲間割れがあったのか、事件は急展開し、籔沢家の一家は警察に保護された。現金が振り込まれた銀行にも緊急の連絡がなされた。

その日の午前、駒ヶ根市内のあるキャッシュ・コーナで、当該口座から現金の引き出しを試みた男がいた。もちろん、既に口座は無効になっていたので、この男は現金を手に入れることはできなかった。防犯カメラが彼の姿を捕らえていたわけであるが、サングラスをかけていたので確実な人相は写っていなかった。

この三人目の犯人が、赤松浩徳ではないかと推定されている。死んだ鳥井や清水と同じ組織のリーダ格の一人だったからだ。ただし、西畑自身は、この組織について正確なところをよく知らなかった。公安からの情報も非常に曖昧であったし、届いたレポートの隅々まで、すべて目を通したわけでもなかった。そんな作業は誰かに任せておけば良かったし、さきにしなければならない仕事が沢山あった。

この一週間は本当に忙しかった。こういった捜査では、時間の経過とともに、あらゆる情報が加速度的に拡散し消えていく。だから、最初の情報収集が重要となる。

しかし、残念ながら西畑刑事の一週間の努力は、今のところ実を結んでいない。

いずれにしても、逃走した男がまだ捕まっていなかった。彼が山荘から逃走したときに乗っていった簑沢家の車（車種はボルボである）も発見されていない。

西畑は大きな溜息をつき、目を瞑った。彼は、まだ煙草を我慢していた。

さて、何がおかしいのか……。

まず、一番のポイントは、ワゴン車の中で死んでいた二人が、その場所で撃たれたのではない、という事実である。鑑識の報告にもその結論があった。

ワゴン車の車内には血痕がほとんど付着していなかった。周囲に大量の血が飛び散るような傷ではなかったが、それにしても車内は綺麗過ぎた。この点は、現場を最初に見たとき、西畑も気がついていた。つまり、二人は車の中でお互いを撃ち合い、その場に倒れたのではない。その可能性はない。死んだあと、車まで運ばれた。死体は移動されたのだ。

この事実は、もう一人、誰か別の人間がいたことを示している。しかも、それは逃走している赤松という男ではない。何故なら、彼には、この二人を殺すことも、運ぶことも、できなかったからだ。赤松は、愛知県の簑沢の屋敷にいたのである。彼は簑沢杜萌を連れて、山荘の駐車場まで来て、そこでワゴン車の中で死んでいる仲間を発見した。彼は驚いて逃げ出したのだろう。

だから、赤松ではない。もう一人、誰か別の人物がいたことになる。

「誰か、もう一人……か」西畑はまた呟いた。

死体をワゴン車の中に運び込んだ人間が、別にもう一人いたのなら、その人物が殺害に関わっている可能性がある。あるいは、二人を殺したのも、その人物ではないだろうか。西部劇よろしく突っ立ったまま向き合い、二人が同時に相手を銃で撃つ。そして、相打ちになって死んだ二人を、別の一人がワゴン車まで運んだ……。そんな可能性よりは、その三人目の人物が二人を撃った、と考える方がはるかに現実的である。

何故、そいつは二人を撃ったのだろうか。

仲間割れか。

計画どおりに事が運んでいたのではないのか。もう少し待てば、さらに大金が転がり込んだはずなのに、何故、待てなかったのか。

どうも、収まりの悪い感じがしてならない。

さらに、もう一つ、不思議なことがある。

簑沢家の長男が行方不明だというのだ。簑沢素生、二十四歳。とにかく有名な詩人なのだそうだが、西畑はまったく知らなかった。実は、西畑の女房も簑沢素生を知っていた。女房が知っているくらいだから、「有名」であることは認めよう、と西畑は思った。

その簑沢素生は、この誘拐事件の当夜まで、簑沢の屋敷にいた。三階にある自分の部屋にいたらしい。事件のあった木曜日には、その部屋にいたことが家族全員によって確認されている。それが、次の日、警察と簑沢の一家が駒ヶ根の山荘から屋敷に戻ったときには、いなかった。

誘拐事件には無関係なのか……。

それにしては、家族の驚きようが不自然だった。何かを隠している、そんな雰囲気が簑沢の一家にはある。そもそも、西畑はそのときから首を傾げっぱなしだった。どうも釈然としない。嫌な予感がした。

簑沢泰史、その夫人の簑沢祥子、それに娘の簑沢紗奈恵、この三人には、もう何回も話をきいたが、同じ返答の繰り返しだった。今日、西畑が愛知県に向かっているのは、もう一人の娘、妹の簑沢杜萌から話をきくためである。杜萌は、事件のあと風邪をこじらせ、那古野市内の病院に入院していた。もちろん、部下を行かせて簡単な事情聴取は終わっている。だが、西畑自身は直接会ったことはない。いろいろ尋ねたいことがあったし、質問に対する反応を自分の目で見たかった。

2

病院は、那古野城の近くに建つ高層ビルだった。

簑沢杜萌は十一階の個室にいる。本来相棒と一緒に行動すべきところであったが、西畑は部下をロビィに待たせ、一人で面会するためにエレベータに乗った。

十一階でエレベータのドアが開いたとき、女性とぶつかりそうになる。

「失礼」西畑はそう言ってから、相手の顔を見た。

「まあ、こんにちは……。刑事さん」簑沢紗奈恵が目を丸くする。彼女は少しひきつったような笑みを慌ててつくった。

「こんにちは」西畑は頭を下げる。「妹さんは……、いかがですか?」

「あ、ええ。もうすっかり」紗奈恵が答える。「明日にも、退院できそうです」

「ちょっとお話を伺おうと思いましてね」

「ええ、どうぞ」紗奈恵は後ろに下がった。

「あの……、どこかへお出かけだったのでは?」

「はい、ちょっと買いものに」

「では、どうぞ」西畑はエレベータのドアをまだ開けたまま片手で押さえていた。「一緒でなくてもけっこうですから」

「私が一緒じゃない方が、よろしいんですね？」紗奈恵は口もとを斜めにして微笑む。

なかなか率直にものを言う娘だ、と西畑は感心する。

「ええ、できれば、そうしていただけますか」

「わかりました」

紗奈恵は西畑と入れ違いにエレベータに乗り込み、軽く頭を下げた。西畑の手が離れると、ドアが閉まった。

彼は廊下を歩きだす。病室の前に若い男が座っていた。病室をガードしている愛知県警の男である。西畑が手帳を見せると、無言で敬礼をした。

病室のドアをノックして開ける。ベッドで本を広げていた簑沢杜萌は、きょとんとした表情で西畑の方を見た。

「長野県警の西畑と申します」手帳を見せながら、彼は部屋に入り、とっておきのジェントルな口調で名乗った。それは、若い頃にはできなかった響きの発音で、この十年で身につけたものである。女性の化粧と同様で、役に立つときもあった。

「こんにちは」杜萌は表情を変えずに答える。

「ちょっと、よろしいですか？」

「ええ、もちろんです」

簑沢杜萌は、姉の紗奈恵より美人だ、と西畑は思った。一見、良く似ているが、妹の杜萌の方が、目もとと眉がくっきりと鮮明で、母親似でおっとりとした感じの姉とは対照的だった。T大の工学部の大学院生だと聞いている。西畑などの平凡な頭脳と比べれば、おそらく提灯とレーザ光線ほど、明晰さに違いがあるのだろう。しかし、そこは世の中、年の功というものである、と彼は信じている。西畑には気後《きおく》れを感じるところは微塵《みじん》もなかった。

ベッドの横にあるビニルの長椅子に、西畑は、太極拳のように、わざとゆっくりと腰掛けた。

「いや、大変でしたね」西畑はやんわりと始めることにする。

「何がですか？」杜萌はすぐにきいた。

「誘拐事件ですよ」当たり前のことを西畑は答える。

「それをおっしゃるために？」

「いえ、何か、その……、あれから思い出されたことはありませんか？　どんな細かいことでもけっこうです」

「いえ、全部話しました」杜萌は長い髪を片手で払いながら言う。「もう、このまえの刑事さんに全部お話ししました」

「男の顔はどうです？　思い出せませんか？」

「思い出せないんじゃありません。私、見てないんです。仮面をしていたんです。そう言いましたでしょう?」

「でも、仮面は駐車場に落ちていましたよ。奴は逃走するまえに、あの仮面を取ったんです。そのとき、顔を見ませんでしたか?」

「銃を撃ったんです。空に向けて、でしたけれど」杜萌は眉を顰《ひそ》めて言う。「それで、私、目を瞑ってしまって……。気がついたら、もう車が出ていくところでした」

「ええ、そう伺っています」

「だって、そのとおりだったんですもの」

「どんな銃でしたか?」

「わかりません」

「その一発は、弾も薬莢も見つかっていません」

「どういうことです?」

「いえ……」

西畑は胸のポケットから写真を出した。東京から送ってもらった赤松浩徳の顔写真だった。

「この男ですか?」そうききながら、西畑はなにげない素振りで杜萌の目を見る。彼女の視線の変化に注目していた。

「見てないんです」彼女は写真を見ない。「刑事さん。私、本当に見ていないんです」

「とにかく、ご覧になって下さい」

杜萌は、写真を受け取って、しばらくそれを見た。

「よくわかりませんけど、髪型は似てますね。髪は長かったと思います。でも、顔は全然わかりません」彼女は写真を西畑に突き返して言った。「これ、誰なんですか?」

「駐車場に到着して、この男は、すぐワゴン車を見にいったんですか?」

「そうです」杜萌は頷いてから吹き出した。「でも、その写真の男だって、私は証言できません」

「どんな様子でした? 車の中を覗いて、奴は驚いていましたか?」

「わかりません。私、車の運転に疲れていたのか、ぼんやりしていましたから」

「怒っていましたか? 奴は怒っていた、それで、銃を空に向けて撃ったのでは?」

「刑事さん」杜萌は西畑を睨みつける。「仮面をしているのに、怒っているかどうかなんて、どうしてわかるんです?」

「何か言いませんでしたか? 唸ったり、叫んだりとか……」

「いいえ、何も」

「奴はワゴン車のドアを開けましたか?」

「開けていません」

「窓から中を覗き込んだ……、それだけなんですね?」

「そうです」杜萌は少々うんざりした表情で頷く。

西畑は立ち上がって、窓際までゆっくりと歩いた。隣のビルの屋上が見える。特に外の景色を見たかったわけではない。間合いを取ったのである。

「おかしいなあ……」彼は小声で呟いてから、腕組みをした。眩しい空を目を細めて眺める。

「何がおかしいんですか?」案の定、杜萌がきいてきた。

「窓越しに見ただけで、二人とも死んでいると判断できたんでしょうかね? 仲間が怪我をして倒れていたんですよ。どうしてドアを開けて確かめなかったんでしょう?」

「私たちも開けませんでした。確かめなくても、死んでいるのは、見ただけでわかりました」

「本当ですか?」西畑は窓際で振り返り、杜萌を見る。「誰かが、死んでいる、と言ったのではありませんか? それで、そう思い込んだだけ、だったとか……」

「わかりません」杜萌は首をふった。「でも、お父様が、警察が来るまで触らない方がいいって……。それに、私たち、気分が悪くなってしまって……。そんな、ドアを開けて確かめるなんて、できるわけがありません」

「誰も開けなかったのですね?」

「はい」杜萌は答えたが、西畑から視線を逸らせた。「でも、あのあとすぐに、私と姉は山荘に行きました。気分が悪くて、横になりたかったんです。あの駐車場には、父と母と、それに水谷さんの三人がしばらく残っていたと思います。警察に電話で連絡をしたのは姉です。そのあとのことは、よく知りません。私は、寝室で休みましたので」

「ええ、その辺りのことは伺っています」西畑は頷いた。簑沢の家族の証言とも一致しているし、以前の事情聴取でも、杜萌は同じことを話していた。

西畑は再び、ビニルの長椅子に戻る。

何故、ワゴン車の中に二人の死体を運び入れたのか？

おそらく、その車で死体を運び去るつもりだったのだろう。ところが、そのまえに赤松と杜萌がやってきた。しかも、死体を見つけて、恐れをなした赤松が逃げ出した。簑沢の一家も山荘から出てきて、死体を発見した。すぐに警察が来ることになる。その一部始終を隠れて見ていたもう一人の犯人は、ワゴン車と死体の始末を諦めて、そのまま逃げた……、というのが、捜査本部の今のところの見解であった。

しかし……、と西畑は考える。九時半頃に二人を撃ち殺してから、二時間近くも経っていたのだ。そのもう一人の人物、つまり殺人犯が、現場でぐずぐずしていた理由は何だったのだろう。

西畑は、煙草をもう何時間も吸っていないことに気がついた。

「あの、私を襲ったのが、何故、その赤松っていう人だとわかったんですか？」

「いえ、断定しているわけではありません。指紋も出ていませんしね」

「ええ、黒い手袋をしていましたから」杜萌は言う。

「そうです。証拠は、今のところ何もありませんが……」西畑は腕組みをする。「実は、現場の駐車場に落ちていた仮面に髪の毛が残っていましてね、今、分析しているところなんです。その髪の毛は、殺された二人のものではありません」

「それが、赤松という人の髪の毛かどうか、どうやって調べるんです？　ＤＮＡ鑑定ですか？」

「赤松本人が捕まれば、簡単なんですけどね」西畑は微笑んだ「まあ、それに……、たとえ捕まえたところで、その赤松が殺人犯ではない」

「殺人犯？」杜萌は首を傾げた。「あの……」

「つまり、もう一人いたんですよ」西畑は言った。

「その人が、二人を撃ったんですか？」杜萌はすぐにきいた。さすがに飲み込みが早い、と西畑は思う。

「いや……、わかりません」

西畑はそう答えてから、一度口を尖らせて天井を見た。

「ところで……、貴女のお兄さんのことを、ちょっと伺いたいんですが」

西畑は、杜萌の目が一瞬大きくなるのを見逃さなかった。

3

杜萌は表情を変えないように神経を集中した。刑事は杜萌の目を真っ直ぐに見つめている。視線を逸らしてはいけない、と彼女は自分に言い聞かせていた。

「兄の……どんなことですか?」杜萌はきいた。

「簑沢素生さんの失踪については、実は、長野県警はタッチしておりません。もっとも……、駒ヶ根の殺人事件にはまったく無関係なのかというと、どうも、そうは思えない」

「ええ……」

「あの晩、貴女は素生さんに会いましたか?」

「いいえ、会っていません。それは、まえにも、そうお答えしたはずです」

「三階の部屋へも、行かれなかった、と?」

「はい」杜萌は答える。「帰ってきたのが遅かったんです。那古野で友人と食事をして、タクシーで帰宅したのは十時頃でした。私が着いたら、あの女の人……、えっと、佐伯さんです。あの人がすぐ帰ってしまって、それで、兄を除けば、私一人きりでしたから、二階に上がって、シャワーを浴びて、そのまますぐ眠ってしまったんです」

「翌朝は?」

「ええ……」杜萌は一度溜息をついた。「あの、実は、翌朝は三階の兄の部屋の前まで行きました」

「ほう……、それは初耳ですね」

「すみません。こんなの、余計なことだと思って、面倒なので黙っていました」杜萌は正直に話すことにした。「朝になって、誰もいないのに気がついて、私、屋敷中を探し回ったんです。三階にも一度行きましたし、兄の部屋もノックしてみました。でも、返事はありませんでした。ドアに鍵がかかっていましたし……」

「鍵を確かめられたんですね?」

「はい、間違いありません」

「鍵がかかっていた、ということは、素生さんは、そのときはまだ部屋の中にいたわけですね?」

「それは、わかりません」杜萌は首をふった。「あそこの鍵は、中からも外からもかけられます」

そう、現にあの鍵は外からかけられていたのだ、と杜萌は思う。でも、これは内緒にしておかなければならない。

「その部屋の鍵のことは、佐伯さんもご存じなのですか?」西畑は別の質問をする。

「はい、知っていると思います。佐伯さんとは、私、あの日が初めてでしたけれど。翌朝、彼女に電話をかけました」

「ええ、それも聞いています。それじゃあ、貴女は佐伯さんのことを、それまで知らなかったんですね?」

「知りません。いつから彼女、うちに来ているのですか?」

「えっと確か……、簑沢家に雇われて、まだ半年ほどだったはずですよ」

「そうですか……」そのことを杜萌は知らなかった。最近、あまり彼女の方から実家に電話をかけることはない。ほとんどの場合、母か姉の方から東京に電話があった。

「そう、確か、昨年の暮れからだとおっしゃってましたね。つまり、八ヵ月ですか。ほぼ毎日、佐伯さんはあの屋敷に通っています。お休みは、日曜日だけだそうですよ。ご存じでしたか?」

「いいえ」

「ちょっと不思議なんですが……」西畑はゆっくりと話した。「その佐伯さんがですね……、素生さん、貴女のお兄さんを一度も見たことがない、と言ってるんですよ」

杜萌の心臓が一度大きく打った。

そう、実は、それはもう彼女も確かめたことだった。新しい家政婦の佐伯は、兄に会ったことがないのである。

「どうしました?」西畑が首を傾げる。西畑の目は異様に大きく、普段から少し笑っているような妙な顔だった。杜萌はこのとき西畑の表情を見てぞっとした。

「別に……」杜萌は首を素早くふる。

「変じゃありませんか？」

「何がですか？」

「だって、八ヵ月も屋敷に毎日通っていてですね、一度も会ったことがないなんて……、そんなこと、ありうるでしょうか？」

「兄は変わっていますから」杜萌は、意識して軽く答える。「それに、目が見えませんので、滅多に自分の部屋からは出ないいんです。ですから、兄に会わないことが、それほどおかしいとはいえません」

「そう……、お食事も、部屋まで簑沢夫人が運ばれるそうですね？」

「ええ、そう聞いています」杜萌は微笑んだ。

「聞いている？」

「いえ、私は東京にいるので、最近の家のことは、よく知らないんです」

「では、以前は、そうではなかったのですか？」

「何がです？」

「お兄さんは、以前は部屋に閉じ籠もってばかりでもなかった、ということですか？」

「ええ、まあ……」杜萌は曖昧な返事をした。

「今回のまえに帰省されたのは、いつですか？」

「二年まえの夏です」

「二年？　二年とは長いですな」

「そうですね」

「そのまえは？」

「確か、その一年まえの夏です」

「お正月とかにも、帰られなかったのですか？」

「はい」杜萌は肩を竦《すく》める。「あの、いけませんか？」

「いや、失礼」西畑はにっこりと微笑む。「それでは、素生さんに最後に会われたのは、その二年まえですね？」

「違います」杜萌は首をふった。「そのときは、一泊しかできませんでした。兄には会っていません。最後に、兄に会ったのは、三年まえの夏です」

その夏の記憶が一瞬脳裡を過《よぎ》って、杜萌の鼓動は急加速する。周囲の気圧が下がって真空に近づくように感じる。気が遠くなりそうだった。

「どうしました？」

「すみません、ちょっと……、気分が悪くて」杜萌は目を瞑った。

本当に気分が悪かった。顔が青ざめているのが自分でもわかる。心臓が空回りをしているのではないだろうか、血液が正常に流れているとは思えない。

「申し訳ありませんね」西畑は優しく言った。ゆったりとした口調であったが、本当にすまないという表情ではない。

「兄のことは……、誘拐事件とは関係がないのでしょうか？」杜萌は目を瞑ったまま言った。

（お兄様はどこへ行ったのだろう？）

杜萌は自問する。

今、兄はどこにいるのだろう。

もし警察に本当のことを話したら……。

もう、一週間以上経っている。

「関連については、残念ながら確かなことは何も言えません」西畑は立ち上がって答えた。「まあ、そうですね、これは、誘拐や駒ヶ根の殺人事件とは、全然別なのかもしれません。ええ、たとえば、たまたま、家族の皆さんがいらっしゃらない機会に、素生さんは家を出ていかれただけかもしれません。しかし、目が見えなくて、一人で出かけられるものかどうか……」

「兄は、連れ去られたんだと思います」杜萌は目を開け、強い口調で言った。「そんな、黙って家出のような真似を、兄がするはずがありません。誰かに連れ去られたのです。誘拐されたんです」

杜萌は身を乗り出して訴えていた。

「お願いです。刑事さん。兄を探して下さい」

「もちろん探していますよ」西畑は真剣な顔で頷いた。「ですから、私の方からもお願いがあります。何もかも正直に話していただきたいのです。どうも、皆さんが、その……、何かを隠していらっしゃるように思えますね。違いますか？」

杜萌は首をふった。自分がどうして首をふるのか考えながら。

（いったい、誰がお兄様を……）

「誰かが連れ去った、とおっしゃいましたけどね……」西畑はドアの近くまで行き、振り返って言った。「素生さんの部屋のドアには鍵がかかっていました。その鍵は、一階のリビングの棚の引出にありました。それは、ご存じでしたか？」

「私は知りません」杜萌は本当に知らなかった。

「三階の部屋には、鍵がかかっていたもんですからね、私の部下が、簑沢夫人と一緒に、その鍵を持って三階へ上がったんですよ。そして、鍵を開けて中に入った」

杜萌は西畑を睨んだまま黙っていた。

「部屋に、素生さんはいなかった……」西畑は視線を逸らし、杜萌の肩越しに窓の方を見た。「もし、誰かが、素生さんを部屋から連れ出したのであれば、何故、わざわざドアに鍵をかけておいたのでしょうか？」

　杜萌は答えられない。

　確かに、それは妥当な疑問だと思った。

「もし理由があるとしたら、一つだけでしょう」西畑は言う。

「私が、あの部屋に入らないようにした？」杜萌は思いついたことを口にした。

「そうです」西畑はにっこりと頷いてドアを開ける。「それ以外にありませんよね」

（いったい、誰が？　それに、何のために？）

　杜萌は、西畑が出ていったドアを、しばらく見つめていた。

4

　西畑は、病院のロビィに下りて、簑沢紗奈恵が戻ってくるのを待つことにした。待合室の一番端に喫煙スペースがあったので、ようやく彼は煙草に火をつけることができた。

　部下の若い刑事が、缶コーヒーを買って戻ってきた。堀越《ほりこし》という名前の男で、まだ大学生に毛が生えた程度の若僧だった。午後三時二十分である。

「どうでしたか？」堀越が西畑の横に座ってきいた。

「なんにも」西畑は首をふる。「兄貴が誰かにさらわれたって言ってる。少々鬼気迫るものがあったね」

「じゃあ、やっぱり簑沢素生も誘拐されたんですか?」堀越は言った。「だけど、それにしては、身の代金要求とか、何も連絡がありませんからね。どうでしょう? 誘拐なんてありえますか?」

「目が見えないってのは、本当だろうな?」

「はい。それは本当です。有名なんですから」堀越は歯を出して微笑む。「以前は、テレビとかにも出てましたよ」

「知らんな」

「そうですね、もう四、五年まえになるかなあ。そりゃもう、もの凄い美少年ですからね、一時はアイドル並の人気でしたよ」

「最近は?」

「ええ、この頃は、ちょっと見かけませんね。歳をとったからじゃないですか? えっと、確か……、僕と二つ違いくらいですよ」

西畑は缶コーヒーを飲み干した。

紙袋を抱えた簑沢紗奈恵が戻ってきたのは、五分ほどしてからである。

三人は、ロビィの端まで行き、立ったままで話をした。

「貴女は、あの日も素生さんに会われたんですね?」西畑は質問する。誘拐のあった木曜日の話である。

「え、ええ」紗奈恵は緊張した顔で頷く。「そう、申し上げたはずですけど……」

「何か、そのとき、お兄さんに変わったところはありませんでしたか？」

「どういうことです？」

「いつもと違うな、と思ったこととか……。何でも良いのです。何か気づきませんでしたか？」

「いいえ、特に何も……」

「素生さんには、妹さんが久しぶりに東京から帰ってくることはおっしゃったんですか？」

「私は言っていません。でも……、母が話したかもしれません」

「ひょっとして、素生さんと杜萌さんは、仲がお悪い……ということは？」

「どうしてです？」紗奈恵の表情が明らかに変化した。

「彼女、お兄さんに三年も会っていないと言ってましたのでね。ちょっと変かな、と思ったんです」

「私だって、妹とは、二年ぶりでしたよ」紗奈恵は微笑んだ。「あの子、ちょっと変わってますから」

「杜萌さんがですか？」

「ええ……。全然帰ってこないものですから、父なんか、もうかんかんでした」

「どうして、家政婦の佐伯さんに、素生さんの食事を運ばせないのですか？」

「え、そうなの？　誰がそんなこと言いました？」紗奈恵は視線を一度逸らしてから、西畑を睨んだ。「別に運ばせないなんてこと、ありません。母が自分で持っていきたいだけのことです、きっと」

「あの日も、佐伯さんは食事を三階に運んでいません」西畑はゆっくりと言った。「簑沢夫人と貴女と、二人とも帰ってくるのが遅かったのに……」

「ええ」

「そういうときも、佐伯さんは食事を運ばないわけですね？」

「母が運ぶ役なんです」

「何か理由があるんですか？」

「どんな理由です？」

西畑は紗奈恵の目をじっと見た。

「あの……、もうよろしいですか？」紗奈恵は軽い溜息をついてから言った。「上で妹が待っていますので……」

「ああ、ええ、ありがとうございました」西畑は微笑んだ。

簑沢紗奈恵は、すたすたとロビィを歩いていってしまった。彼女は一度も振り向かなかった。

西畑は、すぐ後ろに立っていた堀越をちらりと見て、首を回した。寝違えたときにする動作である。

「さてと……。俺はちょいと愛知県警まで行ってくるよ。電車で帰るから、お前、一人で戻ってな」

「はあ」堀越は猫背になって頷いた。「よろしいんですか?」

「バイバイ」

片手に持ったままだった空缶をごみ箱に投げ入れ、西畑はそのまま病院を出た。愛知県警はそこから歩いていける距離である。彼は上着を脱いで、炎天下を何も考えずに歩こうと思った。何も考えずに歩くには、うってつけの気温と距離だった。

しかし、考えないということは、思ったほど簡単ではない。たちまち汗が吹き出し、ハンカチで首もとを何度も拭ったが、そんな作業は上の空で、彼は今回の事件に対する自分の仮説を検討していた。

(もう一人いた。それは確かだ)

それはたぶん男だろう。二人の死体をあのワゴン車に運び込んだのだから……。いや、引《ひ》き摺《ず》れば女でもできたか? 否、引き摺った痕《あと》などなかった。消したのかもしれない。まあ、それは棚上げにしよう。とにかく、男の方が可能性は高い。だから、ひとまず、男ということにして、さきを考えよう。

奴は、簑沢家の屋敷に夜中に忍び込んで、詩人の簑沢素生を連れ出した。それは、妹の杜萌が眠っていた深夜だった。そして、素生を連れて、駒ヶ根の山荘に向かった。そこにいる二人の仲間と合流するためだ。乗ってきた車は、駐車場の少し手前のどこかに隠した。素生は縛って逃げないようにして、車に閉じ込めておく。奴は、鳥井恵吾と清水千亜希の二人に会った。

朝になって、金を銀行に振り込むように、と簑沢泰史を脅して秘書に電話をさせた。そのときには、鳥井恵吾と清水千亜希の二人しか山荘に入っていない。つまり、奴は外で待っていた。人前に姿を見せたくなかったのだ。

電話の指示が一段落して、仲間の二人が山荘から出てきた。そこで、奴は二人を撃った。仲間が少ない方が、身の代金の取り分が多くなる。おそらく、その程度の短絡的な動機だったのだろう。仲間を裏切ったことが、突発的な行動だったのか、それとも、計画的なものだったのか、その点はわからない。とにかく、鳥井と清水の二人を奴は殺してしまった。

このあと、金を運んでくる仲間がもう一人いた。赤松浩徳が簑沢の屋敷の金庫にあった現金を持ってくる。これも、最初からの計画だったのだろう。電話をかけた鳥井から、赤松がやってくる時刻なども聞き出していた。

奴は待っていた。赤松が来るのを待っていたはずだ。最終的には運び出して始末しなくてはならないので、ワゴン車に二人の死体を運び込んだ。それに、車の中に死体を隠したもう一つの理由は、あとからそこへやってくる赤松が、死体に気がつかない方が都合が良かったからだろう。

奴は、たぶん赤松も殺そうと思っていた。どこかで、銃を構えて、赤松を待ち伏せしていたのだ。

ところが、戻ってきた赤松は、ワゴン車の中をすぐに覗いてしまった。赤松は、もう一人の仲間の裏切りに気づく。彼は、怒りの発砲をして、そのまま、五百万を持って逃走した。赤松は、計画がおじゃんになって、自分の身も危険であると即断したのだろう。さすがにリーダだ。臨機応変の判断だったといえる。

赤松が銃を持っていたので、奴は彼を撃てなかったのか。しくじったら、自分が殺されるから躊躇したのだろうか。そうこうしているうちに、赤松は逃げ出してしまい、結局、急いで車に戻って奴も逃げた。素生を乗せたままで……。

「なんだかなあ……」歩きながら西畑は独りで呟いた。

そのストーリィには、致命的といえるような大きな矛盾点はない、と思えた。だが、なにか、どことなく、しっくりこない。大いに変なのだ。

まず、簑沢素生を人質にして連れていった理由がわからない。逃げるのにも足手まといであろう。ほとぼりが冷めてから再び脅迫するつもりなのか。まさかとは思うが、既に脅迫の通知を簑沢泰史にしている、という可能性も考えられる。警察の介入を恐れて、簑沢家の連中が隠している、という可能性である。

次に、やはり、死体がワゴン車にあったことが納得できない。隠すのなら、ワゴン車よりもずっと適当な場所があった。森の中でもどこだって良い。車の中などに置いておくから、赤松に見つかってしまったのだ。あの車が殺した場所から近かったのが理由だろうか？　しかし、薬莢が発見された場所は少し離れている。血痕などの痕跡も見つかっていない。妙だ。実に妙である。

いずれにしても、赤松浩徳は拳銃を持ったまま逃走している。それに、簑沢素生が失踪していることもまた事実だ。それをぶつぶつと口の中で唱えながら、西畑は幅の広いコンクリートの階段を上った。

ロビィの受付で、捜査第一課の三浦《みうら》警部を呼び出してもらう。

「場所を教えてくれないかな、上がっていくから」西畑は受付の男に言った。

「あ、いえ」受話器を持った受付係は答える。「すぐに下りてきます」

その辺りをぶらぶら歩きながら待っていると、三浦がエレベータホールから現れた。

「よう」西畑は片手を挙げる。

「ご無沙汰しています」三浦は軽く頭を下げた。相変わらず、きちんとした身なりである。気障《きざ》なフレームのメガネに、鳥のような目つき。以前と変わりがない。

「ちょっと、隣のビルまで……」三浦は、西畑の背中に軽く触れて言う。「冷たいものでも飲みましょう」

西畑はそれに従った。

5

西畑も三浦も、同じ長野県飯田《いいだ》市の出身である。地元の高校も同じ。西畑の方が二つ先輩だった。しかし、実際に二人が知り合ったのは最近のことだ。もちろん、仕事上のつき合いで、それ以上のものがあったわけではない。西畑はともかく、この三浦という男は、仕事以外の人間関係に積極的な男ではない。確かに、仕事に関しては有能であろう。切れ者として周囲から一目置かれている。だが、いわゆる堅物《かたぶつ》で、休日などはいったい何をしているものか、想像もつかない。どうにも私的な生活をしているようには見えない、そういった雰囲気なのである。少なくとも西畑には、三浦という男がそう見えた。

だが、その西畑にしても、威張《いば》れるほどのものではない。家にいる時間なんて、睡眠時間を除外すれば、「一瞬」といって良い。女房とも、この何日か口をきいた記憶がないほどである。家庭的な行動をしている、と感じたことはあまりないし、家庭的だと感じる行動は、しない主義だった。

隣のビルの地下にある喫茶店は、がら空きである。二人は店の奥に入った。

今回の事件は、殺人事件として長野県警に捜査本部が置かれていたが、簑沢の屋敷は愛知県内である。したがって、簑沢素生の失踪に関しては愛知県警が担当していた。組織としては愛知の方が格段に大きいので、捜査共助ということで、当初は両方からほぼ半数ずつの人数を出して事件を担当していた。少なくとも、書類上はそうなっている。

「で、どう？　そっちの方は……」椅子に腰掛けてアイスコーヒーを注文すると、西畑は言った。

「まだ、これからですよ」三浦は指先でメガネを押し上げて答える。

西畑が尋ねたのは、簑沢家の事件のことだった。つい先日の日曜日に発生した事件である。那古野市東部の滝野ヶ池緑地公園で起こった奇術師の殺人事件のことではない。マスコミはその事件で連日大騒ぎしていた。西畑が傍目《はため》から見ても、厄介そうなヤマだった。もちろん、捜査が厄介なのではなくて、マスコミ関係への対応が、厄介なのだ。そちらの事件の影響で、簑沢素生の失踪捜査に向けられた愛知県警の当初の人員は、あっという間に半減したという。

結婚式場だって、警察だって、お客は重なるものである。結婚式場は、予約があるだけましといえる。大きな事件が時期的に重なることは、決して珍しいことではなかった。

西畑は煙草に火をつけて、ゆっくりと煙を吐く。だが、三浦が煙草嫌いであることを思い出して、彼は少し身を引いた。

「マスコミが何か言ってこなかった？」

「いえ、簔沢素生の方は、幸い、まだマスコミも嗅ぎつけていませんね。当分の間は、大丈夫でしょう」三浦は僅《わず》かに微笑んだ。「簔沢素生も、ここ数年は、あまり人前には出ていなかったようですしね。とっくに世間からは忘れ去られてしまった、というわけです」

「そっちのマジシャンの事件で、マスコミは必死だからなあ」

「ええ、それもいえます」

「三浦君は、どう思うね？」

「何をです？」

「簔沢素生は誘拐されたのかな？」

「一応、その線で捜査はしていますが……」

ウエイトレスがやってきて、アイスコーヒーのグラスをテーブルに置いていった。

「まあ、可能性は低いとは思いますけど……」三浦はグラスにミルクを入れながら続ける。「簔沢素生が自分で出ていった……という可能性も、ないとはいえません」

「しかし、目がね……」西畑は人差指を自分の片目に当てて瞑った。

「ええ……、一人で、しかも黙って出かけたというのは、確かに考えにくい。平生から出歩いていた様子もありませんから、慣れているとは思えないですし」

「じゃあ、やっぱり、誰かが連れ出したって線かい？」西畑は煙を横に吐いた。

「さあ」三浦は首を一度だけ横にふる。

別の客が店に入ってきたので、会話が途切れた。西畑は、その客の方を見る。どうも、誰に対してもじっと観察してしまう習性が、この職業の情けないところである。

「ところで、そちらの方は？」三浦が尋ねた。

「うん、また明日の合同会議ででも、ちゃんと説明はするつもりだけど……」西畑は灰皿に煙草を押しつける。「あの山荘に、もう一人誰かがいたことは確かなんだ。でも、それを示すような証拠が何一つない。実に不思議だね。たぶん、そいつが簑沢素生を屋敷から連れ出して、山荘まで行った。そして、鳥井恵吾と清水千亜希の二人を撃った」

「二人とも？　別々の拳銃で……ですか？」

「そこだ」西畑は人差指を三浦に向けて、にっこりと頷く。「そう、変だよ。でも……、変は変だけど、それしか考えられないだろう？」

「何故、そいつは、娘を誘拐しなかったんです？　三階の素生ではなくて、二階で寝ていた、えっと、杜萌って娘、彼女の方に手を出さなかったのは何故でしょうか？」

「そりゃ、きっとね、奴らの間では担当が決まっていたんだろうな。つまり、杜萌の方は、赤松って男の担当だったわけさ」

「じゃあ、どうして、そいつと赤松の二人は、わざわざ時間をずらして、別々に屋敷に侵入したんですか？」

「うーん。鋭いな、君は。ひょっとしたら一緒だったかもしれん。赤松の方は、二階の杜萌の寝室に鍵がかかっていたから、諦めた。朝になって出直してきたんじゃないのかな」

「しかし、玄関にも鍵はかかっていました。三階の素生の部屋だって同じです。あそこも鍵がかかっていたはずです」三浦は鋭い視線を西畑に向けている。「第一ですね……、四人もいて、家族三人を拉致するのに二人、あとは、盲人に一人、小娘に一人……。戦略的な人員配置とはとても思えません。彼らは、いわば、この手のプロ集団なんですよ。どう見たって、スマートな計画とはいえない」

「君と話していると、ためになるなあ」西畑はテーブルのグラスに手を伸ばして微笑む。「まったく、君の言うとおりだよ。返す言葉もない」

「山荘にいた四人の話は、どうでしたか？」三浦は表情を変えずにきく。「一晩、あそこに犯人たちと一緒にいたわけですからね」

「いきなり意味深なことを言うね。三浦君、それって、あの簑沢一家の誰かを疑った方がいいってことなのかな？」

三浦は口もとを斜めにして、黙って首をふった。「いや、わかりません」

「まあ、疑わないよりは、疑った方がいいか」西畑はおどけて言う。

「いえ、できることならば、疑わないのが一番いいです」三浦が真面目な表情のまま答えた。

それから、二人はスケジュールの打ち合わせと、簡単な情報の交換をした。三浦が伝票を取って立ち上がったが、西畑はそれを制し、結局、割り勘になった。

県警本部の建物に二人は戻る。

三浦から受け取る書類があったので、西畑はロビィで待つことになる。煙草を吸っていると、しばらくして、三浦は大きな黄色の封筒を持って戻ってきた。

「それじゃあ、また明日の夕方」西畑はそう言って片手を軽く挙げる。時刻は四時二十五分だった。

「三浦さん」女の声が背後からする。

西畑は振り向いた。派手な服装の若い女が、西畑と三浦の方に近づいてくる。印象的な顔立ちの美人だが、口紅が緑っぽい妙な色で、その点だけは西畑には馴染めなかった。こういった判断を彼は一瞬で行う。特に女性に関しては……。

「鵜飼《うかい》さんは、お出かけですか?」

「ええ、たぶん遅くなりますよ」三浦は頭を下げながら答えた。

三浦がとった態度が、西畑には不思議だった。こんな小娘相手に普通するものではない。しかし、西畑は黙っていた。

「叔父様も、お出かけみたいだし……」女は小さな肩を機敏に竦《すく》め、小首を傾げる。「何か、あれから進展がありましたか?」

(おや)と西畑は思う。何という質問だろう。

「いえ」三浦は答えた。「ええ、また、改めてご報告します」

女はようやく西畑の方をちらりと見た。西畑は彼女と目が合って少しどきりとした。

「ごめんなさい。お邪魔でしたね」そう言うと彼女は西畑に軽く頭を下げ、さっさと建物から出ていってしまった。

「あれは?」西畑はすぐにきいた。「お偉いさんの秘書かい? いや、それにしちゃあ、ちょっと服装が……」

「西之園本部長の姪御さんです」

「へえ……」西畑は、急いで出入口まで駆けていき外を見た。階段を下りて、駐車場の方へ早足で歩いていく彼女の後ろ姿を目で追った。

名前は覚えていなかったが、愛知県警本部長、西之園警視監の姪の噂は長野県警にも聞こえていた。おそらく、相当に脚色されているのであろう、どこまでが真実なのかはわからない。だが、要約すれば、彼女に関する噂の要点は二つ。難事件を解決したということと、それに、美人だということだった。

「あの子がねえ……」西畑は独り言のように呟く。

「西畑さんも、ファンクラブに入りますか?」後ろから低い声で三浦が言った。

「ファンクラブ? そんなものがあるのかい?」

「恥ずかしながら」

「三浦君も、入ってるわけ？」

「まさか……。冗談じゃありません」三浦は憮然《ぶぜん》とした表情で首をふった。

6

西畑はタクシーに乗り込み、那古野市中区にある籔沢泰史の事務所に向かった。彼は車の後部座席でハンカチを取り出して汗を拭き、溜息をついた。そろそろ五時だというのに、外の暑さは和《やわ》らぐことがない。タクシーをつかまえるまでに、喫茶店で補給した水分はすべて汗になったようだ。

西畑はまた思考する。

それにしても、犯人グループの三人に関する最初の資料は、お世辞にも充分といえる代物《しろもの》ではなかった。東京から送られてきたそれは、まったく不充分でお粗末だった。つい最近になって追加の資料が届いてはいたが、そちらはまだ詳しくは読んでいない。ざっと眺めた感じでは、やはり期待薄の内容だった。

誘拐犯のグループは、三人とも大学時代から公安にマークされている札付きである。ただ、大きな組織の構成員ではない。それに、少なくとも最近の動向は不明であった。政治的にかなり危険な思想を持った人物なのか、それとも、偶然にもブラックリストに名前を連ねているだけの小物なのか、まったく判然としない。こういった類のものは、成績簿のように五段階評価できっちりと分類されているわけではなさそうだ。

だから、その程度が西畑にはよくわからない。

逃走した赤松浩徳、それに殺された鳥井恵吾と清水千亜希。たとえば、彼らの関係はどうだったのか。送られてきた資料には、ただ一番歳上の赤松がリーダ格であると記されているだけである。たぶん、直接、担当者から話を聞かなくてはニュアンスはわからないだろう。文字に書き表せない情報があるはずだ。時間に余裕ができたら、一度上京して確かめてみるつもりではあった。

西畑は、籔沢の一家が証言した話を思い出した。

あの日、金曜日の朝九時過ぎに、山荘から籔沢の屋敷に電話をかけている。籔沢泰史が娘の杜萌の安否を確認したいと申し出たため、電話口に娘を出したのであろう。彼らの証言によれば、電話をかけたのは鳥井恵吾である。電話に出たのが、籔沢の屋敷にいた仲間、赤松浩徳だろう。このときの短い会話を山荘の広間にいた四人が聞いている。残念なことに、その内容を誰も正確に思い出せなかった。ただ、鳥井が電話で話した言葉に、西畑は興味を持った。

鳥井は、電話の相手に「予定外だった」と言ったそうだ。それに、「こちらに合流しろ」

とも……。

予定外とは、何のことだろうか？

これが西畑が気になったことの一つ目である。家族三人の拉致、それに翌朝の杜萌の拘束、いずれも、彼らの予定どおりではなかったのか。もし、何かトラブルが発生したとしたら、それは、屋敷の簑沢素生のことだったかもしれない。

もう一つ気になるのは、鳥井の命令口調の言葉である。これは、はっきりとはわからない。そんなふうに簑沢家の人々が感じただけだったかもしれないからだ。だが、もしそれが本当なら、リーダ格といわれている赤松を相手に、「こちらに合流しろ」などと言うのはおかしくないか。つまり、赤松ではなく鳥井が、グループのリーダだったということになる。あるいは、もう一人、ボスがいたのでは……。

考えれば考えるほど、そこに行き着いてしまう。

誰にも姿を見せていない人物がもう一人いて、そいつが今回の犯行のリーダシップをとっていた。彼が命令を発し、鳥井はそれを赤松に伝えただけだった……、そう考えれば辻褄《つじつま》が合う。

そして、その陰のリーダこそ、仲間三人を殺そうとした殺人犯では……。赤松だけがそれに気がついて逃げ出したのではないだろうか。

結局、簑沢泰史は、五百万ほどの端金《はしたがね》を奪われたに過ぎない。彼にしてみれば大した損失ではないだろう。新聞でもテレビでも、この被害金額のことは一切報じられていない。ただ、身の代金目的に誘拐された県会議員の一家が、一夜の恐怖に堪え、幸いにも無事に解放された。犯人グループは仲間割れを起こし、殺し合った。そして、一人だけが現場から逃走した。マスコミが報道しているのはそれだけだった。

これは、政治家としては悪い種類の報道ではない。穿《うが》った見方をすれば、失った金額に見合うだけの、充分な宣伝効果が得られたといえる。

障害者の長男の失踪も、四人目の謎の人物の存在も、一切世間には報じられていない。特に、前者は、マスコミに対して少なからず圧力がかかっているようだ。そういった点は、西畑の関知するところではなかった。

西畑はタクシーを降りた。

繁華街の表通りである。間口が狭く、タイル張りの細長いビルの前だった。

看板を見上げて確認してから階段で二階に上がり、事務所名の記されている磨りガラスのドアを開ける。メガネをかけた女性がカウンタの中に座っていた。

「長野県警の西畑といいます」彼は手帳を見せる。「今朝お電話したんですけど……、杉田さんは、いらっしゃいますか？」

「はい」彼女は慌てて立ち上がった。「あの、今ちょっと、そこまで出かけておりますけど、すぐ戻ると思います。奥でお待ちになって下さい」

衝立《ついたて》の奥の窓際に応接セットが置かれている。壁には帆船を描いた小さな絵が掛り、低いキャビネットのガラスの中には、日本人形が大小三つ並べられていた。いずれも西畑には趣味が良いとは思えなかった。

目の前のテーブルに大きなガラスの灰皿があったが、煙草は我慢して、ソファで大人しく待っていると、ずんぐりとした形のグラスに麦茶を入れて、さきほどのメガネの女性が運んできた。

「大変でしたでしょう?」

「は?」彼女はメガネの奥の目を丸くする。

「先週の事件で、こちらもいろいろと大変だったんじゃないですか?」

「あ、ええ」彼女は小刻みに頷く。「電話がもう、鳴りっぱなしで……、二、三日は……」

「そうですか。簑沢先生はこちらへは?」

「いえ、あの事件のあとは一度もいらっしゃっていません」

ドアの開く音がする。

杉田耕三《こうぞう》はまだ若く、西畑よりずっと歳下である。髪をきちんと分け、銀縁のメガネをかけていた。いかにもインテリといった雰囲気の長身の男である。西畑とは初対面ではない。

「ああ、刑事さん」杉田は鞄をデスクに置いて、窓際の応接スペースへやってきた。「すみません。お待たせしまして」

「いえ、別に時間を約束したわけでもありませんし」

「何でしょうか？　今日は」杉田はテーブルの向いのソファに腰掛ける。

「事件の朝のことなんですが……」西畑は身を乗り出して、いきなり始めた。「ここに、籔沢先生から電話がありましたね？　銀行に金を振り込むようにという」

「はい。もう、何度もそのお話なら……」

「杉田さんは、どう思いましたか？」西畑はきく。

「どうって……、ええ、少し変だなとは思いました」杉田は片方の手の平を天井に向ける。「朝っぱらから、金の話ですからね。でも、前の晩にでも、何か、慈善団体とかから、急な話が持ち上がったのかと……」

「よくあることですか？」

「いいえ」杉田は首をふった。「そういった電話は、普通、先生は夜になさいますね。どんなに遅くなっても、僕の自宅の方へ電話をかけてこられます」

「じゃあ、おかしいと思ったわけですね？」

「思いました」

「でも、金は振り込んだ」

「ええ、そりゃ、先生のご指示ですから」

このとき、五つの口座に三百万ずつが振り込まれた。駒ヶ根市のキャッシュ・コーナで、犯人が金を引き出そうとしたのが、この口座のうちの一つだったが、手配が早く、現金は無傷であった。

　駒ヶ根市で現金を引き出そうとした男は、屋敷の金庫にあった五百万円を持って逃走した赤松浩徳か、あるいは、もう一人の殺人犯か……。

　メガネの女性が、杉田にも麦茶を持ってきた。

「杉田さんは、簑沢素生さんにお会いになったことはありますか？」

「素生君ですか？　ええ、もちろん」

「最近では、いつ頃ですか？」

「そうですね、もう何年もまえになります。僕が先生のところに来た頃ですよ。簑沢先生のお宅で、ときどきパーティがありまして、まだ、そうそう、お嬢さんたちが高校生のときでしたね。素生君に会ったのも、そのときです」

「そりゃ、ずいぶんまえですね」西畑は顎《あご》を上げた。「パーティってのは、よくあるんですか？」

「いえ、ご自宅でするようなプライベートなものは、年に三、四回だと聞いています」

「杉田さんは、いつも出席なさるんですか？」

「いいえ、とんでもない」

「一番最近のパーティは？」

「えっと、ゴールデンウィークのときですね。三ヵ月ほどまえですか……」

「そのときは、素生さんはいなかったんですね？」

「ええ、いませんでしたね」杉田は口もとを結んで子供のような表情を見せた。「もう、彼も大人ですからね、気恥ずかしいんじゃないですか。もともとナイーブな青年でしたから」

「そのときのパーティには、誰が出席されていましたか？」

「えっと、そうですね……」杉田は目を細めて窓の方を向いた。「十五人くらいでしたでしょうか……、よく覚えていませんが、ご親族では、簑沢幸吉《こうきち》先生、それに簑沢幹雄《みきお》さん、あとは、えっと商工会の方がご夫婦で……、それに、えっと、まだ二、三人……。あの、調べてみましょうか？」

「あ、いえいえ、けっこうです。ご家族は、簑沢夫人だけですか？」

「いえ、紗奈恵お嬢様が……」杉田はすぐ答え、少し微笑んだ。「どうも、あのときは、お嬢様のお相手を連れてこられたような感じでしたね。いやまあ……、僕なんかには、どうなっているのか、よくわかりませんけど」

「杉田さんは、ご結婚は？」

「相手がいませんので」杉田は白い歯を見せる。

「簑沢幸吉氏といえば、もう、ずいぶん御高齢でしょう？」西畑はきいた。

簑沢幸吉は、現在の簑沢家の当主である。県会議員の簑沢泰史は、簑沢幸吉の娘、澄子《すみこ》の婿であり、簑沢家の婿養子であった。その澄子は十三年まえに他界している。現在の簑沢夫人、祥子は後妻であり、二人の娘、紗奈恵と杜萌は後妻の連れ子である。簑沢泰史にとっては、素生が先妻との間の一人息子だった。

「ええ、もう八十……二歳ですか」杉田は答えた。「そのパーティのときは、しっかりしておられましたけどね……」

「今は、どこかお悪いのですか？」

「ええ、六月からずっと入院されています」

簑沢幸吉は元国会議員である。地元の有力な政治家だった。体調を理由に引退して、既に五、六年になる。その幸吉の一人息子が、簑沢幹雄だ。しかし、この男はどうやら政治家の跡を取れなかったらしい。結局、娘婿の泰史が、地元の政治基盤を幸吉から引き継いだことになる。

同じことが、泰史の息子にもいえるだろう。目が不自由では政治家の跡を取ることは難しい。紗奈恵か杜萌に婿養子をもらうつもりであろうか……。西畑は、そんな勝手な想像をした。

7

堀越刑事が長野県警本部に戻ったのは夕方六時頃だった。

鑑識課からの新しい報告書に目を通したが、特に重要なことは何も書かれていなかった。駒ヶ根の山荘からは、犯人グループに関する手掛かりはほとんど得られていない。彼らは、手袋をしていたし、帽子をかぶっていた。それに、山荘にはなるべく足を踏み入れないようにしたようだ。これは、駐車場の車を使う以外に、事実上山荘から抜け出せない現地の地理を計算していたためで、おそらく計画的な行動だっただろう。

唯一残された仮面からは、付着した頭髪が採取され、血液型も明らかになった。それはA型で、赤松浩徳の血液型と一致している。殺された二人以外の人物に関する手掛かりは、この仮面の他には、まったくない。

一方、愛知県犬山市の簑沢家の屋敷も愛知県警によって簡単な調査が行われたようだ。しかし、侵入した人物は、赤松浩徳と思われるというだけで、確定することは不可能だった。屋敷内の杜萌の部屋とダイニング、それにリビングなどで指紋の採取が試みられたが、見つからなかった。彼は手袋をしていたからだ。それに、杜萌に運転させて駒ヶ根まで乗ってきたボルボは、その後、逃走に使われている。この車が見つかれば、あるいは何かの手掛かりが得られるかもしれないが、今のところ車は発見されていない。つまり、逃走している人物が赤松浩徳だという確かな物証、具体的な証拠は、何もないのが現状である。

ましてや、もう一人の別の人物など、その存在さえ疑わしい。

その人物が仲間二人を殺したものと考えられるが、彼が存在した痕跡は現場にはまったく残っていない。どうやって、逃走したのかも不明だ。あの場所からは、逃走手段として車以外のものは考えにくいが、近辺にそれらしい跡も、また目撃者も、まったく見つからなかった。

東京から送られてきた追加資料による情報でも、赤松、鳥井、清水ら三人と親しい人間、同じグループのそれらしい人物は、浮かび上がってこなかった。

犯人グループに四人目が存在したことを立証できる具体的な痕跡は何一つない。ただ、二人の死体が移動されたという確固たる検死結果が状況証拠としてあるだけだった。

二人が撃たれたのがほぼ同時刻であったことは間違いない。山荘にいた四人が、九時半頃に二発の銃声を聞いたと証言している。それが駐車場から聞こえた音だったのかどうかは不明である。山荘の窓から、駐車場は樹に隠れて死角になり、ワゴン車が駐まっていた近辺が一部だけ見える程度だった。

山荘にいた簑沢泰史、祥子、紗奈恵、それに水谷啓佑《けいすけ》の四人は、このとき銃声が聞こえても、すぐには外へ出なかった。山荘の広間にいたのは、簑沢泰史と水谷啓佑の二人である。

銃声を聞いて奥の寝室から祥子と紗奈恵が出てきたが、窓から外を眺めただけで、彼らは山荘から出なかった、と証言している。おそらく、身の危険を感じたのであろう。結局、彼らが山荘から出たのは、その一時間半もあとになってからだ。このときも駐車場で発砲があった。これは、逃げた赤松が銃を上に向けて撃ち鳴らしたものだったらしい。山荘にいた四人は、この銃声のあと、車が走り去る音を聞いて、恐る恐る出てきた、と話した。

九時半の二発の銃声が、鳥井と清水の命を奪ったものであろう。十一時に死体が発見される一時間半まえである。したがって、二人を撃った殺人犯がすぐに逃走したのなら、時間は充分にあった。駒ヶ根インタまでは現場から車で数十分である。警察が駆けつけ、非常線を張った時刻には、殺人犯は県外まで逃げることができただろう。

このところの忙しさで、堀越は多少まいっていた。夏バテかもしれない。彼は、西畑が帰ってくるまでに何をすべきか、と考えていた。

8

簑沢泰史は屋敷のリビングで、夕刊を読んでいた。特に面白い記事があったわけではない。ガラス張りのサンルームは、今はグレィのブラインドが下ろされ、まだ明るい外界からの熱線を遮断《しゃだん》している。壁に飾られた民芸品の仮面も、あの事件以来、目を楽しませてくれるとはいい難い存在となっていた。

　読書用のメガネを外し、サイドテーブルに置くと、泰史は新聞を横に退《の》け、ソファにもたれた。

　先週の事件は、泰史にとっては既に文字どおり過去のことであった。予期せぬ突発事故ではあったものの、被害は最小限に食い止めたといえるだろう。その点に関して不満はなかった。

　だが、問題は素生のことである。

（いずれにしても、困ったことになった）

　息子の素生が失踪したということになれば、そして、それが明るみに出れば、影響は決して小さくはない。

　それに……、そう、彼の義父、簑沢幸吉の容態も気がかりである。

　佐伯千栄子が隣のダイニングからお茶を運んできた。

「紗奈恵は？」泰史はきいた。「もう戻ったかね？」

　紗奈恵は、妹の杜萌が入院している病院に見舞いにいっているはずだった。

「さきほどですが、お電話がございました。夕食までにはお戻りになるとおっしゃっていました」湯呑をサイドテーブルに置きながら佐伯は答える。

「祥子は？」

「奥様は、お二階でお休みでございます」

「具合が悪いのか？」

「はい……」佐伯は首を傾げる。「私には、なんとも……」

「わかった。見てこよう」彼は腰を上げた。

ロビィに出て、泰史は階段を上がった。若い頃から躰だけは丈夫だと思っていたが、最近、階段を上るのが億劫《おっくう》になった。単なる運動不足であろう、と彼は思いたかったが、もはや取り戻せる機能ではない。

二階の寝室にノックをせずに入った。

祥子はベッドで横になっていたが、眠ってはいなかった。泰史が入ってくるのを、彼女はそのままの姿勢で見ていた。

「大丈夫かね？」

「はい」

泰史は妻のベッドに腰掛け、彼女の肩に手を触れた。

「素生のことが心配か？」

「ええ」

「大丈夫だ」

祥子は、顔を半分枕に埋めて泣きだした。

震えるその肩に、泰史はずっと手を置いたままだった。そうすることしか、自分にはできない、と彼は思った。

「心配ないよ」

彼女は涙を拭おうともしない。黙って、押し殺したようにすすり泣いている。窓にはカーテンが二重に引かれ、部屋はとても暗かった。

「いつか……」祥子は息を詰まらせ、震える声で囁いた。

「何だね?」泰史は優しくきく。そして、妻の髪を撫でた。

「いつか……、きっと、きかれるわ」

9

杜萌はベッドの上で食事をしていた。

「美味しい?」窓際に立っていた紗奈恵がきく。

「美味しいと思う?」杜萌は溜息をついて答えた。「姉さん、一生のお願い。頼むから代わりにこれ食べて」

紗奈恵は時計を見ながら、ベッドの横に歩いてくる。

「そろそろ帰らなくちゃ。明日の朝、迎えにくるから」

「お願い、もう少しいて」杜萌はトレィに箸を置いて言った。

「珍しいこと言うわね」

「ええ」杜萌は頷く。「自分でもびっくり」

「いいわ、じゃあ、少しだけ」紗奈恵は、長椅子に座った。

「煙草が吸いたい」杜萌は、サイドテーブルにトレィを移し、高いベッドから足を下ろして座った。

「駄目……」紗奈恵が笑いながら首をふる。「何言ってるの。ここ病院なのよ。杜萌、いつから吸ってるの？」

「さあ……」

「何の話？」紗奈恵は脚を組んできいた。

「え？　何が？」

「何か話したいことがあるんでしょう？」

「うん、そうかな……」杜萌はベッドから降り、スリッパを履いた。

「二年も帰ってこなかったことの理由？　ひょっとして、貴女、結婚したい相手がいるとかじゃなくて？」

「違うよう」杜萌は首をふる。「残念ながら……」

「じゃあ、何？」

「お兄様のこと」杜萌は窓の方に歩いていった。

紗奈恵が返事をしなかったので、杜萌は窓際で振り向く。

「あれから、お兄様……、どんな具合だったの?」

「変わりないわ」紗奈恵は杜萌を見つめたまま答えた。

「何か……、私のことで、言ってなかった?」杜萌は再びベッドの方にゆっくりと戻りながらきく。彼女は、姉の顔を見るのが恥ずかしく、天井の二本の蛍光灯を見上げた。

「いいえ」

「そう……」杜萌はまた溜息をつく。「でも、ずっと、あの部屋、鍵がかけてあったんだ。もう三年にもなるのに……」

「あれは、素生さんが自分で望んだことなの」紗奈恵は下を向いていた。姉は、兄のことをいつも名前でそう呼んでいる。同じ歳なので、兄とは呼びにくいのだろうか。

「お母様が言い出したんじゃないの?」杜萌は少し驚いた。

「いいえ、素生さんが自分で、そうしてくれって」

「ふうん」杜萌は頷く。少し意外だった。

「あまり気にしない方が良いわ」紗奈恵は顔を上げて言った。「彼も、反省しているんだよ。私はそう思う」

「ええ」杜萌は頷く。

「杜萌もね」そう言って、紗奈恵は片手で髪を払った。

杜萌は再びベッドに腰掛ける。姉のその言葉は意味がよくわからなかった。自分にも反省しろという意味だろうか。何を反省しろというのだろう。自分に、何ができたか……。杜萌の思考は目まぐるしく展開したが、答はどこにも見つからなかった。

「誰かが鍵を開けない限り、お兄様は部屋から出られなかったはず。そうでしょう？」杜萌は紗奈恵を真っ直ぐに睨みつけた。「姉さん。お兄様の部屋の鍵が仕舞ってある場所を知っていたのは誰？」

「みんな知っていたわ」紗奈恵が答える。

「いいえ」杜萌は首をふった。「お父様、お母様、姉さん、それに、佐伯さん？　彼女は知っていたの？」

「ええ、たぶん」

「他には？」

「杜萌。どうして、そんなことをきくの？」

「外部の人間が知っているはずがない、と思ったからよ」杜萌はゆっくりと言った。「リビングの棚の引出の中だったんでしょう？　そんなところ、見つけるのだって時間がかかる。第一、お兄様が三階に監禁されていることなんて、誰にも知られていないはず。そうでしょう？」

「ええ、でも、監禁だなんて……」紗奈恵は唇を嚙んで頷いた。「杜萌……、もう……」

「誰かに話したりするなんてこともない。違うかしら?」

「いいえ、そのとおりよ。でも……」

「どうして外部の人が、お兄様を連れ出せる?」

紗奈恵はしばらく黙っていたが、やがて首をふった。

つかの間の沈黙。

「私、帰るわ」紗奈恵は突然立ち上がった。「いい?」

杜萌は紗奈恵を睨んだまま黙っていた。

「明日には家に戻れるんだから、また、明日の晩に、ゆっくり話しましょう」紗奈恵はバッグを肩にかけながら言った。「難しい顔してないで。ね……、久しぶりに一緒に寝ようか?」

杜萌は少しだけ微笑んで頷く。彼女は、いつも優しい姉が大好きだった。けれど、今日の姉は、少しおかしい。

「じゃあね」そう言って、紗奈恵は病室から出ていく。

廊下を歩いていく音が遠ざかった。エレベータのベルがしばらくして聞こえてきた。

杜萌はドアまで行き、ノブのボタンを押して、鍵をかけた。この部屋は病院の特別室だったので、ドアロックがあった。鍵をかけたところで、外から開けるキーが存在する。誰がそれを持っているのかは知らなかった。しかし、廊下には警官がいる。自分が護衛されていることを杜萌は不思議に思った。

何かが恐かったわけではない。寝るまえに歯を磨く習慣と同じで、鍵をかけなければ彼女は眠れなかっただけだ。

（誰が、お兄様を……）

杜萌はベッドで横になりながら、まだ考えていた。

警察は、きっと誤解している。

兄、素生が、三階のあの部屋で監禁状態だったことを警察は把握していないだろう。その状況を知っているのは、簑沢家の四人……、自分も含めて四人だけだ。

それは言えない。

理由は、杜萌自身にあったから……。

だから、兄の行方について、杜萌は、自分自身に責任があるのでは、と考えた。論理は飛躍している。そんな理屈はもちろん通らない。だが、彼女は何故かそう感じたのだ。

いったい誰が、兄を連れ出したのか……。

（私が犯人を見つけてやる）

10

同じ日の夕方、赤松浩徳は、ホテルの一室で新聞を広げていた。コンビニで買ってきたカップのインスタント・コーヒーに、備えつけの電気ポットで沸かした湯を注ぎ入れ、それを半分ほど飲んだところだったが、その味気なさにうんざりしていた。

事件のことは、この二、三日の新聞には何も書かれていなかった。今の彼は、事件の現場から数百キロも離れている。この情報化社会にあっても、やはり危機からの絶対的な距離は、人を安心させるもののようだ。

薄汚れた狭いユニットバスでシャワーを浴びたあとだったので、短いバスタオルを腰に巻いたままだった。クーラは少し喧《やかま》しいが、我慢ができないほどではないし、壁や天井が目の前に迫った狭苦しい部屋にも、彼の躰には充分なサイズとはいえない硬いベッドにも、限度を越えるほどの不満はなかった。

だが、自分は何故か苛《いら》ついている、と彼は思った。

壁に取り付けられた鏡に映った自分の顔を見て、そう思ったのだ。

髪は短く刈り、眉も薄くした。人相は完全に変わっていた。たぶん、大丈夫だろう。それに、警察が持っている写真は、おそらく彼が学生時代のものに違いなかった。それ以来、写真を撮られた覚えがないからだ。当時に比べればずいぶん太ったし、わかるはずがない。

足もとに置かれたボストンバッグの口が開いたままで、札束が見えた。

バッグの一番奥には、ピストル。

それに、そう……、おかしな顔をした仮面も。

早く処分した方が良い。

明日にでも、どこかに埋めてしまおう。

車も、そろそろ諦めて処分しなくてはならない。

それにしても、あのとき、車の中の死体を見たときには、正直いって、さすがの自分も少々驚いた。だが、あの場で計画を切り捨てて逃げたのは、正解だった。数百万の端金だが、しばらく身を隠すには充分だ。

満足のいく結末だったかもしれない。

自分の思うとおりとはいえなくても……。

誰でも、何かに支配されているのだ。

機転というべきか。

考えてみれば、これが一番良かったのだ。

誰にとって……？

11

同じ金曜日の夜。西之園萌絵は自分の部屋で勉強をしていた。

本当は、日曜日に起こった事件のことで頭がいっぱいだった。とても勉強どころではない、と思ったが、自虐的な動機で机に向かってみると、案外、能率が良かったので驚いた。大学院の入学試験が今月末に迫っている。不合格になるという不安は毛頭なかったが、できればベストコンディションで臨みたい。優秀な成績で合格したかった。

萌絵の部屋は、高層ビルの二十二階にある。しかし、今は窓にカーテンが引かれ、那古野市街の夜景を望むことはできなかった。ベッドのすぐ横には、三色の毛の長い犬が仰向けになって眠っていた。この犬の名は都馬《トーマ》という。彼には、現在思い悩む問題はないようだ。

力学の不静定構造の問題を一問解き終わったとき、ふと、一週間まえに会った簑沢杜萌のことを思い出した。

中学・高校が同じで、お互いの名前に共通の漢字がある。杜萌は萌絵と同じ歳だったが、今は一学年上で、既にT大の大学院生だった。それは、萌絵が高校で一年間休学していたためである。

杜萌の兄のことを思い出す。

名前は、饗沢素生。彼は詩人だ。

萌絵の本棚にも饗沢素生の詩集が二冊だけあった。彼女はその二冊以外に、詩集など一冊も持っていない。詩の良し悪しも全然わからなかった。

高校生のとき、一度だけ饗沢素生に会った。

そのとき、彼は萌絵の目の前で詩を詠んだ。

目を瞑って記憶を辿《たど》る。

思い出せるかどうか、試してみたかった。

頭の一番奥のファイルを引っ張り出し、アクセスする。この行為が刺激的で面白い。

　手に届く白い暖かさ
　白いって、どんな感じだろう

そう、そんな始まりの詩だった。覚えているものである。それに、最後は確か……

　精確無比に立ち並ぶ首
　首、首の輝かしさ！
　輝かしさって、どんな感じだろう

簑沢素生は陶器の人形のように綺麗な青年だった。

今はどうしているのだろう？

萌絵は、左手でシャープペンシルを弄《もてあそ》びながら、右手では頰杖をつき、ぼんやりと天井を見上げている。

（もう一度会いたいなあ……）

簑沢杜萌とは先週の木曜日に久しぶりに会えた。実に二年ぶりだった。そのとき、彼女に犀川《さいかわ》助教授を紹介するつもりだったのに、犀川は来なかった。ちょっと面目が立たなくなって、杜萌とは日曜日にもう一度会おうと思っていた。今度は、犀川を連れ出すことにも成功したのだ。

土曜日に杜萌の家に電話をしたが、どういうわけか誰も出なかった。もう一度電話したときも、留守だった。たぶん、週末、家族旅行にでも出かけたのであろう。

そのあとは、萌絵の方が、滝野ヶ池の事件のことですっかり夢中になり、杜萌のことは忘れてしまっていた。なにしろ、彼女の目の前でとんでもない殺人事件が起きたのだ。それが日曜日のことである。帰省している親友のことを忘れてしまったのも無理はなかった。

今日の午後も愛知県警本部に顔を出してみたが、捜査第一課は忙しそうで、早々に引き上げてきた。滝野ヶ池の事件以外に、緊急を要する仕事があるようだ。玄関口で運良く顔見知りの三浦刑事を見つけて、ほんの少しだけ話ができたが、萌絵の知っている刑事たちは全員出払っていた。本部長の叔父にも会えなかった。

とにかく、慌ただしい一週間だった。

(杜萌への連絡は、また今度にしよう)

萌絵は再びノートに向かう。

思考の切り換えの素早さが、彼女の特技の一つである。パソコンのウインドウ・シェードのように、萌絵は雑念を一瞬で折り畳んだ。そして、力学の参考書にあった「極難」のマークのついた問題に、彼女の思考はボブスレーのスタートのように突入していった。

さて、もちろん、西之園萌絵はこのときまだ、親友、簑沢杜萌が遭遇した事件のことを知らなかった。

普段の彼女なら、新聞に掲載された「簑沢泰史議員誘拐事件」の記事を見逃すはずはなかったし、もし見つけていれば、親友の実家で起こった事件に首を突っ込まない、などということは、まずありえなかっただろう。

だが、西之園萌絵は、さらに不可解な難事件に既に巻き込まれていたし、それに、その合間を縫って、受験勉強をしなくてはならなかった。彼女にはテレビを見る暇もなかったのである。

つまり、彼女自慢のアンテナは、別の方向を向いていたのか、あるいは完全に折り畳まれた状態だった、といえるだろう。

西之園萌絵が、簑沢家の事件に関わるのは、もう少しあとになってからのことである。

残念ながら、殺人事件に限らず、あらゆる犯罪において、その首謀者個人が、周囲との協調を計ろうとすることはまずありえない。したがって、首謀者たちが、それぞれに譲り合ったり、スケジュールを調整することもない。つまり、一つの事件が解決するまで次の事件が待機する、といったマナーもルールも存在しない。

簑沢家の事件は、マジシャン有里匠幻《ありさとしょうげん》の殺人事件とほとんど同時期であった(滝野ヶ池事件の方が三日遅い)。これらを時間進行にしたがって、シーケンシャルに記述することも可能ではあるが、西之園萌絵が陥った混乱と同様の結果を避けるために、独立した物語として分離した。

この物語に、奇数章がないのは、この理由による。

第６章　偶語の思惟《しい》

1

簑沢杜萌は土曜日に退院した。

彼女は犬山《いぬやま》の屋敷まで姉の運転するベンツで戻った。その日は父も母も不在だったし、佐伯千栄子も夕食の準備をしたあと帰ってしまったので、結局、姉と二人だけで食事をした。二人はほとんどしゃべらなかった。東京での生活のことを姉が尋ねたが、杜萌は短い返事しかできない。自分が不機嫌であることが自覚できた。だが、杜萌自身にも理由がわからなかった。

その晩、彼女は姉と一緒のベッドで眠った。

杜萌が目覚めたのは日曜日のお昼過ぎだった。こんなにぐっすりと長時間眠ったのは何年ぶりのことであろう。そこが自分の部屋ではなく、姉のベッドだということに気づき、慌てて周囲を見たが、カーテンが引かれている薄暗い部屋の中に、姉の姿はなかった。沢山の小物が所狭しと飾られている。実に姉らしい部屋の様子に、杜萌はしばらくぼんやりと見とれていた。

彼女は隣の自分の部屋に戻って着替えをしてから、階段を下りた。一階ではクラシック音楽が流れていた。姉がラジカセを持ち込んだのだろう。

杜萌がリビングに入っていくと、サンルームの籐の椅子に紗奈恵が座っていた。傍らのテーブルにカップが置かれ、姉はメガネをかけて本を読んでいる。

「おはよう」顔を上げて、紗奈恵はメガネを取った。「といっても、もう午後よ。よく眠れたみたいね」

「うん」杜萌は微笑む。「寝過ぎ……」

「もうすぐ、お母様たちも帰ってこられるわ。佐伯さんも来るはずだし……」

「佐伯さん？　日曜なのに？」

「ええ、夕方から、お客様がいらっしゃるの。何人か……」そう言って、紗奈恵はまたメガネをかけ直し、膝の大きな本に視線を落す。

「姉さん、それ、コーヒー？」

「紅茶」

杜萌は一段床の高いダイニングを通り、キッチンまで行く。そして、コーヒーメーカに一人分の水を入れてセットした。彼女はコーヒー党で、紅茶は嫌いだった。不思議なことに、姉自身のことは大好きなのに、姉が好きなものは、たいてい嫌いになってしまうのである。子供のときからずっとそうだった。

顔を洗って戻ってくると、ちょうどコーヒーができていた。彼女はカップにそれを注ぎ入れ、口をつけながら、リビングにゆっくりと歩いていった。

「テレビつけてみたら」紗奈恵は本から顔を上げて言った。「ほら、先週殺された有里匠幻のお葬式なのよ、今日は。テレビ中継をやっているはず」

「興味ないな」杜萌は首をふった。

病院で見たテレビで、杜萌もその事件のことは知っていた。なにしろ、この数日、そのマジシャンの話で持ち切りなのだ。那古野市内の滝野ヶ池緑地公園で、有里匠幻という手品師が殺された事件である。

だが、杜萌は、自分の抱えている問題で頭がいっぱいだった。ワイドショーを賑わせている事件のことなど、彼女にはどうでも良かった。

ブラインドが下ろされていたが、起きたばかりの杜萌にはサンルームは眩しい。背の高い観葉植物たちが、今にも一斉に動き出しそうな、そんな光のエネルギィが充満していた。しかし、壁に並んでいた木製の仮面だけは、くっきりと影を落とし、不気味に動かない。杜萌はもう仮面を見たくなかった。

「外……、警察がいるの？」杜萌はきく。

「ええ」紗奈恵は本を見たまま答えた。

紗奈恵は、大きな背もたれのある椅子に腰掛けている。そういえば、その籐の椅子は、あの日の朝、杜萌が自分の写真を撮ったときに座ったものだった。紗奈恵がメガネをかけているのを見るのも久しぶりで、姉が少し歳をとった、と杜萌は思った。二年ぶりなのだから、しかたがないことかもしれない。以前はいつもコンタクトレンズだったし、人前で姉がメガネをかけているのも珍しかった。

姉の紗奈恵と杜萌は、年子《としご》だった。よく似ていると他人からは言われるが、杜萌にはそうは思えない。身長は杜萌の方が高く、肩幅も広い。ただ、杜萌が髪を伸ばしたので、今は二人とも同じようなヘアスタイルになっていた。確かに、見た目は似ているかもしれない。しかし、性格は対照的だ。姉は、杜萌よりも、ずっと優しくて、温和で、お淑《しと》やかである。一言でいえば、女性的なのだ。小さなときから、自分が男だったら良かったのに、と感じることが杜萌には幾度もあった。

喧嘩《けんか》らしい喧嘩もしたことがない。人は皆、仲の良い姉妹だと言う。それはすべて姉の優しさのためである。常に、姉は我慢できる人なのだ。どんなことでも……。

姉は地元の芸大を卒業して、今は何もしていない。もう一年半、彼女はずっと家にいる。たまに絵を描くことがあるだけだ。二十四歳……、そろそろ結婚しなくてはいけない年齢、少なくとも、他人から、そう言われる年齢だった。

「誰が来るの？」杜萌はきいた。

「え？」紗奈恵は顔を上げる。

「夕方のお客さん」

「ああ……。えっと、叔父様と杉田さんと、それに、佐々木《さ さ き》知事ご夫婦」

「なんだ、つまらない」杜萌は言った。「私、どこかに出かけてようかな……」

「駄目よ」紗奈恵は首をふった。「お父様はね、杜萌を見せたいんだから」

「私を？　誰に？」

「そう……」紗奈恵は微笑む。「佐々木さんの奥様、知っているでしょう？　きっと、どっさり、お見合いの写真が届くことになるわ」

「姉さんには？」杜萌は立ったままでコーヒーを飲んだ。

「私もよ、もちろん。でも……、少しくらいは、貴女に分担してもらいたいわ」

「勘弁してほしいなあ、そういうの」

「私に言わないで」

「結婚なんてするつもり全然ない」杜萌はソファに腰掛けて言った。「一生しない」

「そうね、杜萌はそれでも大丈夫」紗奈恵は本を閉じ、メガネを取った。「貴女は才能があるから、何をしたってものになる。研究者になるつもり？　それとも、大学の先生？」

「わからないよ、そんなこと」杜萌はサイドテーブルにカップを置いてから、両手を頭の上で組んだ。「でもとにかく、結婚は嫌だなあ。だいたい、男なんて馬鹿ばっかり」

紗奈恵はくすっと笑った。「やっと、杜萌らしくなった」

「どういたしまして」杜萌も少し微笑む。「やっぱり、充分な睡眠がなによりも大切なのね。だってさあ……、久しぶりに帰ってきたら、家には誰もいなくて、しかたがないから朝ご飯を自分で作っていたらさ、知らない男にいきなりピストル突きつけられて……」杜萌は肩を竦める。「ちょっとないんじゃない？　こんなハードなコンディションって」

「本当、大変だったわね」紗奈恵も頷いた。

杜萌は「ハードなコンディション」という自分の言葉で、西之園萌絵のことを思い出した。何度も殺されかけたという夢の話を彼女がしていたからだ。

「姉さん、西之園って子知ってた？　私の友達の、那古野の子なんだけど」

「ええ、何度も聞いてる。杜萌より成績が良かったのに、N大に行った子でしょう？」

「先週、その子に久しぶりに会ってきたの」

「どこで？」

「栄《さかえ》よ。マジックショーに誘われて、それから一緒に食事をして……」

「あ、じゃあ、あの日ね……。杜萌、飛行機で帰ってきたんじゃないの？」

簑沢の屋敷からは、那古野空港が車ですぐの距離だったので、杜萌は東京への行き帰りにはいつも飛行機を利用していた。この場合、那古野市内に出るのであれば、一度自宅に帰った方が便利で、荷物も置ける、と姉は考えたようだ。

「新幹線」杜萌は答える。

「電車、嫌いなのに……。珍しいわね」

「うん、急に彼女に会うことになったし」

確かに、杜萌は新幹線にあまり乗ったことがなかった。姉が言うように。電車やバスが嫌いなこともあるが、それよりも、飛行機が好きだった。

「その西之園って子ね、もう、何て言うのかなあ、正統派のお嬢様、う～ん、違うな……、箱入り人形……。そうね、イニシャライズしてないハードディスクみたいな子なの」

「よくわからないけど、そのお友達が、どうかしたの?」

「話したかしら? 私よりチェスが強いこと」杜萌は言った。

「へえ……」紗奈恵は相槌を打った。だが、杜萌が強調したかった意味が姉には正確に伝わらなかったようだ。

「その子がね……、何て言ったと思う?」杜萌は思い出しただけで吹き出してしまった。

「何て言ったの?」

「殺人犯に拉致《らち》されて、海に投げ込まれるところだった……。そう、そこを、フィアンセの男性が助けてくれたって言うわけ。もう、何度も何度もそんな危険な目に遭っているんだって。それも、この二年の間に。凄いでしょう？　それでね。私、変わったの、なんて大真面目な顔して言うんだもん」

紗奈恵は笑った。

「あんなに頭の良い子でも、結婚しようとなると、馬鹿になっちゃうみたい」杜萌も笑いながら続ける。「それが悪いって言ってるんじゃないよ。まあ、可愛らしいといえば、可愛らしいんだけどね。でもなあ……」

「羨《うらや》ましい話じゃない？」紗奈恵は首を傾げて言う。「恋は盲目っていうでしょう？」

「羨ましい？」杜萌は鼻息をもらす。「馬鹿馬鹿しいだけよ。私はごめんだわ」

紗奈恵は笑いを堪えるように口を結んだ。それは、杜萌が一番好きな姉の表情だった。

「杜萌だって、好きな人ができたら、何を言い出すかわからないから。今言ったこと、全部取り消したりしない？」

「私は嫌、そういうの」杜萌は小さく肩を竦め、溜息をついた。

2

三時頃、簑沢泰史と祥子が屋敷に戻ってきた。秘書の杉田耕三が一緒だった。

「佐伯さんは、まだなの？」祥子がリビングに入ってきて言った。「パーティの用意をしなくちゃならないのに……」

「電話をしなさい」泰史が妻に言う。彼はサンルームにいた二人の娘たちの方を見た。「変わりないかね？」

「ええ、お父様」紗奈恵がお淑やかに答えた。

「杜萌も、パーティの話は聞いたね？」

「はい、お姉様から」杜萌もよそ行きの返事をする。

祥子は、部屋の隅へ行き、電話をかけていた。

スーツケースを持った杉田が、遠慮がちにロビィから部屋の中を覗いた。

「杉田さん」杜萌はソファから片手を振って声をかける。

「ああ、杜萌さん」杉田は部屋に入ってきて、頭を下げた。「こんにちは、どうも、お久しぶりです」

杉田は全然変わっていない、と杜萌は思う。

「杉田さん、結婚は？」

「はあ、まだです」

もう三十四か五のはずだ。長身で大人しそう。エクステリアは好青年である。そう、ちょうどミネラルウォータのような感じの男だった。アクもないが、アジもない。

父と杉田は、何か仕事の話であろう、応接室の方へ姿を消した。母は電話で佐伯を呼び出したあと、二階の寝室へ上がっていった。

佐伯千栄子が十五分ほどして現れた。彼女は、紗奈恵と杜萌に軽く頭を下げ、急ぎ足でキッチンに入っていった。その頃には、杜萌も、姉と同様に椅子に座って読書をしていた。外は暑そうだったが、部屋はクーラがよく効いていて、紗奈恵は膝掛けをしている。

杜萌は読んでいた雑誌をラックに戻し、立ち上がって、キッチンに向かった。

佐伯千栄子が冷蔵庫を開けているところだった。

「何か手伝うわ」杜萌は声をかけた。「パーティの準備、いろいろ大変なんでしょう？」

「いいえ、大丈夫です」佐伯は振り返って答える。

「でも、手伝う」杜萌は微笑む。「迷惑？」

「いえ……、はい。じゃあ、お願いします」小柄な佐伯は、きょとんとした表情で杜萌を見上げた。

二人は簡単な打ち合わせをして、作業の分担を決めた。それから、杜萌はパスタを茹《ゆ》でながら、鶏肉を解凍して、生姜《しょうが》を刻んで一緒に醬油に浸した。佐伯千栄子は、豚肉を糸で縛りつけオーブンに入れてから、テーブルいっぱいに店を広げて、オードブルの盛りつけを始めた。

「佐伯さん、お兄様の部屋の鍵のこと、知ってた？」杜萌は大きな中華鍋をコンロにのせてからきいた。

「いいえ」佐伯は仕事をしながら答える。

「じゃあ、三階の部屋の掃除とかは、いつもどうしているの？」

「奥様がなさいます」佐伯は振り向いて言う。「私は、三階には上がったことがありません」

三階の兄の部屋にはバスルームがある。その部屋はもともと客間だった。そんな掃除まですべて母がしていたのだろうか。杜萌は不思議に思った。

「でも、お母様が出かけるときだってあるでしょう？」

「そのときは、お嬢様……、紗奈恵お嬢様が」

杜萌はフライパンに油をひいた。

杜萌がこの屋敷にいた頃の家政婦は、加藤《かとう》という名の老婆で、通いではなく住込みだった。無口で愛想のない老人で、杜萌はほとんど口をきいたことがなかった。母も、加藤を嫌っていたようだ。後妻として、母がこの屋敷に入ったのが十二年ほどまえである。杜萌が小学五年生のときだ。加藤は、もちろんそれ以前から簑沢家に仕えていたのであるから、新参の母との間に、目に見えない衝突があったとしても不思議ではない。当時の杜萌には考えも及ばないことだったが、今思えば、当然の話だ。

その加藤は、昨年の暮れに亡くなっている。高齢ではあったが、それは突然だった。具合が悪くなり、入院して数日だったという。残念なことに、杜萌はちょうど旅行中で、東京でこの知らせを聞いたのは、何日もあとになってからだった。だから、杜萌は、加藤の葬儀にも出席していない。佐伯千栄子は、その加藤のあとを引き継いで、この屋敷に来たのである。

「佐伯さんは、まえにいた加藤さんって人を知ってる？」

「ええ、お話はきいております」テーブルから佐伯が答えた。

「加藤さんも三階に上がらなかったのかしら？」杜萌は尋ねる。もちろん、以前にはそのようなことはなかった。兄の部屋の掃除も加藤がしていたはずだ。杜萌が尋ねたのは、彼女がいなかった二年間のことである。

「さあ、私には……」

「誰もいない留守のときなんかに、貴女、三階に上がってみたりしなかったの？」

「いいえ」佐伯は驚いた顔を杜萌に向ける。「とんでもない。だって……、そんな、恐ろしくて……」

「恐ろしい？　どうして？」杜萌は手を休めて佐伯を見た。

「い、いえ、別に……」佐伯はまた仕事を始める。

恐ろしい、という佐伯千栄子の言葉に、杜萌は少し驚いた。だが、確かに、わからないでもない。何も知らなければ、恐ろしいものかもしれない。そう思った。

「お兄様が、どうしてあの部屋に閉じ込められているのか、貴女、どう聞いているの？」

「あの……」佐伯は下を向いたまま困った顔をする。「素生様は、その、ご病気で……、頭のご病気で……」

「何ですって?」杜萌はきき返した。

「申し訳ございません」佐伯は慌てて頭を下げた。「あの、お嬢様……、私は、その……」

「ううん」杜萌は片手を顔の前で広げる。「ごめんなさい、そんなつもりじゃなかったの。ええ、いいのよ。ちゃんと話して……」

「精神病って、いうんでしょうか……」

「じゃあ、それで、近づかなかったのね?」

「はい」

なるほど、佐伯千栄子は、兄、素生が気が狂っていると思っているのだ。正しい認識とはいえないけれど、それならば、恐ろしいと感じるのも頷ける。

「最近、兄のところに、誰か来なかった? 出版社の人とか、それともお友達とか、誰か訪ねてこなかったの? それとも、たとえば、お医者様を呼ぶようなこととか、あったでしょう?」

「いいえ、私は存じません」佐伯は首をふる。「何も……」

「そう……」杜萌は頷いて、料理の作業を再開した。「佐伯さん、お兄様の写真は見たでしょう?」

「はい、あちらのお部屋にございますね」

リビングのキャビネットの中に飾ってあるのは、家族五人が写っているもので、杜萌が高校生のとき、駒ヶ根の山荘で撮った写真だった。

(そうだ、昨年の夏はどうしたのだろう?)

杜萌は気がついた。彼女は昨年帰らなかった。昨年も別荘に行ったのだろうか?

それは、佐伯に尋ねてもわからないだろう。彼女が来る以前のことだからである。

毎年、夏休みの一週間か二週間、簑沢家は駒ヶ根の山荘まで避暑に出かけている。今年も、あんな事件が起こらなければ、今週には行く予定だった。兄をどうするつもりだったのだろう。佐伯が面倒を見られないのならば、誰が?

おそらく、兄は山荘へはいかない。

それとも、兄も一緒に連れていくつもりだったのだろうか。

昨年までは、留守中の兄の世話を加藤がしていたはずだ。

「とても……、あの……、綺麗な方ですね」佐伯千栄子は口籠もって言った。

「お兄様のこと?」

「はい」

「私がここにいた頃は、よくお庭でお話をしたわ」杜萌は独り言のように呟いた。「そこのテラスの椅子……。あの場所がお気に入りで……。お兄様の詩はね、全部、私が書き取ったものなのよ」

自分の発言に杜萌は呆れていた。まるで、兄の美しさは全部私のものだ、と自慢しているようではないか。

彼女は、ガラス越しに見える真っ白なテラスデッキをしばらく眺めていた。

3

「やあ、杜萌ちゃん」

キッチンの入口に立っている男が低い声で言った。杜萌は、振り向いてぴくりと震える。

あの恐怖の朝も、そこに男が立っていた。

恐ろしい仮面をかぶり、銃を握った片手をぶらりと下げ、躰を斜めにして、その場所に立っていたのだ。

持っていた箸が落ちた。

「ごめん、ごめん」男は言った。「驚かしちゃったかな……」

佐伯千栄子も駆け寄ってくる。「お嬢様、大丈夫ですか?」

杜萌は深呼吸をした。

全然大丈夫だ、と意識していたが、躰は動かない。鼓動が速かった。どこかに座りたいと思う。立っているのが苦痛だった。

「ええ、大丈夫……」杜萌は頭を振って言う。「ちょっと、立ち眩みがして」

もちろん、立ち眩みではない。

あの朝の恐怖が、突然蘇《よみがえ》ったのだ。理解してはいても、まだ消化されていない部分が残っている。だからきっと、これは未消化の恐怖が発する警告、あるいは、亀裂に生じた摩擦のような痛みだろう。

言葉では説明できない、抽象。

原色のような、印象。

あの一瞬に凝縮された感情を思い出したのだ。

心配そうに杜萌を見ているのは、叔父の簑沢幹雄だった。杜萌は、彼を無視してリビングまでふらふらと出ていく。そして、ソファに倒れるように腰掛けた。

「杜萌、どうしたの?」本を読んでいた紗奈恵が立ち上がった。「真っ青じゃない」

「僕が脅かしちゃったみたいなんだ」幹雄が近づいてきて言う。

「いえ……」杜萌は首をふった。「叔父様のせいじゃないの。ごめんなさい。大丈夫。ちょっと休ませて……」

簑沢幹雄は煙草に火をつけて、少し離れた椅子に座った。長い髪を後ろで縛り、日焼けした大きな顔には顎鬚《あごひげ》を蓄えている。もう五十を越えた年齢だったが、見かけは若々しい。アロハのようなトロピカルな色合いの大きなシャツをだらりと着て、色の褪せたジーンズを穿《は》いていた。いかにも芸術家であることを主張したファッションだが、事実、叔父は画家である。杜萌は、彼の描いた絵には興味がなかったし、実際に見たことがあるのは数点だけだった。姉の紗奈恵は、叔父の才能を認めていて、彼の絵のことをよく話題にしていた。

簑沢幹雄は、杜萌の父、泰史の先妻、澄子の弟である。つまり、地元の代議士、簑沢幸吉の一人息子だ。だが、跡取りであった幹雄は、若い頃から芸術一筋の人生を歩んだ。ヨーロッパから日本に帰ってきたのが数年まえのことである。

「いやあ、しばらく見ないうちに、杜萌ちゃん、綺麗になったね」幹雄は大きな声で言う。両手の素振りも嫌味なほどオーバだった。「一度、描かせてもらえないかな」

杜萌はもう落ち着いていた。しかし、以前から彼女は、この義理の叔父が好きではない。仰々《ぎょうぎょう》しく、それに芝居がかっていて、真面目なのかふざけているのかもわからない人物だったからだ。竹を割ったような性格を表面上は装っているが、芸術家特有の粘着的な気質が、ぎょろりとした目つきにしばしば現れる。杜萌は彼のその威圧的な視線が嫌いだった。

「紗奈恵ちゃんは、どう？　最近描いてるの？」幹雄は、杜萌が黙っているので姉の方に躰を向けた。

「いいえ、どうも気が乗らなくって、駄目なんです」紗奈恵は微笑んで答える。

紗奈恵の通っていた県立芸大で、簑沢幹雄が非常勤講師をしていた時期があった。姉は叔父のデッサンのモデルをしたこともある。杜萌が高校生のときで、そのとき、姉に対して反対したのを杜萌は今もはっきりと覚えている。

杜萌は気分が悪い振りをして黙っていた。叔父とは話したくなかったので、その方が都合が良かった。

「お祖父様は、いかがですか?」紗奈恵が話題を変えた。

「ああ……、芳《かんば》しくないね」幹雄はオーバに首をふる。「昨日も見舞いにいってきたんだけど、本当、弱られたって感じだ。もう長くないだろうね」

簑沢幸吉のことだ。杜萌にも紗奈恵にも、彼女たちの両親にも血のつながりのない義理の祖父である。しかし、父には、血よりも大切なものがあることを、杜萌は知っている。

時刻は既に五時を回っていた。

「素生君は?」幹雄が突然尋ねた。

「ええ……」紗奈恵が曖昧な返事をしながら、杜萌の方を見る。

「ずっと、ああして、門の外に警察がいるんだね」幹雄はにこにこしながら言う。「一応、警護ってわけかな?」

叔父はどこまで知っているのだろう、と杜萌は考える。素生が行方不明であることは知らないようだ。少なくとも、知らない振りをしている。

母が着替えをして戻ってきた。幹雄が立ち上がって、挨拶をする。

「今、呼んできますわ」母は、再びロビィに出ていく。父を呼びにいったのであろう、と杜萌は思った。

「杜萌、着替えてきましょう」紗奈恵が言ったので、杜萌は立ち上がる。二人は叔父に一礼して、ロビィに出た。

「私、別に着替えなんて……」杜萌は階段を上りながら姉に言った。

「着替えなさい」紗奈恵が笑いながら言う。「何でもいいから」

階段を途中まで上がったとき、一階の応接室から、父と杉田が出てくるのが見えた。

杜萌は、姉と別れ、自分の部屋に入る。そして、ベッドに倒れ込んだ。

4

杜萌はベッドでしばらく横になっていた。三十分くらいそうしていただろうか。

(私だけ知らないことがある)

その言葉が頭の中で何度もリピートされた。しかし、確証は何もない。

一階に下りていくのが億劫だった。嫌いな叔父と話をしなければならないからである。独りでここにいる方がずっと良かった。彼女の場合、いつだってそうなのだ。

しかし、杜萌は溜息をついてから立ち上がった。クロゼットに入って、服を選んだ。

どうでも良い、と思う。

服装なんて単なる可視光線シールドだ。

適当にワンピースを決めて、着替えた。鏡の前で口紅だけ簡単に引く。彼女はそっとドアを開けて、廊下に出た。

一階から笑い声が聞こえる。正面ロビィのステンドグラスが、まだ明るい。

階段まで来たとき、杜萌は、吹抜けのロビィを見下ろして立ち止まった。それから、八角形の天井を見上げる。

彼女は、通路の反対側へ引き返し、階段を上がった。

三階のロビィは、下の吹抜けの真上になる。北側は、緩やかに湾曲《わんきょく》した壁に縦長の窓が等間隔に並んでいて、すぐ外に大きな黒っぽい屋根が見える。南側には、ドアが二つ。左が、兄の部屋である。

事件のあった金曜の朝以来一度も、杜萌はその部屋の前にさえ立っていない。

事件のあと、警察とともに山荘から戻ってきた。その晩は、自分の部屋で眠った。しかし、翌朝には体調が悪くなり、病院へ連れていかれたのである。それからずっと入院していた。昨日退院したばかりだ。

杜萌は、兄の部屋の扉のノブに手をかける。そして、ゆっくりとそれを回して、扉を押し開いた。

部屋は狭いが、奥の左手にさらに小さな寝室が別にあった。入口を入ってすぐ左手がバスルームだった。部屋の奥の正面は、古めかしいスチール枠の窓で、屋敷の玄関側、つまり南を向いている。今、そこにはクリーム色のカーテンがかかっていた。

部屋は暑かった。

杜萌は、板張りの床を進み、窓を開けた。涼しい風が入った。開けたままにしてきた入口の扉が、その風のためか、大きな音を立てて閉まった。彼女はその音で、しばらく息を止めた。

自分は何かに怯《おび》えているようだ、と彼女は思う。

窓の外、すぐ下には、正面玄関の庇《ひさし》。カーブした石畳がゲートまで伸びていた。正面ゲートの外には、パトカーが駐まっていて、制服の警官の姿が見えた。さらにその向こうは、まるでこの屋敷と対峙するかのようなボリュームの鬱蒼《うっそう》とした森。

こんな狭いところに、ずっと閉じ込められていたなんて……。

しかも、この窓から外の景色を楽しむことが、兄にはできないのである。

窓際のデスクに、一冊のハードカバーの本が伏せられていた。点字の書籍ではない。それは兄、簑沢素生の詩集だった。

杜萌はそれを手に取る。開かれていたページは、最初から数ページのところで、一編の詩があった。

僕を追わないで

人間に要求される
すべてのうち
ただひとつを除いて
僕は拒絶する

僕の形は
午後の鐘塔から滑らかに漏れる
光と呼ばれる音でつくられ

選び抜かれた馬具に
触れる片手は変幻して
何かしら失った記憶の
もう一対を
裁こうとして
待ち受ける

誰にも
恋人にも
決して
許されない条件

渡り通ることのできない
この境界に
きっと
ぽつりと
生まれた形

だから、僕を追わないで

この詩集は、兄が持っていたのだろうか。

いや、一階のリビングにあったものに違いない、と杜萌は思った。兄には、普通の書物は無意味なのだから。

どうして、このページが開かれたまま伏せられていたのであろう。まるで、詩のタイトル『僕を追わないで』に意味があるように……。

杜萌は確かに、兄の行方が知りたかった。それはつまり、素生を彼女が追っていることになる。

僕を追わないで……。

その詩は、ずいぶん昔の作品である。その詩集は、出版された一番古いものだった。

「杜萌?」廊下から姉の呼ぶ声がした。

杜萌は詩集をそのままデスクに戻し、入口まで駆け寄った。しかし、扉を開けようと手を伸ばしたとき、それは、こちら側に開いた。杜萌は手を引っ込め、開いた扉にぶつからないように飛びのいた。

「びっくりした」紗奈恵が目を大きくして言った。

「ごめんなさい」杜萌は謝る。

「どこにもいないから……、探したのよ」紗奈恵は扉に手をかけたまま、杜萌の肩越しに部屋の中を見た。「こんなところで、何をしてるの?」

「いえ、別に……。ちょっと覗いてみたかっただけ」杜萌は紗奈恵の横を通り抜けて廊下に出る。「ごめん。もう下に行こうと思ってたところ」

「お客様、お揃いなんだから……」紗奈恵は扉を閉めて言う。「お父様にちゃんと謝らなくちゃ駄目よ」

紗奈恵は、長いスカートだった。お化粧もきちんとしている。杜萌は、姉に従って階段を下りながら、さきほどの詩をまだ頭の中で繰り返していた。

（僕を追わないで……）

5

杜萌は食事中ほとんどしゃべらなかった。

父は機嫌が良く、つぎつぎに話題を変えて話をした。一つの話題に留まることがいけないことだとでも信じているのだろうか、と杜萌は不思議に思った。母は、そんな父の横で優雅に相槌を打っていた。

叔父は相変わらず横柄な態度で、大声でしゃべったが、父との会話はほとんど嚙み合わなかった。何かというと、外国の話になる。叔父は自慢話をしたがり、そのことが杜萌にはうんざりだった。

姉は杜萌の隣にいたが、幾度か何でもない馬鹿みたいなことを質問して場を盛り上げた。杜萌には絶対にできない芸当だった。

杜萌の正面は、佐々木睦子《むつこ》というほっそりとした女性で、母よりは若そうだった。どうやら一緒に来るはずだった夫が都合で来られなくなったようだ。彼女の夫というのが、現職の愛知県知事らしい。

「杜萌さんは、ご結婚は?」佐々木夫人がワイングラスを取りながら囁いた。愛敬のある無邪気な笑顔である。

「いいえ、姉がさきです」杜萌はすぐに答える。

幸いそのときは、他の人々は叔父の大げさな話に耳を傾けていたので、佐々木夫人と杜萌の短い会話は聞こえなかったようだ。

「いいえ、貴女がさきよ」佐々木夫人はそう囁いてますます微笑んだ。

佐々木夫人は、派手なフレームのメガネをかけている。魔女のような風貌だった。もちろん、魔女がどんな顔をしているのか判然としないが、とにかく、杜萌はそう感じた。小さな色白の顔に尖った顎。鼻筋の通った北欧系の彫りの深い顔立ちである。若い頃はさぞかし美人だったであろう。

佐々木夫人の予言者のような一言が大いに気になったので、食事が終わってリビングに全員が移ったあとも、杜萌は佐々木夫人を何度か窺った。

杜萌はずっと窓際でグラスを片手に立っていた。さきほどまで杜萌と話をしていた姉は、今は秘書の杉田と向かい合い、床が一段高い隣のダイニングで紅茶を飲んでいる。叔父は独りでロックを飲んでいて、顔が真っ赤だった。

佐々木夫人はソファでずっと父と話をしていたが、しばらくして、父が立ち上がった。それを見て、杜萌は佐々木夫人に近づく。

「どうして、あんなことをおっしゃったんです？」杜萌はソファに腰掛けながら彼女にきいた。

「あんなことって？」佐々木夫人は、微笑んで首を傾げる。

「私が、姉よりもさきに結婚するって、おっしゃいました」

「ああ、それはね……」佐々木夫人は嬉しそうに片目を瞑る。「貴女とお話がしたかったからです」

「は？」

「ああ言えば、あとで私のところに、きっとお話をしにいらっしゃる、と思ったから」

杜萌も微笑んだ。佐々木夫人の返答が気に入ったからだ。

「じゃあ、私、まんまとひっかかりましたね」

「ええ、もう……」佐々木夫人はテーブルのグラスを取って、口へ運んだ。「ごめんなさいね、特に意味はなかったの。でも、なんだか、貴女を見ていたら、ふと、そんな感じがしたのも事実なのよ。それは本当」

「私、結婚なんてするつもりありません」

「私もね、十年……、いえ……二十年まえには、貴女みたいにそう思ったものですよ。ほ

「ら、周りの男がみんな、だらしなくって、頼りなくって、ねえ……、もう情けない連中ばかりじゃない? それが、どうして、そんなやつらの言いなりにならなくちゃいけないの? そう、思ったわ。それが、どうでしょう? 貴女……。いっちばん頼りなくて、いっちばん情けない男と結婚しちゃったわよ」

「あの、それが、佐々木知事ですか？」杜萌は笑いを堪えてきいた。

「ええ、そう」佐々木夫人は口をへの字にして頷いた。「今でも、頼りなくて、情けない。あの人はね、はっきりいって、私でもっているだけなの。本当に何もできない人なんだから」

「それは興味深いお話ですね」杜萌は頷いた。

「先週は大変だったそうね」佐々木夫人は急に真面目な表情になる。「今、お父様からお聞きしましたよ。ショックだったでしょう？」

「いえ……」杜萌は首をふる。「大丈夫です」

「まったく物騒な世の中になりましたわね。私の兄は、警察官なんですけどね。やっぱり、ここがね……」佐々木夫人は大げさに眉を寄せて、自分の頭に人差指を当てる。「そう、ちょっと弱いのね。つまり、簡単にいえば、馬鹿なの。ええ……。あんな人が警察ですからね、心配。だって、頭がこちこちでしょう？　乾燥したお餅みたい。頭の中、ひび割れているんじゃないかしら。犯罪もいろいろ新しいタイプのものが出てきているんですからね、警察もう少し若返らないと……」

佐々木夫人の話に、杜萌は口もとに片手をやって笑いを堪えていた。面白い女性だ、と思った。頭の回転が速いし、相手の興味を引くこつを心得ている。さすがに政治家の妻である。同じ条件にある杜萌の母では及びもつかない人物だ。

「あ、そうだ……」佐々木夫人はハンドバッグから煙草を取り出した。「貴女も吸われる？」

「あ、いいえ、私は……」杜萌は手をふった。そして、父の方を見ながら小声で言う。「本当はいただきたいんですけど、父と母には内緒なんです」

「私も主人には内緒なの」佐々木夫人はにっこりと笑い、煙草に火をつけた。「主人には、煙草はやめさせました。ですからね、私だけ、大っぴらにはちょっと吸えませんでしょう？　少しは気を遣ってあげないと可哀想ですし」

「父も、母と結婚して煙草をやめたんですよ」杜萌は微笑んだ。

「ええ、簑沢さんはお優しいわ」佐々木夫人は煙を吐く。「あんなにお優しくてはね、ちょっと大物にはなれません。これ、嫌味じゃなくてよ」

「ええ、ええ」杜萌は笑って頷く。「わかります」

「先週の事件だって……」佐々木夫人は杜萌の耳もとに顔を近づけた。「私だったら黙っていませんよ。そんな、何百万円も取られて、にこにこしていられます？　たぶん、私だったら、撃たれていましたわね。簑沢さんが落ち着いていらっしゃったから、皆さん、ご無事でねえ……、本当に」

「はい、確かにそうでした」杜萌は深く頷いた。

「でも、まだ、殺人犯が一人逃げているんでしょう？　捕まってないんだから……、心配よね。今度、兄に会ったら、私、言っておきますわ、しっかりやんなさいって、ね。頭が弱い分、ちゃんと働きなさいって」

佐伯千栄子が新しいグラスを運んできた。杜萌は断ったが、佐々木夫人は古いグラスと交換する。

「その逃げている人が、殺したわけじゃないんです」杜萌は言った。「私をこの屋敷で襲った人が、逃げているんですけど……、その人があの二人を殺したんじゃありません。あれは……、二人で相打ちになったんだと思いますけど」

「いいえ」佐々木夫人は首をふった。「だって、たった今、簑沢さんからお聞きしました。相打ちではないそうよ。二人とも別の人に撃たれたんだって」

「え？　そうなんですか？」杜萌は驚いた。西畑という刑事が確かにそれらしいことを言ってはいたが、警察が正式にそんな見解をとっているとは思わなかった。しかし、父の持っている情報だとすれば、間違いないだろう。

「それじゃあ、誰が？」杜萌は尋ねる。

「さあ……」佐々木夫人は大げさに肩を上げ、目をぐるりと回した。「私、そういうことは考えないことにしているの。余分なことに頭を使って老化したくありませんからね。あ、そうそう、それよりも、貴女。お兄様はどうしたの？　素生さんは？」

「ええ」杜萌は姿勢を正す。「あの、この頃はちょっと……」

「出ていらっしゃらないのね」佐々木夫人は目を細めて微笑んだ。「まえに一度だけ、お会いしましたけど、また、是非会いたいわ。だって、ねえ……、評判の美少年なんですから。あ、これ、あまり良い表現じゃなかったわね。評判のっていうところは、気になさらないでね」

「大丈夫です」

「素生さん、おいくつになるかしら？」

「今年で二十四です」

「そうか……」佐々木夫人はグラスを傾け、天井を見上げて溜息をついた。「歳をとるのって嫌だわあ、本当。いったいどうして歳なんてとるのかしら？　だって、人間の躰の細胞って、何年かで全部入れ替わるっていうじゃありませんか。だったら、永遠にいつまでも新しくできるはずでしょう？」

「ええ、そのとおりです」杜萌は頷いた。「よくご存じですね」

「そういう勉強はね、けっこうしてますから」

「でも、遺伝子は、もともと歳をとるようにプログラムされているんですよ」

「杜萌さんは、専門は何ですの？」

「私は情報工学です」杜萌は答える。佐々木夫人の話題は、恐ろしく切り換えのテンポが速い、と彼女は思った。

「ああ、コンピュータね……」佐々木夫人は一瞬眉を寄せる。「ごめんなさい、顔に出てしまったかしら。私ね、あれは駄目なの。嫌いなのよ、コンピュータ。生理的に駄目」

「好きな人の方が少ないと思います」

「そう？　最近はそうでもないでしょう？　私の姪は好きですよ。コンピュータでラブレターとか書いているんです、きっと。なんか、こそこそしてて、嫌らしいわよね、あれって。でも、若い方にはきっと良いんでしょうね。いえ、私もまだ若いから、勉強しなくちゃいけないのかしら。そう……、諦めちゃいけないわよね」

「私も嫌いなんです」杜萌は微笑んだ。

「あら、嫌いなのに、コンピュータのことを勉強しているの？」

「医学部の人って、病気が好きな人たちですか？」杜萌はきいた。

佐々木夫人はそれを聞いてにっこりと頷いた。

「貴女のこと、気に入ったわ。今度、私の姪を紹介させていただけないかしら。ええ、きっと話が合いますよ。その子も、ちょっと変わっているの。いえ、貴女が変わっているって言ってるんじゃありませんよ。えっと、ユニーク？　独創的っていう意味です。そう、たぶん、貴女と同じ歳だから……、ええ……、きっと……」

6

九時過ぎに佐々木夫人は帰った。タクシーが呼ばれ、簑沢の家族全員で玄関先まで見送った。叔父の幹雄はリビングのソファで眠ってしまい、いつものことだが、泊まっていくことになりそうだった。

杜萌はシャワーを浴びて、十時には自分の部屋に戻った。彼女はドアの鍵をかけて、東京から持ってきていたバッグの中から、煙草と携帯用の灰皿を出した。煙を深く吸い込み、久しぶりのニコチンで一瞬の浮遊感を楽しんだ。

今はベッドに腰掛けている。

佐々木夫人が話していたことを考えた。駒ヶ根の二人の死体は相打ちではない。つまり、二人は、他の人間によって殺された、と警察は認識している。父にきいて、確かめることはできなかったが、確認の必要はない。極めて合理的な推論に思えたからだ。

(しかし、どんな具体的な証拠で、その判断ができたのだろうか?)

死体を解剖したはずである。科学的な検証で明らかになったのだろうか。

もし、そうだとすると、警察は、第四の人物を追っている、ということになる。あのとき逃げていった男には、二人を殺すことはできない。つまり、もう一人別の人間が犯人グループにいた、と考えているはずだ。警察は、その四人目の人物を探している。たぶん、そうだろう。

警察は、山荘の殺人事件と、素生の失踪をどう関連づけているのか？　その四人目の人物と素生の誘拐を、単純に結びつけているのかもしれない。

パーティのまえに三階の素生の部屋で見た詩集は？

あれは誰が置いたのだろう。姉にはきけなかった。それに、意味があることとは思えない。

(僕を追わないで……)

お兄様は、いったいどこにいるのだろう？

警察は何をしているのか？

確かに、あの部屋には、兄が日頃使っていた杖が見当たらなかった。しかし、目の見えない素生が一人で家から出ていった可能性は非常に低い。誰かが連れ出したのであろう。もし万が一これが誘拐なら、もう一週間以上も経過しているのに、犯人から連絡がないのはおかしい。

警察だって、当然、同じことを考えているはずだ。

そう……、病院で西畑刑事が話していた、部屋の鍵のこと……。

あの日の朝、杜萌は屋敷中を歩き回った。家族がいないことに気がついて、三階の兄の部屋に鍵がかかっていることも確かめた。屋敷中のどこにも、誰もいなかったはずだ。

事件後、駒ヶ根から屋敷に戻ってみると、兄はいなくなっていた。そして、やはり、三階の兄の部屋には鍵がかかっていたのだ。

西畑刑事が指摘したのは……、何故鍵がかかっていたのか、という疑問である。部屋を出たときに、いや、部屋から連れ出されたときに、わざわざ鍵をかけ戻しておいたのは、どうしてなのか。

（私が部屋の中に入らないように？）

しかし、何故？

たとえば、その前夜、杜萌がこの屋敷に来たとき、既に素生はいなかった、という可能性はないか。

その日のお昼には確かに素生はいた、と母が証言している。姉もそうだ。だが、二人はその日の午後、買いものに出かけている。母と姉は帰宅した直後に連れ去られたのだから、屋敷には入っていない。父も一緒に連れ去られた。それが、八時過ぎのこと。

もし、母と姉がいない時間に素生が部屋を出たとしたら……。

その場合は、父が部屋の鍵を開けたことになる。しかし、数時間すれば母が帰ってきて、素生に食事を運ぶことが、わかっているのだ。鍵をかけておいても、素生の不在を隠すことにはならない。それとも、「食事はもう運んだ」と母に言うつもりだったのだろうか。

三人が連れ去られてから杜萌が帰宅するまで数時間、素生を除外すれば、屋敷には家政婦の佐伯千栄子が一人でいたことになる。もし、このとき、素生が部屋を出たとしたら……。

この場合は、佐伯が鍵を開けたことになる。彼女が素生を部屋から出して、ドアの鍵をかけ直した。素生がまだ部屋の中にいることを偽装しようとしたのか……。

どちらかといえば、後者の仮説の方が有力だろう。しかし、目的は？　佐伯千栄子が誰かに頼まれたのか？　何故、素生がいることを偽装する必要があるのか。

では、もし鍵が開いていたら……、どうなっただろう。

たぶん、自分がそれを見つけたら、大騒ぎしただろう、と杜萌は思う。そして、屋敷に誰もいないことがわかったら……。

そう、あの夜だって、一度は素生の部屋へ行こうと考えたではないか。ただ、時間が遅かったのと、疲れていたので、そのまま眠ってしまっただけのこと。あの夜に、三階の部屋をノックした可能性だって当然あった。

杜萌は立ち上がり、部屋の中を歩く。窓際のカーテンの隙間から外を覗くと、月明かりで庭の芝がほんのりと光って見えた。

彼女はガラス戸を開け、ベランダに出た。

湿った生暖かい夜の空気に包まれる。空は大きな月に独占されていた。クーラの室外機の低い音が下の方から聞こえてくる。

横でガラス戸が開く。

隣の部屋の紗奈恵が顔を出した。

「何しているの、杜萌」姉はまださきほどと同じ服装だった。

「うん、ちょっと天体観測」杜萌は冗談を言う。

「こんなところに出ない方がいいわ」紗奈恵は囁くように言った。「狙撃されるかもしれないから」

「大丈夫だよ、暗くて見えないから」そうは言ったものの、杜萌には狙撃が可能であることがわかっていた。部屋のカーテンから漏れる光量でたぶん充分だろうし、赤外線スコープなら真っ暗やみでも可能だ。

「犯人が逆恨みしてなきゃいいんだけど」紗奈恵は囁く。「お金が充分に手に入らなかったわけだし、仲間が二人も殺されたのよ」

「自分たちで殺し合ったんだから、しかたがないよ」杜萌は淡々と言う。「そんな小さなことでいちいち仕返ししていたら、テロなんてできない」

「どういう意味？」

「私たちの命を狙ったって、何の得もないってこと」杜萌は微笑んだ。

「そうかしら？」紗奈恵は心配そうな顔をする。「政治家の娘を次々に狙うってことだってありえるんじゃない？」

「世間の反感を買うだけ」杜萌は言う。

「そう……」紗奈恵は振り返って手摺にもたれかかった。「確かに、あの人たち、なかなかジェントルだったしね。言葉遣いも丁寧だった。脅かしはしたけど、理性はあったわ。あの女の人なんか、可哀想よね、自分の信じていた仲間に殺されて……、何か彼女なりに夢があって、きっと必死で生きていたでしょうに……ね」

「ええ」杜萌は素直に頷いた。姉の言葉には、とても姉らしい優しさがあって、返す言葉も思い浮かばなかった。

「暑いから中に入りましょう」紗奈恵は言う。

「私の部屋へ来て」杜萌はガラス戸を開けながら言った。

二人とも、杜萌の部屋に入った。

「あ、杜萌……、煙草吸った？」

「一本だけ」杜萌はカーテンを閉めて微笑んだ。「臭う？」

「少し」姉はデスクの椅子に腰掛ける。

「あのね、姉さん……」杜萌はベッドに座った。「何か事件に関して、警察から聞いてない？」

「どんなこと？」

「あの二人を撃ったのは誰か……、とか」

「いいえ。二人でお互いを撃ったんじゃなかったの？」

「私もそう思ってた。でも、違うみたい」杜萌は首をふった。「佐々木さんから聞いたの。お父様もご存じだって」

「何故、そんなことがわかったの？」

姉の疑問は、杜萌と同じだった。

「たぶん、硝煙反応とか、それとも、死体に移動した痕があったとか……、そんなことじゃないかしら」

「ショーエン反応？」紗奈恵は首を傾げる。

「火薬の煙の痕みたいなものね。私もよくは知らないけど、たぶん、窒素化合物だと思う。銃を撃つと、それが近くの水分に付着するのかな」

「よくわからないけど……。杜萌、それじゃあ、あの二人を殺したのは誰？　あの逃げた人では……？」

「それは違う。二人が殺されたのは、時間的にもっとまえなんだから」

「ああ、そうか……。じゃあ、他にまだ、誰かいたっていうことになるのね？」紗奈恵は自分の肩を抱いて眉を寄せた。

「そうなる」

「そうなんだ……」紗奈恵は頷く。「良かった……。あのとき、私たち山荘からすぐに出ていかなくて。二発の銃声が聞こえたから、出ていこうとしたのよ。でもお父様が危ないからっておっしゃったの。あのとき……、まだ殺人者が駐車場にいたわけね」

ドアがノックされた。

杜萌は立ち上がり、鍵を外してドアを開けた。廊下に母、祥子が立っていた。

「杜萌、電話ですよ」

7

「誰から？」

「さあ、お父様が出られたから……」母は答える。

杜萌は急いで廊下を歩き、階段を駆け下りた。ロビィからリビングに入っていくと、奥のダイニングで、父と叔父が二人でグラスを持って話をしていた。他には誰もいなかった。家政婦の佐伯も秘書の杉田も、帰ったようである。

杜萌は、電話のところまで行き、受話器を手に取った。

「もしもし？」

何も聞こえない。

「もしもし、杜萌ですけど」

「僕を追わないで」

それは、高い男性の声だった。

杜萌は凍りつく。

「お兄様……？」

電話が切れる音。

杜萌は振り向いて、ダイニングを見る。

父が立ち上がって、こちらを見ていた。

間違いない。

その声を聞き間違うはずがない。

一言だけであったが、それは兄、素生の声だった。

杜萌は背筋が寒くなり、受話器を持ったまま立ち竦んだ。

「お兄様から……。お兄様からだった」

「何だって？」父がこちらにやってきた。「素生から？」

「ええ」杜萌は頷く。「お兄様……」

「なんて言っていた？　どこからかけてきた？」

「いえ、何も……」杜萌は首をふった。「すぐ切れてしまったから」

「どうしたの？」紗奈恵が部屋に入ってきた。母も一緒だった。

「お兄様から電話があったの」杜萌は答える。

「でも、あなた……」母は父の方を見た。「あなたが出られたのでしょう？」

「ああ」父は難しい顔をしている。「男の声だったね。そいつが、杜萌を出してくれと言っただけだ。私が話したのは、素生じゃない」

「絶対間違いない」杜萌は言う。「お兄様に間違いありません。僕を追わないでって、一言だけ」

「どういう意味、それ？」紗奈恵が眉《まゆ》を寄せた。

杜萌は首をふる。

しばらく、沈黙があった。

「一人ではない、誰かと一緒だということだな」父が言う。「しかし、とにかく無事だということはわかった」

「何？　どうしたんです？」ダイニングから大声がする。叔父の幹雄がグラスを持ち上げ、虚《うつ》ろな表情でこちらを見ていた。

「わかった」父は急に小声になった。「今の電話のことは、警察には私から知らせておく。叔父さんには内緒にした方が良い」

「どうして？」杜萌はすぐにきいた。

「いいから、言うとおりにしなさい」父は押し殺した声で杜萌を睨む。彼女はしかたなく頷いた。

自分の部屋に戻り、杜萌は、しばらくベッドに腰掛けていた。

三年ぶりに聞いた懐かしい兄の声。知らないうちに、杜萌の目頭が熱くなっていた。

横になっても寝つけない。照明を消しても眠れなかった。

真っ暗闇。

(お兄様はいつも、こんな暗闇に住んでいるのだろうか)

それとも、光に満たされた真っ白な世界なんだろうか。

人の姿も、その中では真っ白で……。

風も、水も……。

もしかしたら音も、真っ白なのかもしれない。

(お兄様には、私がどう見えるのだろう?)

素生はよく「見える」という言葉を使った。それは、どんな感覚を表現した言葉だったのだろう。

(僕を追わないで)

電話の言葉は、あの詩のフレーズと同じだ。

偶然だろうか?

あるいは、三階の部屋のデスクにあの本を伏せておいたのも素生だったのか。いや、そんなことはできるはずがない。見えないのだから、あのページを開くことは困難だ。では、素生を連れ出した人物の仕業だろうか。そいつが電話をかけてきた。そいつが電話を切った。どちらにしても、兄が自由に行動しているわけではないことが、これで確かになった。杜萌に、兄を探さないように警告したのである。そのもう一人の誰かが……。

8

翌、月曜日の朝、杜萌がリビングに下りていくと、大柄な男がサンルームで紗奈恵と話をしていた。

「あ、杜萌」姉は杜萌に気づいて彼女を呼んだ。「刑事さんが、昨日の電話のことを……」

紗奈恵は立ち上がり、杜萌の肩を軽く叩いた。

「コーヒーで良い？」

「ありがとう」杜萌は目を細めて言う。

「おはようございます」刑事はソファから立ち上がって杜萌に挨拶した。立つとますます大きい。のっそりとした熊みたいな男だった。

「愛知県警の鵜飼といいます。朝から申し訳ありません」

「いいえ」杜萌は目をこすって言う。「私、酷い顔でしょう？　全然、寝られなかったんです」

「実は、僕も徹夜なんですよ」鵜飼刑事は座りながら言う。「ご存じでしょう？　昨日の事件……。もう大騒ぎです」

「いいえ」杜萌は籐製の椅子に腰掛け、欠伸《あくび》を嚙み殺した。どんな事件があったのか、彼女は知らない。「お忙しいんですね？」

「素生さんから電話があったそうですが……」鵜飼はきいた。

「はい……。でも、電話をかけてきたのは違う人です。父が出ました」

「ええ、簑沢先生からも事情は伺っています。それで、素生さんは、貴女になんと言いましたか？」

「僕を追わないで」

「それだけですか？」

「はい。そこで電話が切れました」

「何か、他に音が聞こえませんでしたか？」

「いいえ」杜萌は首をふった。聞こえていたのかもしれないが、気がつかなかった。兄の声しか聞いていない。

紗奈恵がコーヒーを持ってきてくれた。鵜飼刑事の前にもカップが既に置かれている。紗奈恵はそのまま、少し離れた椅子に腰掛けた。

杜萌は熱いコーヒーを飲んだ。高温の液体が喉を通過するのがよくわかった。彼女は大きな溜息をついた。

「あれは、兄の詩のフレーズなんです。『僕を追わないで』という同じタイトルの詩があるんです。それに……、私、昨日、三階の兄の部屋で、その詩集が、ちょうどその詩のページを開いたままの状態で、机に伏せられていたのを見つけました」

「昨日のいつですか？」

「夕方」杜萌はコーヒーを飲む。「お食事のまえです」

「どういうことでしょう？」鵜飼は眠そうな顔で手帳に何かを書き込みながらきいた。

「さあ、わかりません」杜萌は首をふる。「でも、兄が置いたものではありません」

「何故ですか？」

「目が見えないんですから、兄には、そんなことはできません」

「偶然では？」鵜飼は言った。

「あれは……私が置いたのよ」紗奈恵が横から言った。

杜萌は驚いて、姉の顔を見る。

「その詩集なら、私が持っていって、あそこで読んだものです。素生さんの部屋で読んでみたかったの。だって、見晴らしが良いでしょう？　あそこは」

「姉さん、あの詩のページを開いておいたの？」杜萌はきいた。

「さあ……、覚えてないわ」紗奈恵が微笑んで首をふる。「机に置きっぱなしにしたのは、間違いないけど……」

「いつ？」杜萌は少し厳しい口調になっていた。

「昨日の朝。そうね、十時頃かな」

杜萌がまだ眠っていた時刻である。昨日は午前中はずっと寝ていて、起きてきたのはお昼過ぎだったことを、杜萌は思い出す。

「部屋の鍵は、開いていたんですか？」鵜飼が尋ねた。

「ええ、素生さんがいなくなってから、ずっと鍵をかけていません」紗奈恵が答える。

「誰かが、そのページを開いておくために、三階まで上がったんだわ」杜萌は言った。

「どうして？」紗奈恵が首を傾げる。「何のために、そんなことをするの？」

「わからない」杜萌は首をふった。「でも、とにかく、偶然じゃない」

「杜萌があそこへ見にいったのは偶然でしょう？」

「ええ、僕もそう思いますね」鵜飼も頷いた。

「いいえ」杜萌はゆっくりと首をふった。「電話で私を呼び出したんですよ。父でも、母でも、姉でもなくて、呼び出されたのは、私だったんです。私に声を聞かせたかった……。だから、あの詩集だって、きっと、私に……」

杜萌は、自分の言っていることの道理が、自分でもよく理解できなかった。確かに感じていることなのに、うまく言葉で表現できない。

「わかりました」鵜飼はしばらくして言った。「じゃあ、一応伺っておきますが、昨日の午前十時から夕方までの間に、誰が三階に上がることができましたか?」

「この屋敷にいた人全員です」杜萌はすぐに答える。「外部の人は無理です。お巡りさんが見張っているんですから」

「簑沢泰史さん、簑沢夫人、紗奈恵さん、杜萌さん、他には?」鵜飼が手帳に書き込みながら質問した。

「刑事さん、待って下さい。どうして、そんなことを?」紗奈恵がきいた。

「佐伯さん、杉田さん、それから叔父様」杜萌が淡々と言う。

「叔父様というのは……、簑沢幹雄さんのことですね?」鵜飼が確認する。

「あの……、そんなこと、何のために?」と紗奈恵。「どうして、私たちや叔父様が、詩集のページを開かなくちゃいけないんですか?」

「佐々木夫人」杜萌が追加する。

「佐々木さんは無理よ」紗奈恵が首をふった。「夕方おいでになってから、ずっとここにいらっしゃったわ。それに、他の誰だって、そんなことをして何になるっていうの?」

「あの、佐々木さんというのは?」鵜飼がきく。

「県知事夫人です」杜萌が答える。

「あ、ああ……、はいはい」鵜飼は口を開けたまま頷いた。

「杜萌」紗奈恵は妹を睨んだ。「貴女の思い過ごしじゃないの？　みんなを疑うなんて、どうかしているわ」

「ええ、きっと……」杜萌は姉を睨み返した。「きっと、思い過ごしだと思う。それに、姉さんの言うとおり、私、どうかしているの」

9

その日の午後、愛知県警本部の四階と三階の間にある階段の踊り場で、鵜飼は、長野県警の西畑に呼び止められた。

ファイルを沢山抱え込んでいた鵜飼は、それを置くわけにもいかず、躰を横向きにして西畑と向き合い、立ち話をした。

「その詩集ってのは……」西畑は、鵜飼の説明を聞いてから、それだけ言った。言葉は途中で切れ、独り言なのか、質問しているのか、鵜飼には判断できなかった。

自分よりも一廻り歳上の西畑の顔を、鵜飼は覗き込むように窺う。西畑は、何を考えているのかさっぱりわからない男だった。目は大きく、魚のように瞬きをしない。それに、いつもピントがずれている視線。どことなく、地獄の閻魔《えんま》のお供をしているような風貌だ。たった今、西畑が「詩集」と言ったときも、鵜飼には「死臭」と聞こえた。

「簑沢素生の詩集ですか？」鵜飼は沈黙が我慢できなくなってきいた。

「全部で何冊あるの？」西畑はすぐ切り返す。

「さあ、四、五冊ですかね。そのうちの最初の一冊だそうですよ、その、三階の部屋にあったのは」

「ふうん……」西畑は考え込んでいる。

「まあ、簑沢素生の失踪に関しては、うちに任せておいて下さい」鵜飼は言う。

うちというのは、もちろん愛知県警のことである。別に鵜飼がリーダシップをとっているわけではない。この事件の責任者は、鵜飼の上司、三浦警部で、鵜飼は単なるサブ、歯車の一つだ。

一方、西畑警部は長野の責任者だ。長野が担当しているのは、二人の誘拐犯殺害に関してである。どうやら、今日も、西畑は三浦に会いにきたようだった。

西畑がまた何も言わなくなったので、鵜飼は自分の発言で相手が気を悪くしたのではないか、と少し心配になった。

「そちらはどうなんですか？　西畑さん」

「うち？」西畑は鵜飼を少し外して宙を睨んだ。「ああ、そうね……、特に変わったことはないよ」

「銃はどうでした？　二人を殺《や》った銃は？」

「あれ？　聞いてないの？　報告書ならもう渡したよ、三浦さんに」

「あ、すみません。いろいろ忙しくて……、まだ、読んでないんです」

「ああ、例の手品師の事件だね？」

「はあ……。もう大変なんですよ、あっちは」

「まあ、簡単に言うとね……」西畑は鵜飼の話を無視して、軽く微笑みながら説明した。どうやら怒っていないようだ。「女の方が、さきに男を撃ったようなんだ。そのあとで、もう一人いた別の人間が、女を撃った」

「え、どうして、そんなことがわかったんですか？　二人とも即死だったとは聞いていますけど……、ほぼ同時に撃ち合ったという可能性だって……」

「ないね。距離が違うから」西畑は首をふる。「男の方は至近距離で撃たれているけど、女の方は少し遠くからだ……。そう、たぶん、五メートルは離れている。それに、男を殺した銃は口径が小さい」

鵜飼は、西畑から説明を聞いた。話し終わると、さっさと西畑は階段を下りていってしまった。

鳥井恵吾を殺害した銃は、清水千亜希が握っており、清水を殺害した銃は、鳥井が握っていた。これは事実である。しかし、硝煙《しょうえん》反応は、女の右手袋に僅かにみられただけで、男の手にはそれがなかった。つまり、鳥井は銃を撃ったわけではない。ここまでの情報は、鵜飼も既に知っていた。

たった今、西畑から聞いた話はさらに詳細だった。女の握っていた銃は、どうやら、山荘に監禁されていた簑沢家の人々が目撃していた銃ではなかった。もっと小型のものだった。おそらく、清水千亜希は、この小さな二つ目の銃を隠し持っていたのであろう。彼女は、それで、鳥井を至近距離から撃った。彼は正面から額を撃ち抜かれている。距離は非常に近く、一メートルから三メートル。その小さな銃の威力からして、その程度であると判断されている。もっと近かったかもしれないが、鳥井の額に硝煙反応がほとんど出ていないため、一メートル以上と推定された。

一方、清水の方は胸を撃たれており、こちらは口径の大きな強力な銃だった。弾は彼女の体内を貫通している。ほぼ正面からではあるが、距離はかなり遠くても可能だ。この清水千亜希を殺傷した弾丸は、現在も発見されていない。

つまり、鳥井がさきに清水を撃ったとしたら、その時点で、彼は強力な銃を構えていたことになり、そんな状況で誰かが鳥井に接近して彼の額を撃てるはずがない、という判断である。鳥井の手から硝煙反応が出ないことも矛盾している。

清水の方がさきに、隠し持っていた銃で鳥井を突然撃った。それを見ていた誰かが、離れたところから、彼女を撃った。そして、自分の使った銃を鳥井に握らせ、死んだ二人をワゴン車まで運んだのであろう。これが西畑の説明した推理だった。

そんなことがわかったところで、どうなるものでもない。犯人の手掛かりにはならない、と鵜飼は思った。鳥井も清水も二人とも大きな銃を持っているところを目撃されていたが、現場に残っている大型の拳銃は、鳥井が握っていた一丁だけだった。どちらにしても、殺人者は銃を持ったまま逃走していることになるのだ。

さらに、簑沢杜萌を連れ出して山荘まで来た赤松という男も、銃を持って逃げている。こちらは現金も一緒だ。既に事件から十日以上経過しているが、今のところ、赤松も発見されていない。

この事件に関してマスコミがそれほど騒いでいないのは、死んだのが犯人グループの二人だったからであろうか。それとも、鵜飼たちが担当しているもう一つのヤマ、マジシャンの事件があまりにセンセーショナルだったせいか。

鵜飼はファイルを抱えて、階段を上り始める。

マスコミ同様、愛知県警も、簑沢家の事件は二の次であった。捜査本部では、簑沢素生の失踪を、誘拐とは考えていない。そのようなことを示す痕跡が何一つないからだ。ただ、一夜のうちに簑沢家の長男がいなくなっただけである。もし、家族の誘拐事件がなければ、間違いなく家出と判断されただろう。ただし、目が不自由だという点、それだけが多少ひっかかる。家出だとしても、協力者が必要だった、ということを示唆していた。今日、鵜飼が簑沢家で聞いてきた電話の一件も、それを裏づけている。

西畑刑事は、誘拐事件と素生の失踪を関連づけて考えているようだったが、鵜飼にはどうもそんな気はしなかった。別件の可能性が強い。いや、別々であった方が楽だ、と無意識に感じたのかもしれない。このまま、何も起こらなければ、それが一番楽なのだが……。

上司の三浦のデスクまで行き、持ってきたファイルを置いた。鵜飼は簑沢家で聞いたばかりの話を三浦に報告した。彼は椅子に深々と座ったまま黙って鵜飼の話を聞いていたが、メガネの奥の鋭い目はずっと鵜飼を睨んだままだった。

「別に、どうということもないな」三浦は話が終わると呟いた。

「ええ」鵜飼は頷く。「つまり、これは誘拐でも何でもない、という感じですね」

「少なくとも何も要求してこない。まあ、しばらくは静観するしかないな。警備を解くわけにもいかない」

「詩集の話、あれはどう処理しましょうか？」

「その杜萌って娘の勘違いだろう」三浦はそっけなく言った。「電話の相手がそのとおりのことを言ったかどうかもわからん。その詩をたまたま読んだあとだったから、それらしく聞こえただけじゃないのか？」

「僕もそう思います」鵜飼は頷いた。

「間違いでも、偶然でもないとしても」三浦がメガネに手をやりながら言う。「そんな電話、何の効果もないじゃないか。影響もない。そうだろう？」

「ええ、確かに」

「その娘は、何をそんなに心配しているんだ？」

「簑沢杜萌ですか？」

「神経質な感じか？」

「さあ……」鵜飼は首を捻った。「確かに、妹の方は、ちょっと変わってますね。T大工学部の大学院生……、抜群の秀才なんだそうですけれど。誰かが、詩集のそのページを自分に見せるために、わざと開いておいたはずだ、なんて探偵みたいなこと言ってましたよ」

「それで？　それが可能なのは？」

「簑沢の家の全員ですよ」鵜飼は笑いながら言った。「ちょうど、パーティがあったようで、お客も何人か来ています。簑沢泰史の秘書とか、それに親戚の男……、こいつは、簑沢泰史の先妻の弟です。あと、そうそう、佐々木知事の夫人も」

「は？　西之園本部長の……？」

愛知県知事夫人、佐々木睦子は、愛知県警本部長、西之園捷輔《しょうすけ》警視監の実の妹である。

「はい……」鵜飼は面白そうな表情を見せて返事をした。「ちょっと、報告書の表現に気を使いますね。まさか、こんな細かいものまで、本部長が目を通すことはないと思いますけれど」

三浦は鵜飼の顔を見上げ、鼻息をもらした。鵜飼の言ったことが面白かったからなのか、それともつまらなかったからなのか、どちらともとれる反応だった。

10

佐々木睦子は、その日の夕方、N大学の犀川創平《さいかわそうへい》助教授と会った。場所はキャンパスの中にある喫茶店ホワイト・ベアである。彼女は、某婦人団体に依頼された講演会から帰る途中で、ふと思いついてタクシーの中から電話をかけた。

「先生、ちょっと、お時間よろしいかしら?」

「今からですか?」犀川は低い声できいた。「ええ、特に用事はありません」

「それじゃあ、そちらに伺いますわ」

待ち合わせ場所にしたホワイト・ベアは、講堂の裏手の森の中にある。N大学の正門ゲートから入って、急な坂を上っていくとすぐわかった。睦子はそこでタクシーから降りた。

彼女が店内に入っていくと、奥のテーブルで犀川が煙草を吸っていた。夏休みのためだろうか、客は他に一人もいない。

「お待たせしました」睦子はハンドバッグを隣に置いて座った。「突然、すみませんね。犀川先生」

「こんにちは」犀川は答える。「あの……、何でしょうか?」

「いいえ」睦子は微笑む。

ウエイトレスが注文をききにきたので、コーヒーを頼む。犀川の前には既にコーヒーカップが置かれていた。

「特に、これといって大事な用事があるわけじゃありませんのよ」睦子は犀川を見ながら言う。「ええ、ちょっと……、先生のお顔を見たかっただけ」

「もう見ましたか?」犀川は無表情で言った。

「ええ……、でも、もう少し」睦子は答える。

犀川創平助教授は、睦子の姪、西之園萌絵の指導教官である。姪は以前からこの犀川という男に夢中なのだ。こうして見ても、特に特徴のある人物ではない。だが、この男は確かに少し変わっている。いや、少しではない。他に例がない、といっても良いだろう。

今年の正月に姪から犀川を紹介された。睦子は、最初から犀川が気に入った。姪は自分に似ている。その可愛い姪が惹《ひ》かれるだけの理由はある、と彼女は直感した。

この男の持っているものは何だろう。それは、睦子の夫にはないものである。睦子の周囲の男にもないものだ。それは、たぶん、亡くなった彼女の兄、萌絵の父親の影ではないだろうか、とも思えた。おそらく、姪も同じものを見ているのだろう。

犀川は黙って煙草を吸っている。何もしゃべらない。

「萌絵は、どうです？　近頃は……」睦子は姪のことを尋ねた。

「勉強しているようです。大学院の受験ですから」

「他には？」

「そうですね……」犀川は少し目を逸らす。「例のマジシャンの事件に、首を突っ込んでいますね」

「ああ……」睦子は頷いた。「それそれ、一度注意しないといけませんね」

犀川は黙って小さく頷いた。

「まったく誰に似たんでしょう？」睦子は首をふった。「おかしな事件が起こると、もう、すぐ警察に入り浸って……ね。そう、兄が悪いんです。あの人が悪いの」

「いえ、西之園本部長も反対されていますよ」

「口では言っても、内心、あの子が警察に出入りするのが嬉しいのに決まっています。まったく、何が面白いんだか……」

「いや、面白いのは、僕にも少しわかります」

「まあ、先生まで……」

「いえ、でも、もっと面白いものが沢山あるんですけどね、研究とか勉強とか……。彼女も早くそれに気がついてくれたら良いのですけれど」

「はあ、それは……」わかりませんわね、と睦子は言いそうになった。

勉強よりは探偵ごっこの方が面白いに決まっている、と睦子は確信していた。そうではなくて、姪には、もっと政治的、経済的な対象に目を向けてほしい。あの子には、その素質がある。名門、西之園家の血が流れているのだから……。政治家にだって、実業家にだって、何にだってなれるはず。それが、駄目なら、せめて学者……か。しかし、学者が一番、金にならない。

睦子は、姪の結婚相手は誰でも良いと考えている。結婚相手など関係ないのだ。そんなもので人生が左右されるようでは、はなから勝負にならない。あの子は、きっと自分ができなかったことをしてくれる、と睦子は信じていた。

彼女は、昨夜の簑沢家の二人の娘のことを思い出した。

「昨日、私、簑沢泰史さんのお宅にお邪魔したんですけれど……」睦子は思い出しながら話した。「先生、あの事件、ご存じでしょう?」

「何の事件です?　簑沢っていうのは、誰ですか?」

「あら、県会議員ですよ。知らないんですか?」

「テレビとか新聞を見ませんから」

「誘拐されたんです、先週……、いえ先々週でしたかしら」

「へえ……」犀川は無表情である。

睦子は簑沢泰史から聞いた話を長々としゃべった。誘拐の経緯《いきさつ》、それに不可解な殺人、まだ捕まっていない犯人。話をしているうちに、睦子は自分でも不思議なほど高揚し、気分が良くなった。

「ね、いかがです？　ちょっと不思議じゃありませんか？」

「西之園君も、よくそう言います」

「え？　萌絵が？」

「ええ」犀川は煙草に火をつけながら頷いた。「彼女も、今みたいに事件の話を僕に聞かせてから、最後になって、そう言いますね。不思議でしょう、って」

睦子は笑った。年甲斐もなく、少し恥ずかしい。

「やっぱり、私に似たのかしら」睦子は首を竦める。「何のお話でしたっけ？　変だわ、こんな話をするつもりなかったのに、私……。でも、こうやって、先生の前に座ると、自然に話してしまうんですわ。きっと、これは犀川先生の責任ですよ」

「何故ですか？」

「その気にさせるんです、先生が」

「何の気です？」

「何か、ずばっと答えてもらえるんじゃないかって、そんな予感みたいなものかしら」

「まさか」犀川は煙を吐き出して苦笑いする。「おみくじじゃありませんよ、僕は」

「でも、きっと、何か名案を思いつかれたでしょう？」

「それも、西之園君の台詞そっくりです」

「先生……」睦子は犀川を睨んだ。

　犀川は口もとを斜めにする。

「すみません。いや、貴女とここで話をしているだけで、僕は緊張しているんですよ。だけど、今のは可笑しかったですね。本当に生き写しです。特に怒り方が……」

「ええ、ええ、もう、いくらでもお笑いになるとよろしいわ」睦子は微笑んでバッグから煙草を出す。

「いいえ、本当に失礼しました」犀川は頭を下げる。「残念ながら、事件のことに関しては、何も思いつきません。でも、もし西之園君なら、どう考えるかはわかります」

「萌絵なら、どう考えます？」

「たぶん、簑沢家の一族を疑うでしょう」犀川はすぐに答えた。

「それは、誘拐が狂言だ、ということ？」睦子は真面目な表情になる。

「最初から、その二人を殺すためにすべてが仕組まれた。たぶん、その妹の方を除いた家族全員が犯人、といったところでしょうか……。西之園君なら、きっとそのくらいは考えます」

「でも……、いくらなんでも、それは」

「ありえないでしょうね」犀川は頷く。「でも、彼女なら間違いなく、その可能性を検討するでしょう。一番、突飛な仮定から考えていくんです、彼女の場合。そういう思考パターンなんですよ」

「はあ……、なるほど」睦子は目を大きくして頷いた。

「その事件のこと……、西之園君には話さないで下さい」犀川は灰皿で煙草を消しながら言った。「内緒にしておいていただけませんか。ただでさえ、彼女は……」

「ええ、もちろん、言うつもりはありませんけれど」睦子は二、三度軽く頷いて答える。

「やっぱり、夢中になりますかしら、あの子」

「なります」犀川は頷いた。

「内緒にしますわ」

「情報自体を取り上げてしまうというのは、少々、低俗な防衛手段ですけどね」

「低俗？」睦子は首を傾げる。

「ええ、つまり動物並です。人間相手に、餌を取り上げるというのは、低俗な発想です。人権を無視しているといって良い。銃が規制されているのと同じですね」

「まあ……、銃を規制するのも、低俗……なんですか？」

「低俗です。もっとも、低俗じゃなかったら、犯罪は起きません。銃が存在するから人が殺されるわけではありません。それを使うのは人間です。たとえ銃がなくても、人は殺せます……。まあ、でも、やっぱり人間は常に完全じゃありませんからね。西之園君だって、当然ながら不完全です」

「ええ、あの子はまだ子供ですわ」

「こういうのって、諺《ことわざ》で何とか……いいますね」

「千慮《せんりょ》の一失《いっしつ》……、かしら」

「いえ、鰯《いわし》の頭も信心から……ですか」

睦子は口もとを押さえて笑った。

「先生……、どちらも、違いますわ」

「ええ、違いますね……」犀川は軽く肩を竦めただけだった。「正直いって、当たったためしがありません」

第8章　偶詠の悔い

1

数日経った。

時間は、誰よりも勤勉である。

簑沢杜萌は、この頃になってようやく、事件のことを冷静に考えられるようになった。兄、素生のことばかり考えていたのは、きっとそちらに神経を集中して、あの忌まわしい体験から目を背けたかったからなのかもしれない、と彼女は自己診断していた。

ついに顔を見ることができなかった仮面の男。

その男が何度も彼女の夢に登場した。

杜萌に銃を突きつけ、あの男は笑っていたのだろうか……。

どんな男だったのか……。

もちろん、知らない男だ。声も聞き覚えはなかったし、髪型も躰つきも心当たりはない。

だから、夢の中でも、男は仮面を外さなかった。

しかし、杜萌はその仮面の男と話をしたのである。

もう、よくは覚えていない。だが、時が経つにつれて、あのときの自分が、信じられないくらい落ち着いていたことが思い出されて、恐ろしくなった。仮面の男の前で、彼女は食事を作り、そして、そう……、微笑んだ。

(いいのよ、殺しても)

彼女は、確かにそう言った。

曖昧な記憶だが、自分はそう言った。

そう思ったからこそ、言葉が口から出たのだ。

その言葉を頭の中で繰り返すだけで、今は躰が震える。

あの心境は、何だったのだろう。

恐ろしい。とにかく、恐ろしかった。

銃を向けられて微笑んでいる自分を、鏡に映したように思い浮かべることができる。

背筋が寒くなった。

仮面の男よりも、あのときの自分がずっと恐ろしい。

あれが、狂気というものだろうか。

自分は狂っていたのか。

そうではない。もっと純粋で透き通った心境に近かった。あのとき、確かに清々《すがすが》しい感じがした。だが、あるいは、それこそが狂気の正体なのかもしれない。

あの男にしても、きっと恐ろしかったのに違いない。彼女のことが恐ろしかったはずだ。怖いから、銃を向けていた。怖いからこそ、仮面を取らなかった。若者は食事もしなかったのである。

自分だって限界状態だった。先日、キッチンで叔父を見たときに急に気分が悪くなったのも、半ば封印された恐怖のせいだ。ずっと、彼女の躰の奥底に隠蔽《いんぺい》されていた恐怖のシンボルが、時間が経過するとともに抽象化され、ガスのように静かに、しかし着実に、浮かび上がってくる。押し出されてくる。映し出されてくる。

怖かった。死にたくなかった。

なのに、何故、あのとき……彼女は微笑むことができたのだろう？

わからない。自分でもわからない。

あの一瞬だけ、狂っていたとしか、思えない。

たとえば、高校からの親友、西之園萌絵にチェスで負けるときだって、彼女はとても気持ちが良い。戦いに敗れたときのすっきりとした清々しさ。どことなく、それに似通っている。

自分は、人生に対して居直っている、と感じていた。

そういえば、あのときも確かにそんなことを考えた。笑っている自分を自覚して、「ああ、居直っているのだ」と傍観したではないか。しかし、居直っているのなら、最初から怖がることなどなかっただろう。それに、あの一発の銃声で、再び放心するようなことにだってならなかったはず。

理屈がない。

もしかして、理屈などないのか……。

彼女は、屋敷内で発射された一発については警察に話さなかった。当然ながら、それはきかれなかったし、彼女も言いたくなかった。仮面の男が持っていた銃は、もちろん調べることができない。彼が持って逃げたからだ。

彼の銃は大きかった。そのことはちゃんと証言した。警察は杜萌に写真を沢山見せて、銃の型式を特定したかったようだったが、彼女はよく覚えていなかった。だが、清水千亜希が撃たれた銃、つまり、ワゴン車の中で発見された鳥井恵吾の死体が握っていた銃も、どうやら同じ型のものだったらしい。最近、押収されることの多い、よくあるタイプの銃だ、と警察は話していた。

あれは、本当に大きな音だった。

彼女は、一瞬、自分が撃たれた、と思った。

Replaceable Summer

繰り返すアルカロイド
登る雲と落ちる霧
生きている透明に包まれて
緑、黒、赤、白の順に
斜面を塗りかえる
組み立てられた春
取りかえられる夏
もう一度出せる秋
まだ見たことのない冬

その爆音に、彼女の聴覚は麻痺し、躰は硬直して、ただ呼吸を単調に繰り返すだけの人形になっていた。つい直前まで笑っていたはずの彼女だったのに……。

電話で話をするまで、彼女はただ呆然としていた。どれくらいの時間だったのだろう。

仮面……。

穴の開いた……恐ろしい仮面。

それだけの記憶しかない。

恐ろしい……。

「恐ろしい顔だね」

それは兄の言葉だった。

素生は、その仮面を恐ろしいと言ったことがある。杜萌はそれを思い出した。

いつだっただろう。もう何年もまえのこと。素生は、母親がリビングの壁に飾ったその仮面を手で触って、そう言ったのだ。

どうして、恐ろしいということがわかるのだろう？

どうして、そんな理解ができるのだろう、と彼女は不思議に思った。

「目に穴が開いているのが怖い」

杜萌の疑問に、素生は微笑んで、そう答えた。

「何故、目のところに穴が開けてあるの？」

素生は、逆にきいたのだ。

その質問が、今でも杜萌には恐ろしい。

背筋が寒くなる。

「だって、穴が開いてなくちゃ見えないもの」

「へえ、そうなの……。どうして、見えないの？」

「仮面が邪魔だからよ。目の前に何かあると、その向こうのものが見えないの。隠れてしまうから」

「じゃあ、触るのと同じだね。ドアがあると、その向こうのものには触れない」

「何でも、そうでしょう？」

「音は聞こえるよ。小さくはなるけれど……。ドアを閉めても、向こう側の音は聞こえる。それなのに、見えなくなるんだね？」

「見えなくなるわ」

「だけど、窓は閉めても、外が見えるんでしょう？」

「ガラスは透明なの」

「じゃあ、穴を開けなくても見えるんだね？　お父様のメガネも透明なんでしょう？　穴は開いていないから」

「そうよ」

「透明か……」素生はにっこりと微笑んだ。「透明って、どんな感じかな……。人間の目も透明なの?」

透明ってなんだろう……。

見ることができない者に、言葉でどう説明できるだろうか。

そう、あのときの自分……。

仮面の男の前で微笑んだ自分は、透明だったのではないか。

だから、あんなに落ち着いていられたのだ。

それが、一発の銃声で、ガラスのようにひび割れてしまった。

また、透明になれるだろうか。

もう一度……。

2

昨日の金曜日のことである。

杜萌は、家族と一緒に、那古野市内の病院へ祖父を見舞いにいった。

看護婦につき添われた簑沢幸吉は、もう生きているようには見えなかった。小さく痩せて、動かなかった。鼻にチューブが差し込まれていたし、幾つもの機械が、ベッドの周囲で作動していた。細かい発光ダイオードが点滅し、静かで規則正しい唸りを上げている。まるで、この機械たちが、老人から最後のエネルギィを吸い取っているようだった。

父は、祖父の小さな手を取って優しく話しかけたが、祖父は答えない。乾いた瞼を少しだけ開け、その濁った瞳で、みんなの方をゆっくりと見ただけだった。

家族四人とも、その老人とは血のつながりがない、と杜萌はこのとき感じた。それなのに、彼女の目頭は熱くなり、涙がこぼれ出そうだった。たぶん、母や姉が泣いていたせいだろう、と杜萌は思う。自分は悲しいはずがない。祖父に関して、杜萌には何も良い思い出がなかったからだ。

元気な頃の祖父は、よく父を叱った。父は、祖父の前では、卑屈ともいえる態度をとった。杜萌はそれが嫌で我慢できなかった。何か汚らわしいものにしか感じられなかったのだ。母に対してはあんなに威張っている父が、祖父にはいつもそうだった。

そもそも、何故、母は再婚などしたのか。どうして、この男と結婚したのだろう。杜萌はその疑問を姉に何度もぶつけた。いつもは優しい姉が、そのときだけは不機嫌になる。きっと、杜萌以上に、姉は不満だったのに違いない。杜萌は今でも、そう思っている。

ベッドの上の老人は、もうただの人形だった。かつて簑沢幸吉という名で呼ばれたことのある人形だ。

けれど、杜萌たちが病室を出ていこうとしたとき、人形は一言だけ口をきいた。

「素生は……？」

その声は掠《かす》れていた。しかし、父も母もびっくりして振り返った。

祖父は、既に目を閉じていた。

兄、素生だけが、祖父の……、簑沢の血を受け継いでいる。

その素生はいない。

どこへ行ったのか……。

看護婦が祖父のベッドに寄り、また何かの世話を始めた。近くのスタンドにビニルパックを二つぶら下げ、チューブの先に針をセットしている。消毒の匂いがした。

そのまま、四人は病室を出た。

病院の廊下を歩くとき、つるつるの床に、突き当たりの窓が少し歪《ゆが》んで映っているのを杜萌は見た。正確な平面に思えるものも、遠くからやってくる光を正確には反射できないようだ。どんなに精根を尽くしても、人間の一生で築き上げられる地位や権力など、必ず歪《ひず》んでいるのだ。

駐車場で車に乗るとき、杜萌は少し街を歩きたくなった。

「私、一人で帰るから」彼女は言った。

「どこへ行くの？」心配そうな顔で母がきく。

「そうね、ちょっと地下街とか……」

父も何か言いたそうであったが、そのまえに、杜萌は駆け出していた。振り向かずに表通りまで出て、彼女は早足でどんどん歩いた。

もう二週間近く、病院や実家から外に出ていなかった。憂鬱《ゆううつ》になってもしかたがない。それに、弱った祖父の姿を見たのもいけなかった。なにか死神に取りつかれたような気分だったのだ。

それを忘れてしまいたかった。

誰かとお酒を飲みたい……、杜萌はそう思った。

少し距離があったが、彼女は栄町まで歩いた。途中で地下に入り、人の流れに乗って、ショー・ウインドウをぼんやりと眺めて歩く。お盆休みである。相当な人混みだった。しばらくして写真屋を見つけ、彼女はバッグからカメラを取り出した。フィルムがもうなかったことを思い出したのである。

三十分でプリントができる、と看板にあった。三十分したら、ここに戻ってくれば良い。時計を見て彼女は考える。杜萌は、カメラからフィルムを出し、店の中に入った。

その店を出て歩きだしたとき、急に西之園萌絵のことを思い出した。今出してきたばかりのフィルムには、萌絵が写っている。那古野に戻った日、マジックショーのあと、ロビイで写真を三枚撮った。一緒にいた浜中《はまなか》という男に頼んで、杜萌と萌絵が並んで撮ったショットもある。

杜萌は電話を探していた。少し歩いたところで、地下鉄の駅の近くに、緑色の電話が並んでいた。

テレフォンカードを差し込んで、暗記している番号を押した。どうして今まで彼女に電話をかけなかったのだろう、と自分でも不思議だった。

西之園萌絵は自宅にいた。

「萌絵？　私」

「わあ、杜萌？」萌絵の高い声。「どうしてたの？　もう、東京なの？」

「ううん、まだこちらにいるよ」

「ごめんなさい、私、連絡しなくて。ちょっと、あれから、ずいぶんいろいろなことがあったの……。何度か電話はしたんだけど、そちらお留守みたいだったし」

「うん、こちらも、いろいろあってね」杜萌は言った。「あのさ、ちょっとだけ、出てこられない？　どこからかけているの？」

「どこからかけているの？　それとも受験勉強が大変？」

「栄の地下」

「すぐ行くわ」

3

地下街をぶらぶらと歩いているうちに時間が過ぎた。杜萌は、写真のプリントを取りに戻り、友人と約束した待ち合わせ場所へ急いだ。

西之園萌絵は、走ってきた。

二人はすぐ近くの喫茶店に入る。少し狭いテーブルで、二人ともホットコーヒーを注文した。

「もうね、大変だったの」萌絵は目をぐるぐると回してしゃべり出した。「私、勉強しなくちゃいけないんだけれど。知っているでしょう？　マジシャンの有里匠幻が殺されて……、それに、このまえの日曜日には……」

「萌絵……」杜萌は片手を広げて遮《さえぎ》った。「兄がいなくなったの」

「え？」萌絵は大きな瞬きをする。「いなくなったって、どういうこと？　どこへ行かれたの？」

「わからない」杜萌は首をふった。「たぶん、誘拐されたんだと思う」

「誘拐？　まさか……」

「ええ」杜萌は頷く。「そう……、警察も疑っている。誘拐にしてはおかしいって……」

「ちゃんと、話して」萌絵は真剣な表情で言った。

杜萌は、事件のことを話した。

萌絵と一緒にマジックショーを見た夜、その同じ夜に家族三人が連れ去られ、次の朝には、見知らぬ男が杜萌の部屋に侵入した。恐ろしい仮面……、それから、駒ヶ根の山荘の二人の死体、逃げた男のこと。夕方になって、警察とともに屋敷に戻ったが、兄はいなくなっていた。そして、五日まえにあった謎の電話。

西之園萌絵は黙って杜萌の話を聞いていた。途中でコーヒーが運ばれてきたが、二人とも口をつけなかった。

杜萌は、話が終わると、バッグから煙草を取り出して火をつけた。そして、それを一口吸ってから、もう一方の手でカップを持ち上げた。

「それで、全部？」上目遣いで萌絵は杜萌を睨んでいる。

「ええ、今のところは、それだけ」

「事件を担当しているのは？　長野の警察？」

「ええ、そうみたい。愛知県警の人もいるようだけど」

「まだ、逃げているのね？　犯人は」萌絵はきいた。

「ええ、そう……。でも、私が知りたいのは、殺人犯のことじゃないわ。お兄様のこと」

「どうして、素生さんの部屋に鍵がかかっていたの？」萌絵はすぐきいた。

「ええ……」杜萌は溜息をつく。「さすがね」

「ねえ、杜萌……。いったい何があったの？」

「わからない。わからないから……」

「違う」萌絵は首をふった。「事件のことじゃないわ。貴女と素生さんのことよ。どうして、まえの晩、素生さんに会わなかったの？　二年ぶりだったんじゃないの？」

「疲れて眠ってしまったから」

「素生さんとは、いつ会った？」

「誰が？」

「杜萌が、最後に会ったのはいつ？」

「三年まえの夏」

「三年まえ？」萌絵は目を大きくした。「それじゃあ、電話は？」

「ううん。ずっとしてない」

「杜萌……」萌絵は真剣な顔で杜萌を睨んだ。「ちゃんと話して」

「何を？」

「三年まえに、何があったの？」

友人のその質問に、杜萌の躰は小刻みに震えだした。

4

駒ヶ根の夏。

三年まえの夏休み。

思い出したくない夏。

永遠に忘れてしまいたい夏だった。

家族五人で、一週間、杜萌たちはあの山荘で過ごした。

良く晴れた清々《すがすが》しい朝。

杜萌と姉の紗奈恵は素生を連れ出して、バスに乗った。駒ヶ岳に三人で登ることにしたのだ。

大きく左右に揺れながら、バスは急勾配で曲りくねった細い坂道を上る。登山客でバスは満員。一番後ろのシートに座っていた杜萌は、途中から気分が悪くなった。

けたたましいエンジン音。

排気ガス。

大きな振幅。

ロープウェイの駅にバスが到着する頃には、杜萌は最悪の状態で、とにかく少し休憩がしたかった。ロープウェイは六十人乗りだったが、それでも朝早くから行列ができている。駅から少し離れたベンチに腰掛けて休んでいた杜萌は、ようやく気分が持ち直して、ぼうっと辺りを眺めていた。

売店の前でソフトクリームを食べている二人を、そのとき見た。

兄と姉、素生と紗奈恵だった。

二人は一つのソフトクリームを交互に口に運んでいた。

素生の目は、杜萌の方を見ている。

見えるわけではない。

だが、彼の視線は、正確に杜萌を向いていたのだ。

素生は楽しそうだった。姉も楽しそうだ。

まるで、恋人のように。

しばらく順番を待ってから、三人は、満員のロープウェイに乗り、高山の駅、千畳敷《せんじょうじき》に到着する。そこは驚くほど肌寒く、霧が立ち込めていた。岩肌の斜面が不規則に突き出し、眼下には一面の緑。そして、風に揺れる小さな花々。

杜萌と紗奈恵は、素生の手を引いて、険しい斜面を縫って延びる小径を少し下った。登山客たちは、ずっと頂上まで続いている道を一列になって登っていたが、彼女たちには、その道は無理だった。目の不自由な兄を連れては、とても登れない。だから、三人は逆に、高山植物の花畑に囲まれた沼まで下りたのである。

雲が太陽を遮ると、信じられないくらい寒い。三人ともパーカを持ってきていたが、それでも充分とはいえなかった。

「どうして、こんなに寒いのに花が咲いているの?」素生はきいた。花が咲いていることを、紗奈恵が話したからである。

「寒いところが好きな花なのね」紗奈恵が答える。

「霧って、どんな感じ?」

「ところどころ、ぼやっとして、見えなくなるの」

「雲が近くにあるから?」

「ええ、きっと同じね」

杜萌は黙っていた。姉の返答は的確とは思えなかったが、そんなことはどうでも良かった。彼女は、一人で頂上まで登りたくなったのを、我慢していた。

ふと、自分は何故我慢しているのか、と思った。

姉が、飲みものを買いに、ロッジまで一人で上がっていった。大きな岩に腰掛けて、素生と杜萌は二人だけになる。

素生はぞっとするほど綺麗だった。

杜萌の左手は、素生の右手を握っている。

彼の手は冷たい。

ときどき、近くを行く人々が、二人を見た。皆、素生を見ていく。高山植物なんかより、ずっと綺麗なのだから……。

杜萌は、素生の耳もとで囁いた。

「姉さんと私と、どちらも、大好きだよ」素生は微笑む。まるで、杜萌の顔が見えるように、美しい瞳を彼女に向けながら。

「どちらが好き？」

杜萌も微笑んだ。どうして、自分が微笑むのか、理由がわからなかった。何故か、このまま、二人で崖から飛び降りても良い、と彼女は突然そう思ったのだ。

（死んだって、いい……）

杜萌は、素生に接吻した。

鳥も飛んでいない。

夏の虫も鳴いていない。

やがて、晴れ渡った斜面には、はるか山頂まで続く登山道に、小さな人間たちの行列が見渡せた。あの岩が転げ落ちれば、何人か死ぬ……、そんなことを考えている自分が可笑しかった。

空気はまるで存在しないみたいに澄み渡り、死んだように冷たい。

「君が好きだ」素生は言った。
「私も」杜萌は答える。
姉が戻ってきた。
杜萌は急に躰が軽くなり、はしゃいだ。
高山植物の名を、杜萌は全部知っている。
植物は大好きなのだ。

あれは、イワツメクサ。
あれは、ゴゼンタチバナ。
あれは、ミヤマホツツジ。
そして、あれは、ムカゴトラノオ。

(みんな白い……)
素生の顔も白い。
白より、綺麗な色はない。

三人は小径を散策し、急斜面を少し登っては、岩に腰掛けて休憩した。

（あれは……？）

遭難救助隊が何人も小径を下りてくる。やがて、彼女たち三人と擦れ違った。彼らはシートで包まれた担架を運んでいる。

遭難者の死体だった。

杜萌も紗奈恵も立ちつくしたが、素生にはそれがわからない。彼には綺麗なものしか、見えないのだ。

「どうして花は綺麗？　触ると、なんだか気持ち悪いのに」

素生は微笑んでいる。

彼だけが笑っていた。

帰りのロープウェイは記憶にない。

山を下りるバスも覚えていない。

山荘に戻ったのは、夕方だったと思う。

姉は、父と母に山の様子をしゃべっていたが、杜萌は疲れて自分の部屋ですぐ眠ってしまった。夕食に呼ばれたときも、彼女は起きるのが億劫だった。お腹も空いていなかった。

ただ、眠りたかった。

何時頃だっただろう。

真夜中である。

山荘の裏手の谷から、流れる水音が絶え間なく聞こえてくる。

彼女の部屋は真っ暗で、窓の外の方がむしろ明るかった。

月か星が出ているのだろう。

毛布から出ると少し寒かった。

彼女は、カーディガンを肩に掛け、静かに自分の部屋を出た。広間の照明も消えている。喉が渇いていたので、冷蔵庫を開けてビールを一缶取り出す。そして、音を立てないように、外に出た。

満天の星。

虫の高い声。

樹々は真っ黒で、彼女を取り囲む闇の一角を形成している。

風はない。

杜萌は、デッキの階段に腰掛けて、ビールを開けて一口飲んだ。

「杜萌？」

驚いて振り向くと、素生が出入口に立っている。彼は杖を持っていなかった。暗闇を一人で歩いてきたのだ。否、彼にとっては、暗闇など無関係なのである。

杜萌は立ち上がり、素生に手を差し伸べる。

二人は階段を下り、一番下の段に並んで腰掛け、ビールを分け合って飲んだ。それは、あのソフトクリームへの仕返しだ、と彼女は一瞬思った。
「寒いね」素生は言う。
「ええ」
杜萌は素生に抱きついた。
少しだけ残っていたビール缶が倒れ、草の上まで転がっていった。
素生はしだいに力強くなり、杜萌の頬は、彼の吐息で熱くなった。
杜萌の両手を彼は探す。
二人は階段から崩れ落ち、湿った草の上に転がる。
素生の体重で杜萌の躰は拘束され、彼女は動けなくなった。
すぐ目の前に星空。
星が見えた。
あれは、白鳥座。
そして、あれは……。
素生の表情は……、
笑っている。
優しく、笑っていた。
だけど、それが……、

恐ろしかった。
「お願い、やめて」杜萌は囁いた。
自分の声は掠れ、震えている。
素生はそのままだ。
笑っている。
どうして、笑っているのだろう?
素生の手が、彼女の隠された肌に触れる。
杜萌はもがき、暴れた。
素生は彼女を捕まえる。
這《は》うようにして、杜萌は逃げたが、素生は後ろから彼女の髪を摑んだ。
杜萌は倒れ、手もとに落ちていた何かを摑んで、素生を何度も叩いた。
それでも、彼は止まらない。
杜萌は悲鳴を上げる。
何度も。
何度も叫んだ。
目の前に迫った素生の顔から、汗が落ちてくる。
いや、血が落ちてくる。

素生の血が、彼女の目に入った。
「どうした!」父の声が聞こえる。ずいぶん遠かった。
母の悲鳴。
姉の悲鳴。
素生は、笑っている。
杜萌は叫び続けた。
父が素生を抑える。
誰も何も言わなかった。
「許して。許して……。お兄様……、許して」
杜萌は地面を見たまま呪文のように繰り返す。
自分の涙が口に入った。それは、兄の血より、ずっと汚らわしい。
山荘の出入口から漏れる光の中。
父に抑えられた素生は、まだ笑っていた。
杜萌の抵抗にあって、彼は血まみれだった。
前髪の垂れた額から幾筋も血が流れていた。
綺麗なセラミック人形の顔に入ったひび割れのようだった。
その顔は笑っている。

激しい息遣いにもまったく似合わない、静止した表情だった。

人形のような。

仮面のような。

杜萌は、その恐ろしい兄の笑顔を、見ていられなかった。

素生は、微笑みながら言った。

「杜萌、何が見えた？」

杜萌は立ち上がることができない。

素生は父に引《ひ》き摺《ず》られ、後ろに下がる。彼は父に抵抗して、まだ暴れようとしている。額からは血を流し、長髪は乱れている。しかし、彼の表情だけが、別人のように穏やかだった。

「何が見えた？　杜萌……、言ってごらん」叫ぶように、しかし優しく、素生はそう言った。

杜萌は両手で耳を塞《ふさ》ぐ。

母と姉が杜萌を立たせようとしたが、彼女は自分で立ち上がった。顔を上げることができなくて、ずっと下を向いていた。

彼女は、涙を止めようと思った。

呼吸を抑えようとした。

（何が見えた？）

兄に謝罪する言葉を幾度も繰り返している、自分の姿しか、見えなかった。

5

「これで全部……」杜萌は淡々と友人に言った。何故、自分は話したのだろう、と思いながら。

「そのあとは、どうしたの？」萌絵がきいた。

「私、その日の朝に、一人で東京に戻った。もう、家族と一緒には、とてもいられなかったから」

萌絵は表情を変えずに頷く。

「それ以来、兄には会っていない。ええ、たぶん、私の方が避けていたんだと思う。その次の年の夏に帰ったときも、私は、兄のことを無視していた。家族のみんなも話さなかったの。まるで、もう、お兄様はどこにもいないみたいな感じだった」

「それが、二年まえね？」萌絵はきく。「それからは？　ずっと東京から戻らなかったの？」

「そう、今回が二年ぶり。そのことがあってから、私、家に帰りにくくなって……」

西之園萌絵は一度視線を逸らし、それから、一瞬で何かを判断したみたいに頷き、杜萌を睨んだ。

「言っても良い？」萌絵はきいた。

「何でも……」杜萌は自分の手を見る振りをして、下を向く。

「いけないのは、貴女です」

「うん……」杜萌は顔を上げて萌絵を見る。友人は、意外にも微笑んでいた。「そう、そのとおり。誰もそうは言ってくれなかった。そんな当り前のことを、誰も言わなかった。でも、悪いのは私。萌絵の言うとおり……」

「お兄様に、ちゃんと謝らなくちゃ駄目」

「そうね。今なら、きっと謝れると思うよ。でも……、そのときは謝れなかったし、次の夏も駄目だったの。今年こそ謝れると思ったんだけど、でも、こんなことがあって、兄はいない……」

「警察には話してないのね？」萌絵はカップを持ち上げてコーヒーを一口飲んだ。「今の話を聞けば、素生さんの部屋に鍵がかかっていたことが理解できるわ。そうでしょう？　つまり、それ以来ずっと鍵をかけていたのね？」

「兄が自分から、そうしてくれって言ったそうなの」

「まあ」萌絵はまた目を見開いた。「誰がそう言ったの？」

「姉よ」

「あのね、杜萌が帰ってくるから、気を利かせて、どこか別のところに引越をしたんじゃないかしら」

「兄が？　引越？」杜萌は不思議に可笑しくなって、吹き出しそうになった。「だって……」

「前日までいたって言いたいんでしょう？」萌絵は悪戯っぽい表情を見せた。「でも、それは全部嘘かもしれないわ。杜萌だけが騙されているんじゃないかしら」

「どうして、そんな嘘をつくわけ？」

「さあ……」萌絵は首を傾げる。「貴女が傷つかないように、かな？」

「どうして、兄が引越したと知って私が傷つくの？」杜萌はくすくすと笑い出した。「どうかしてるんじゃないの、萌絵。大丈夫？　勉強のし過ぎでおかしくなってない？」

「良かった……」萌絵は片方だけ笑窪《えくぼ》を作った。

「何が？」

「杜萌が笑ったから」

「何言ってるの。別に私……、初めから落ち込んでなんかいないよ。もう、心の整理は完全についているから、萌絵に話しているわけ。貴女みたいに子供じゃないんだから」

「でも、私に話して、すっきりしたでしょう？」萌絵は少し顎を上げて微笑んだ。

「うん、まあね……」

「つまりはね、貴女……、杜萌自身の問題なのよ、これは。貴女が納得して、消化できれば、それで完結。もう昔の話なんだから、そんなの、単なる兄弟喧嘩くらいに思えば良いのよ」

「兄弟がいないくせに、よく言うわ」

「ものの譬《たと》えです」

「でも、兄がいなくなったのは事実なのよ」

「そうじゃなくて、そのまえに、貴女が落ち込んでいたら、どうしようもないでしょう？　杜萌は、まだ整理なんてできていないと私は思う。貴女はそんな単純じゃないもの」

「萌絵」杜萌は首をふった。「貴女、よくそんな非論理的なことが言えるようになったわね。全然、言っていることの筋道が通ってないよ。理解に苦しむなあ、本当……。励ましてるのか、落ち込ませてるのか、どっち？」

「うん……」萌絵は唇を嚙んで微笑んだ。「私もそう思う。どっちかしら……」

「呆れた」杜萌は溜息をついた。

「呆れたでしょう？」

「自覚してるわけね」

「ねえ、その二人が殺された駒ヶ根の事件については、ちょっと、考えたくなっちゃうわ」

萌絵はゆっくりと天井を見あげる。「目的が不明なのは、まあ、情報不足だからしかたがないとしても……、幾つか、不思議なことがある」

「たとえば?」杜萌はそう言いながら、萌絵の話題が切り換わったと思った。何の前触れもなく、「ねえ」だけで話を一方的に変えるのが、この友人の特技だった。

「何故、死体をワゴン車に入れたのかしら?」

「そうね……」杜萌は頷く。「たぶん、駐車場で殺したんだと思うけれど、少しだけ、それを隠しておきたかったのかな」

「隠すって、誰から?」

「私とか……、私と一緒に来た男からよ」

「でも、結局すぐ見つかったのでしょう?」

「ええ、でも少なくとも、車から降りて、ワゴン車の近くへ見にいくまでは見つからない。だから、どこかから、彼を撃つつもりで狙っていたんじゃないかしら」

「なるほど……」萌絵は幾度か頷く。「つまり、まだ誰かが近くにいたというわけね?」

「そう、ところが、逃げられてしまった。もたもたしているうちに狙撃するチャンスがなくなったんじゃないかな」

「そうね……。そう考えるしかないか……。その男は逃げるときに、お面……、かぶっていたお面はどうしたの?」

「ええ、その仮面なら地面に落ちていたよ。車に乗るまえに投げ捨てたんだと思う」

「思うって……、杜萌、見ていなかったの?」

「もう、そんなの……、怖くて、何が何だか……」杜萌は首をふった。

「その仮面は今はどこ？」

「警察が持っていっちゃったまま。まだ戻ってこない」

「ふうん……」萌絵は腕を組んだ。

「どうしたの？　何か思いついた？」

「ううん。必死で考えないようにしているとこよ」萌絵は髪を片手で払って、またカップを手に取った。「なにしろ……、今、私、飛びっきりの謎を抱えているの。さっきも言ったマジシャンの事件。それに加えて、大学院入試でしょう？　もう、頭がパンクしそうなんだもの」

「呼び出して、悪かった。でも、萌絵の頭なら大丈夫だよ」

「ええ」萌絵は無邪気に頷いた。「でも、なかなかヘビィな話だった。一度にケーキを三つくらい食べた感じね。ええ……、ちょっと疲れたわ」

「ごめんね。それじゃあ替わりに、そちらの事件の話、聞いてあげようか？」

「今日は、やめておく……。また今度」萌絵は溜息と同時に呟いた。本当に疲れている様子だ。

　それから、二人は黙ってコーヒーを飲んだ。少しだけ、関係のない話ができたが、それは長続きしなかった。

西之園萌絵と一緒に食事をしてアルコールが飲みたかったが、杜萌は遠慮することにした。萌絵は疲れているようだったし、これ以上、受験勉強の邪魔をしたくなかった。

喫茶店を出て別れ際に、杜萌は思い出して、さきほどプリントしたばかりの写真をバッグから取り出した。萌絵が一緒に写っているスナップがあったからだ。

「なあに？　この服……」萌絵が高い声を上げた。

それは、最後の一枚だった。あの朝、セルフタイマで撮った写真で、高校時代の服を着た杜萌が写っていた。

「あ、それは、ちょっと恥ずかしい」杜萌は返してほしいジェスチャで手を伸ばす。「可笑しいでしょう？」

「うん」萌絵はくすくす笑いながら、その一枚を見たまま離さない。「でもでも……、どうして可笑しいのかな？」

「え？　どうしてって？」

「だって、ほんの五年まえには、この服を着ていたわけでしょう？　どうして、今着たらこんなに可笑しいの？」

「はっきり言うわね。貴女、それ嫌味のつもり？　とにかく、それが歳をとったってことでしょう？」

「そうかなあ……」萌絵はきょとんとした表情で不思議そうに首を傾げた。「だけど、杜萌、全然変わらないわよ」

「変わったのよ」

「そうかなあ……」

「貴女だって、今セーラ服とか着たら絶対可笑しいから」

「あれ？　これがその仮面ね？」萌絵は写真を見て言った。

「あ、そうそう」杜萌は答える。

その写真は、リビングのサンルームで撮ったものだったので、バックの右手には、ブラインドと観葉植物、左手の壁際には、幾つかの仮面が並んでいるのが小さく写っていた。

「本当、怖い顔してる、これ」萌絵は囁いた。

6

そのサンルームに、今、簑沢杜萌は一人で座っている。

西之園萌絵と会った昨日のことを、彼女は思い出していた。

誰にも言えなかった三年まえの夏の出来事を、彼女は萌絵に話した。

杜萌にはまだ整理がついていない、と西之園萌絵は指摘したが、それは図星だった。

何の整理もついていない。

やっと、順序だてて、起こったことの説明ができるようになった。それだけで格段の進歩といわなければならない。だが、説明できるのは、ただ現象のみ。何が起こったのか、それだけだった。

何故、あんなことになったのか。

どうしても理解できない。何故、自分はあんな真似をしたのだろうか。誘惑したのは、間違いなく自分の方なのだ。兄と姉に嫉妬して、自分から……。そんな人格が、自分の中にいるのか……。もしそうなら、それは、あの日、銃を突きつけられて微笑んだ人格と同じだ。簑沢杜萌という名前は、一人の人間を示す。一体のボディを示す。だが、それは決して一つの人格ではない。

精神分裂症に関する本も幾つか読んだことはあったが、それほど、顕著な切り換えがあるとは思えない。意識は連続しているはずだし、記憶にも途切れはない。どんな急速な感情の変化にも、そのときどきには納得のいく自然な滑らかさがある。ところが、あとから振返って考えてみると、ある一瞬だけ、特異となるポイントが見つかる。タンジェントの曲線のように途切れている。極大と極小の差異が現れるポイント。

杜萌は、抽象化される過去の不可思議な出来事に、溜息をついた。彼女は、いつだって具象から抽象へ思考が進むタイプだった。姉のように絵を描くことができない理由は、彼女のその方向性にあったのだ。

姉は、美しい花を見てその絵を描く。杜萌も、同じ花を見て美しいとは思うが、それが、色でも形でもない概念として抽象化される。だから、何も描けない。そのことに気がついたのは、高校生のときだった。

今回の素生の失踪に関しても、杜萌は既に具体的な対象で思考をしていなかった。自分一人で考えていると、どんどん内側へ向かう。もしかして、解決しえない実現象を、こうして消化しているのだろうか。

電話が鳴った。

杜萌は立ち上がり、部屋を横断する。

「はい……、簑沢です」

「長野県警の西畑と申します。えっと……、紗奈恵さんですか？」

今日は土曜日である。警察はお休みではないようだ、と杜萌は思う。

「いえ、杜萌です」

「ああ、すみません」西畑は笑いながら言った。「いえ、ちょっとですね、お尋ねしたいことがありまして。今、よろしいですか？」

「姉ですか？　少々お待ち下さい」

「ああ、いえいえ、貴女です」西畑は急に真面目な口調に変わった。「今、どこにいらっしゃいますか？」

「え?」

「お宅のどの部屋にいらっしゃいますか?」

「一階のリビングです。ご存じでしょう?」杜萌は答える。西畑刑事は、この屋敷にもう何度も来ているのだから、電話の位置を知らないはずはない。西畑のとぼけた様子に、杜萌は少し腹が立った。

「電話は、その部屋にしかありませんか?」

「はい……」杜萌は一度返事をしてから、思い出した。「あ、いえ、二階の父と母の寝室にもあります」

「親子電話でしたっけ?」

「いいえ、違う回線です。二階の電話は、あまり使われていません。番号も電話帳に載せていないんです」

「なるほど……」西畑は唸るように言う。「コードレスの受話器もありませんね?」

「ええ、ご覧になったでしょう?」杜萌は大きな溜息をつく。「あの、何をおっしゃろうとしているのか、私……」

「いやあ、大したことじゃないんですよ。ちょっとだけ気になったものですから……、ええ。お忙しいところ、申し訳ありませんね」

「どんなことでしょう?」杜萌はききたくなかったが、質問した。相手はきいてほしいのだ。

「はい」もったいぶった間をとって、西畑は言った。「今、私、駒ヶ根の山荘にお邪魔しているんですよ。ええ、それでですね、あの朝、鳥井恵吾がここから、そちらの屋敷に電話をかけましたよね。そのことでちょっと考えてみたら、その……、不思議だなって思いましてね」

「何が不思議なんですか？」

「杜萌さん、貴女、二階にいたんでしょう？　犯人に襲われたのは二階の寝室でしたよね？」

「ええ、そうです。でも電話がかかってきたときには、一階のダイニングにいたんです。食事を作って、食べましたから」

「でも、赤松は食べなかった」

「そうです。仮面を取るのが嫌だったみたいです」

「じゃあ、どうして食事を作ったんです？　赤松が作れって言ったわけじゃないんですよね？」

「ええ、もちろん違いますよ。食事は、私の方から作るって言い出したんです」杜萌は答える。それは、警察に幾度も話している内容であった。

「では、一階に下りようと言ったのも貴女ですね？」

「そうです。私……、実は……寝室にいるのが怖かったから……」

「じゃあ、赤松は、自分から一階に下りようとしたんではないわけだ……。ね、これ、おかしいでしょう?」

「何故ですか?」

「だって、電話は一階にある。山荘の仲間から電話がかかってくるのなら、二階の貴女の部屋にいては出られないでしょう? 何故、赤松は貴女を連れて、早く一階に下りなかったんでしょうね?」

「さあ……。それは、まだ時間が早かったから、なんじゃないですか? それとも、電話連絡は九時過ぎって決めてあったのかもしれませんね。九時になったら、私が言い出さなくても、一階に移動するつもりだったとか」

「はあ、なるほど……、なるほどね、そうか」西畑はゆっくりと言う。「うん、それは言えますな」

「あの、刑事さん。それだけですか?」

「あ、はいはい、ありがとうございました。あ、そうだ、杜萌さんは、いつ東京に戻られますか?」

「今月中には」

「今月中ですか……、はい、わかりました。ええ、じゃあどうも、それでは、失礼します」

西畑刑事のにやにやした表情が見えるようだった。杜萌は、受話器を乱暴に戻した。

7

西畑はそっと受話器を置いた。平たい白い電話で、丸いプッシュボタンが並んでいる。簑沢家の山荘の電話は、シンプルな機能のものであった。

世間はお盆休みである。しかも、今日は土曜日。だが、西畑は、部下の堀越を連れて、駒ヶ根の山荘、簑沢家の別荘まで足を運んでいた。

特に目的があったわけではない。死体が発見された駐車場の周囲は、これまでにも隈《くま》なく歩き回っていた。しかし、山荘の中はそれほど重視していなかった。もちろん、鑑識課は山荘内も入念に調べている。だが、殺された二人でさえ、この建物内にはあまり立ち入らなかったのである。前夜に一回。そして、翌朝にもう二回。時間にすれば、全部で数十分しか山荘内にいなかった計算になる。しかも、彼らが入った部屋は、今、西畑たちがいる広間だけだった。

二人を殺したかもしれないもう一人の人物は、この建物には入っていない。だから、この場所を探しても無駄だ、と考えていた。したがって、捜査は屋外に集中し、駐車場の周辺から、周囲の森に及んでいた。

ところが、なんとなく、この山荘の中をもう一度よく確かめてみたい、と西畑は思った。そんなことを急に思いついて、やってきたのである。

堀越が奥の寝室の一つから出てきた。

「特に、何も気がつきませんけど……」堀越は頭を掻きながら言う。

「まあ、そんなもんさ」西畑はぶっきらぼうに答えた。

「どの寝室の窓からも、外に簡単に出られますね」

「それが、どうした？」西畑はきく。

「いえ、別に……」堀越は木製の椅子に座りながら答えた。「どうして、逃げなかったのかなって、ちょっと思ったもんですからね。外に銃を持った連中がいるわけですから、表のドアからは出にくいかもしれないけど、こっそり裏の窓から出ていけば、見つからずに逃げられたんじゃないですか？　特に夜中だったら」

「女が二人もいるからな」西畑はテーブルの上に腰掛けている。「裏は崖を下っても川がある。川を渡れば逃げられるかもしれんが、もし途中で見つかったら、大変だ。だいたい、外は真っ暗で、犯人たちがどこで見張っているのかもわからない。まあ、大人しくさえしていれば、殺されることはない、と信じていたんだろう、きっと。事実、それで正解だった」

「その晩は、水谷さんは誘拐にさえ気づかなかったわけですよね？」

「あの爺さんは耄碌《もうろく》してるからなあ。爺さんだけは一晩、普段どおりだったたってわけだ」

「外を犯人たちがうろついていたのにも気づかなかった、というのが……、ちょっとだけですけど、信じられませんね」

その点は西畑も多少不自然な気がしていた。前夜に到着した一行を見ている水谷老人は、籔沢家以外の二人を客だと思った、という。二人ともサングラスとマスクをしていたのに、である。彼は、この点に関しては、暗くてよく見えなかったと証言していた。

籔沢泰史が、水谷に場を外すように命じたので、彼は自分の小屋に戻り、そのまま眠ってしまった。主人がそのような要求をすることはよくあったという。籔沢泰史は、この別荘に仕事の客を連れて来ることが多く、むしろ、そうした目的で使われることがほとんどだったらしい。

水谷老人は翌朝、犯人の二人組に叩き起こされ、山荘まで連れてこられた。犯人たちはそこで籔沢泰史に電話をかけさせた。家政婦の佐伯千栄子の自宅にである。その後、一度、二人は外に出ている。そのときから、水谷老人は、ずっと籔沢家の三人と一緒に山荘にいたことになる。

水谷を前の晩に拘束しなかったことは、犯人の行動として多少不自然な気もしたが、一人でも人質が少ない方が良いと判断したのか、あるいは、別々の場所に離しておいた方が良いと判断したのか、いずれかであろう。

その夜は、山荘の電話機だけを取り外して、二人の誘拐犯は出ていった。つまり、外部から、この山荘に電話ができない状態だった。そうなると、知人は、水谷老人の小屋に電話をかけることになるだろう。そのとき、水谷は、簑沢泰史一家が山荘に来ていることを伝える。客が来ている、と言うだけだ。電話が両方とも不通になっているよりも、この方が都合が良い。簑沢泰史が、水谷老人を下がらせたのを見て、犯人たちは、そのまま朝まで水谷に手を出さないことにしたのだろう。非常に臨機応変な行動といえるし、犯人たちの知的な計算が窺える。西畑はぼんやりと、その筋道を考えていた。

堀越を残して、西畑は山荘の外に出た。

歩きにくい砂利道の坂を下り、水谷老人の小屋へ向かった。その小屋は、ちょうど、駐車場と山荘の中間に位置している。平屋の小さな家屋で、その周辺だけ整地されていた。水谷は、麦わら帽子をかぶり、小屋の横に置かれた洗濯機を回しているところだった。

小屋の塀に打たれた釘から、近くの木の枝まで、ロープが渡されている。洗濯物を干すためのものらしかった。薪が積まれた一角にはトタンの小さな屋根が作られている。それ以外にも、粗大ゴミのような代物が雑然と並べられていた。よく見ると、一番下には犬小屋らしきものがあって、その中にも段ボール箱などが詰め込まれている。

「犬がいたんですね？」西畑はそこを指さしてきいた。

「ああ、はい」水谷は背を伸ばし、のけ反るような姿勢になる。「もう、そうだね……、十年以上にもなりますかな。頭のいい奴でしたが、死んでしまいましたわぁ」

「こんなところで一人暮らしじゃあ、寂しいでしょう。また、飼えばいい……」

「ええ、もう、今から飼ったら、儂の方がさきですからな。そりゃ、可哀想だ」

「この小屋からすると、けっこう大きい犬だね？」

「ええ、立派な奴でしたよ」

「どうして死んだんです？」

水谷が視線を逸らした。「はあ……、病気で」

西畑は、水谷の表情の変化を見逃さなかった。犬が死んだのを思い出したわけではない。犬の死に方を思い出したのか。

この老人とは何度も話をしているが、こんな落ち着きのない視線は、初めてのことだった。刑事をしていると、こういった一瞬によく出会うものだ。それも、西畑くらいのベテランになると、どきっとするほど、はっきりと感じられるようになる。

水谷は嘘をついた、と西畑は思った。

だが、西畑は黙っていた。犬の話が今回の事件に関係があるとは思えなかったし、こういったちょっとした嘘はよくあることなのだ。たいていは事件に関係がない。関係がないからこそ嘘の用意がない。だから慌てるのである。たとえ、事件に深く関わるものだとしても、こういった場合、知らない振りをするに限る。しばらく時間が経ってから追及した方が、より効果があるからだ。

水谷啓佑は、もともとこの山麓に一人で住んでいたという。十五年ほどまえ、簑沢がこの土地に別荘を建てたとき、その建設を請け負った地元の建築業者の仲介で管理人として雇われた。水谷は若い頃その業者の下で仕事をしていた。結婚したこともなく、近くに身寄りはない、と聞いていた。

西畑は少し離れて、それとなく水谷老人をしばらく観察していた。七十を越えているが、まだ足腰はしっかりとしている。

思いついたようにポケットから煙草を出して、西畑は火をつけた。

水谷がちらりと西畑の方を見た。西畑は近づいていき、煙草の箱を水谷の前に差し出した。

「吸いますか?」

水谷はにっこりと笑って、首をふった。

第10章　偶然の差異

1

八月末の木曜日。簑沢杜萌は新幹線で東京に戻った。

電車は嫌いだったが、切符が買ってあったのだ。彼女は、窓際の指定席に座り、流れる風景をずっと眺めていた。

事件に関しては何も進展がない。駒ヶ根の殺人事件も、それに、簑沢素生の失踪事件も。簑沢の屋敷の前には相変わらず警官がいたし、電話には警察が持ち込んだ機械が接続されたままだった。しかし、何も起こらなかった。家族は、事件のことなど忘れたかのように振る舞い、表面上は普段の生活に戻っていた。そんな実家を後に、杜萌は東京に帰る。

新幹線の二時間は退屈だった。彼女はもともと乗物に酔う質《たち》なので車中で本が読めない。ただ、速度が速くなるほど、乗物酔いは軽くなるようだ。初めて飛行機に乗ったとき、これが一番自分に合っていると感動したほどだった。

久しぶりに自分のマンションに戻り、部屋の空気を入れ替えた。独身者向けのマンションで、彼女の部屋は五階の一番端である。東側に出窓がある分、他の部屋よりも家賃が四千円高かったが、子供のときから朝日が差し込む部屋に慣れていたので、迷わずそこに決めた。地下鉄の駅からも近く、周囲の環境も気に入っていた。大学に入学した頃からなので、もう四年以上、この場所に住んでいることになる。

事件の関係で、予定よりもずっと長く実家に滞在した。夏休み中に仕上げなくてはならないレポートが幾つかあったし、読まなくてはならない文献も研究室から持ち帰っていた。これらの宿題にすぐ集中できるとは思えなかったが、急いで片づける必要があった。気は進まないけれど、しかし、忙しくしていた方が、ひょっとして気が紛《まぎ》れるかもしれない。

バッグを部屋の隅に置いたままにして、杜萌は買いものに出かけた。

とりあえず、今晩食べるものを買ってこなくてはならない。近くのショッピングセンタまで歩き、地下の食料品売り場で、彼女は黄色い籠を手に取った。

そのとき、男に気がついた。

その男は、機敏に視線を逸らした。しかし、ずいぶんまえから、こちらを見ていたような気がする。もちろん、見覚えのない顔だった。髪は薄いが、三十代であろう。気のせいかもしれない。

かまわず、買いものをする。杜萌は男の方を見ないようにした。レジを通り抜け、両手にビニル袋を下げて、エスカレータに乗る。男のことが気になったが、我慢して後ろを見なかった。

たぶん、警察だろう。

自分は護衛されているのだろうか。

もしそうなら、彼女に何か一言くらいあっても良さそうなものである。だが、これが警察のやり方なのかもしれない。

マンションに近づいた頃には、男の姿は見当たらなかった。

やはり思い過ごしだろう、と彼女は思う。

二度ほど後ろを振り返ったし、ウインドウの商品を眺める振りをして、ガラスに映った背後に目を配った。だが、男の姿はもうどこにもなかった。

2

その夜遅く、西之園萌絵から電話があった。

「ハーイ、萌絵でーす」機嫌の良い弾んだ声だった。

「なに、どうしたの？　貴女、酔っ払ってる？」杜萌は受話器を左手に持って言った。右手を伸ばし、つまらないドラマを映しているテレビをリモコンで切る。

「はは、ちょっとね……。羽を伸ばしてるところだよ」

「ああ、そうかそうか、試験が終わったんだ」

「そうでーす、もう終わりました。今日が最終日で、口頭試問だったの」

「どう？　手ごたえは」杜萌は社交辞令で尋ねたが、この友人が試験で不合格になることなどありえない、と信じていた。

「まあまあね……。ねえ、杜萌。このまえの事件は？　その後、何か進展はあったの？　新聞とかでも、あまり見ないわね」

「全然……。なあんもなし」

「そう……」萌絵はそこで少し黙る。

「どうしたの？」

「うん、ちょっとね……」

杜萌は受話器を持ったまま待った。

「素生さんって、昔、ラジオに何日か続けて出演したことがあったでしょう？」

「ラジオ？　うーん、そう？　そんなことがあったっけ……」

「確か、自分の詩を朗読したって、杜萌、言ってなかった？」

「ああ」杜萌は答えた。

そのとき、杜萌もピンときた。萌絵の言うとおり、何年もまえのことになるが、地元のラジオ局のある番組に、簑沢素生は五日間連続でゲスト出演したのである。そこで、彼は自作の詩を朗読した。杜萌はすっかり忘れていたが、そのことを萌絵に話したのは、もちろん自分だった。

「わかった？　もうもう、わかっちゃったでしょう？」萌絵はきいた。確かに彼女は酔っ払っているようだ。ビールでも飲んでいるのだろう。西之園萌絵はアルコールが少量入るだけで、信じられないくらい陽気になる。

「うん。あの電話のことだね」杜萌は返事をした。

「そう、そのときの録音だったのよ。あの詩をラジオで朗読したんじゃない？　覚えてる？」

「覚えてないけど、たぶん、そうだ。でも……、それって、いったいどういうことになるのかしら？」

「杜萌、怒らないでね」萌絵は急に普通の口調になった。

「ええ……」

「つまり、素生さんじゃない人が、録音テープを使って偽装したわけ。だから……、それは結局、貴女にお兄様が元気なように思わせたかった、という意図が存在したことになるわ」

「そうね」

「どうして、そんなことをしたのか」萌絵は淡々と続ける。「それは、素生さん自身が、その台詞を言えない……、あるいは拒絶した、という状況で、それでも、その声と台詞を貴女に伝えたい人物がいた、ということ。だから、最初に導かれる結論は、素生さんは自由ではない。残念だけど……」

「ええ、たぶん、そうだと思う」

「もう一つ……。素生さんの朗読を録音したテープは、どこにあった？」

「どこにって？」

「実家にあったのでしょう？」

「ああ、ええ、たぶん」

「そんな古い放送のテープを都合よく持っていたなんて、出来過ぎているわ。簑沢素生の熱狂的なファンなのか、それとも、簑沢家にあったテープを使ったのか」

「うちにテープならあると思う。えっと、お姉様だったかな……。いえ、ひょっとしたら、お兄様が自分で録音したのかもしれない。確か、あれは、生番組じゃなかったから」

「そう……」萌絵は言う。「私もそうだと思った」

「どういう意味？」

「それだけ……」萌絵は淡々と答える。「たぶん、詩集を見て、その詩がある場所を調べたんじゃないかしら。それで、どのテープのどの辺か、見当をつけたのね」

「そう、そういえば、五日間連続の放送で、最初の詩集から順番に紹介していったんだ。二十分だったかな、それくらいの時間の番組で、五回分あった」

「ね、辻褄が合うでしょう？」

「どう合う？」

「私、これ以上は、言いたくないわ」萌絵は言った。

「まさか、うちの家族の誰かがやったって言いたいわけ？」

「少なくとも、簑沢家に出入りできる人」萌絵はすぐに答える。「ねえ、杜萌、怒らないでね。これは、ただの可能性の一つなんだから」

杜萌は返事ができなくなる。

「杜萌、怒ったの？」

「いいえ、大丈夫……。ちょっと考えているだけ」

「それじゃあ、怒られついでに、もう一つ良いかしら？」

「ええ、いいよ。何でも言って」

「駒ヶ根で起こった事件のことなんだけど、私、どうしても気になって……。だってね、犯人がもう一人いたなんて、おかしいでしょう？　どうして、そんなことをしたのかしら？　どうして、その人は、二人に加わらなかったの？　誘拐だって、三人いた方が安全だもの」

「最初から二人を殺すつもりだったから、みんなの前に自分の姿を出したくなかったんじゃない？」

「いいえ、もしそうなら、死んだ二人が相打ちになったということを、もっと強調した偽装をするはず。わざわざ車の中に死体を運び込んだりなんて絶対にしない。撃たれて倒れたところに死体があれば、それでOKよ。第三者の存在だって疑われない。それが一番合理的だし、安全でしょう？　殺された一人の方は、弾丸が貫通していたのだし、血痕だって、そう……。車の中で撃ち合ったわけではないことは、すぐわかってしまう。そんなことは当然予想できたはずだわ」

「貫通していた？　ちょっと、萌絵、どこからそんな話を聞いてきたの？」

「ええ……」萌絵は笑っている。「ちょっとしたコネっていうのか、警察に知り合いがいるの」

「まあ、いいわ」杜萌は驚いたが、気を静めて尋ねる。「それで、貴女、何が言いたいわけ？」

「もし、もう一人犯人がいるとしたら、その人は、仲間にどう説明したと思う？　自分一人だけ隠れているって言ったわけでしょう？　その場合、どんな理屈がつけられるかしら？」

「ええ、わかった。それは、わかりました。だから、貴女はどう思っているの？」

「そんな人は、いなかった。それは、絶対間違いない」萌絵はゆっくりと答えた。

「いなかった？　だって……」

「いるように思わせたのよ」萌絵はすぐに続ける。「これは、私の考え。警察は、こうは考えていないわ。車の中に死体を運び入れて、もう一人犯人がいるように見せたって、私は思うの。それは、つまり裏を返せば、そんな人はいなかった、ということになるでしょう?」

「いなかったって……」

「ええ」萌絵は答える。

「それじゃあ、どうなるわけ?」

「だから、山荘にいた誰かが撃ったのね」

「なんですって?」

「怒らないで。これはただの仮説なんだから」

「怒るわよ」

「お願い、杜萌。怒らないで聞いて。山荘にいた誰かが、自分たちの身を守るために、あの二人を撃ったんだと思う。それは……、たぶん、貴女のお父様と、それから、もう一人、お爺さんがいたんでしょう? その人じゃないかしら。二人を撃った銃が違うということは、加害者も二人いたってことだわ」

「でも、山荘にみんなが一緒にいたのは確かなのよ。ええ、お母様も、お姉様も、そう言ってたし……」

「もちろん、そう証言するでしょうね」

「ああ……」杜萌は理解できた。「庇《かば》っていると言うわけね？」

「いくら正当防衛だといっても、相手は二人とも死んでしまったし、それに、お父様は政治家でしょう？」

「よくも、ずばずばとものが言えるわね、貴女」杜萌は低い声で言う。

「ごめんなさい。お願い、気を悪くしないで……。でも、どう？　いろいろ不思議だったことが、これで全部説明できない？」

「ある程度は、できる」杜萌は答えた。「だけど、私は信じたくない。そんなこと、絶対にありえないわ」

「ええ、そう……。ありえないわね。私もそう思う。これはただの可能性の一つ。たまたま思いついちゃったものだから、どうしても話したくなってしまって……。だって、杜萌にしか話せないでしょう？」

「他の人には、話さないでほしいな」

萌絵は笑った。「そうね……。あ、そうそう。最初は、もっと凄いことも考えたのよ」

「どんな？」

「最初に駒ヶ根に連れていかれたのは、三人じゃなくて四人だったのではって……」

「四人って？　私のこと？」

「違うわ。素生さんよ」萌絵は早口になっていた。「素生さんも連れていかれたんじゃないかって考えたの」

「そうなると、どういう結論になるわけ？」

「素生さんが、二人を殺したのね」

「ああ、なるほど……」杜萌は呆れて息がもれる。「それで、兄をどこかに隠して、失踪したように家族全員で偽装したってわけか……。そんなの矛盾だらけの仮説だな」

「そう、それはそう」萌絵は答える。「目が見えないから銃は撃てないし、それに、一人だけで山荘から出ていくことも無理。そう言いたいのでしょう？」

「もちろん」

「でも……、もし、素生さんの目が見えたら、どう？」

「まさか！」杜萌は、萌絵のその言葉でぞっとした。

「ね？　そう考えると、この仮説もまんざらではない、という感じなの。ただ一つの条件を否定するだけで、成り立つんだから」

「絶対にありえない」

「ふうん……」萌絵は唸る。「そうね。確かに、ちょっと出来過ぎているかなあ」

「ミステリィの読み過ぎだよ」杜萌は言う。「まあ、貴女らしい考えだとは思う。それにしても、よくも親友に面と向かって言うよ、そういうことを。それが、一番貴女らしい」

「親友だから言えるんじゃない？　それに、これ、電話だから、面と向かっているわけじゃないし」

「わかったわかった。屁理屈屋さん」

「怒った？」

「もう、かんかん」

萌絵の無邪気な笑い声が聞こえる。「ああ、良かった……。ありがとう、聞いてくれて。ええ、もう切るわ。こちらは、これからなんだもの。例の事件……、まだまだ全然なの。大学院の試験が終わったから、やっといろいろ調べものができるわ。解決したら、また電話するね」

「萌絵が解決するみたいな口ぶりだね」

「ありがとう。そう言ってもらうと、嬉しいわ」

「意味が通じてないみたいだよ。酔ってるわよ、貴女」

「変ね……」

「そんなことよりさ、ちゃんと、先生を紹介してよ」

「あっと、そうそう、そうだった」萌絵は言う。本当に忘れていたようだ。「ああ、どうしよう。どうしよう。そうね……、一度、東京へ遊びにいこうかな……」

「うん、うちに来て」

「秋休みなら……」萌絵は考えているようだった。「時間がとれるかも。ええ、ありがとう。

考えておく。じゃあ、お休みなさい。長電話して、ごめんなさい」

「いつものことじゃない。お休み」

「そうだそうだ。もう一つ……。このまえ見せてくれた写真、あれ、焼き増ししてくれない？」

「ええ、貴女が写っているのだったら、送るつもりだけど」

「違うの。杜萌が写ってる方よ。最後に一枚あったでしょう？」

「え、あの写真？　どうして？」

「杜萌が可愛らしいから」

「誰かに見せて笑うつもりだな。絶対、嫌よ」

「お願い……。誰にも見せないし、笑ったのは、謝るから。お願いお願い」

「しかたがないなあ……」杜萌は苦笑した。「わかった、送るわ」

「ありがとう……。じゃあ」萌絵はそう言って電話を切った。

杜萌も受話器を戻す。

言われたときには頭に血が上ったが、今は不思議に腹は立っていなかった。自分の父親や兄が殺人犯だと言われたのに、杜萌はどういうわけか冷静だった。素生の電話の声が、ラジオ放送からの録音だったという話も、納得がいった。たぶん、西之園萌絵以外の人間から聞かされていたら、こんなに素直に受け入れられなかっただろう。

それにしても、あれだけ突飛な内容をずばずばと話すというのは、相変わらずの無神経さである。昔から全然変わっていない。ひょっとして、人間の本質なんて、ずっと変わらないものなのかもしれない、と杜萌は思った。

自分が変化したと思っているのも、実はそう錯覚しているだけのことか……。あるいは、錯覚したい、だけのこと。

高校のときの洋服が似合わない、と錯覚したように。

たぶん、本当は何も変化していないのだ。

躰つきだって変わっていない。顔も変わっていない。なのに、どうして自分が変化したなんて感じるのだろう。変化したいという願望が、その幻想を見せるのか。

少しだけ昔のことが、懐かしい、と思えた。

懐かしいって、何なのか？

目が見えない兄と同様に、杜萌には過去が見えない。時間が見えない。兄には白い色がわからないのと同じように、懐かしいという時間の色は、杜萌には認識できない。

犬にとっては昨日も去年も同じだという。過去の記憶は、犬や猫には混然一体のものでしかない。人間だけが、時間の概念を意識し、あるいは捏造《ねつぞう》し、記憶を組み立て直す。それは、懐かしさを錯覚したい願望に起因したものかもしれない。

何が変わるのか？

人間の概念か？

それは、つまり、名前……。

名前？

また抽象化している自分に、杜萌は気がついた。

3

赤松浩徳は、簑沢杜萌のマンションを見ていた。

五階のその部屋に、照明が今日はついている。彼女が東京に戻ったのだ。彼は、古いバンのフロントガラスに顔を近づけて、それを確認した。

だが、注意しなくてはならない。彼は目を光らせ、辺りを観察した。マンションのすぐ近くに、路上駐車の車が一台見える。灰色のセダンだ。人が乗っている。

もう三十分になろうかというのに、その人物は車に乗ったままだった。赤松の車はマンションから少し離れたところに駐まっていた。自分でも慎重過ぎる行動だと思ったが、それが幸いしたといえる。

灰色のセダンは、警察に違いない。

簑沢杜萌は、まだ警察に警護されているのだろう。なにしろ、事件からまだ四週間しか経っていないのだから、しかたがない。それにしても、東京に来ても警護をつけるとは、さすがに政治家の娘である。

駒ヶ根から逃げるときに使ったボルボは、既に処分した。茨城《いばらき》の山奥で、シートにガソリンをふりまいて、火をつけてきた。たとえ発見されても、何も証拠は残っていない。しかし、一人でこの作業をするのには実際骨が折れた。帰りの車がなくなるわけである。彼は、折り畳み式の自転車を購入し、それを車のトランクに載せて、山の中に入った。車に火をつけたあと、その自転車で山道を下ったのだが、これは、なかなかスリリングな経験であった。

子供の頃、赤松は自転車に乗れなかった。あれはいつ頃のことだろう。彼は自転車なんて持っていなかった。買ってもらえなかったのである。だから、友達の自転車を盗んだ。でも、それは、結局うまく乗れなかった。乗ったことがなかったのだから、しかたがない。

小学校の四年生だったか……。たぶん、そうだろう。

赤松は苦笑する。

今乗っている中古車は、友人から直接買ったものだ。その友人は、赤松という彼の本名を知らない。

まだ、金は残っている。だが、そろそろ、何か仕事をしなければならない、と赤松は思う。もともと、仕事は嫌いではなかった。

慌てることはない。

自分は既に、越えている。超越しているのだから。

東京にいれば大丈夫。見つかるはずがない。

あとは……。

4

長野県警の西畑刑事は、デスクに座ったまま眠っていた。

電話が鳴ったので目を覚ますと、部屋には彼一人しかいなかった。壁に掛かっている大きな円形の時計を見る。十時だった。

彼は受話器を持ち上げて肩にのせる。

「西畑さん?」

「ああ、俺だよ」精いっぱい明るく言ったつもりだったが、自分でも不機嫌な声だとわかった。まだ眠い。

「今岡《いまおか》ですけど」相手の男は囁くように言う。雑音があって、聞き取りにくかった。

「そちらに戻ったかい?」西畑はきいた。

「ええ。マンションの前にいるんですけど。こちらに戻って、一度買いものに出かけましたね。それだけです。ずっと、部屋にいますよ」

「そう」西畑は返事をする。

「誰も訪ねてなんかきませんよ」

「うん、わかった」

「いつまで、やるんです？　これ……」

「さあね」西畑は欠伸をしながら答えた。「まあ、しかたがないよ。とりあえず、二、三日様子を見よう。何かあったら大変だからね。誰か交代を出すよ」

「頼みますよ。じっとしてるんで、躰が痛くって」

「文句を言わないで……」

電話が切れる。

西畑は立ち上がって、琺瑯《ほうろう》のカップを持ってコーヒーメーカまで歩く。コーヒーを注いで一口飲んでみると、少し煮詰まっていて苦かった。

廊下で足音がして、部屋に堀越が入ってきた。

「西畑さん、おさきに失礼します」堀越は頭を下げる。

「ちょい待った」コーヒーを飲みながら西畑は片手を挙げた。

「お願いしますよ。もう十時なんですから」

「まあまあ、ちょっと……、そこに座ってくれ」西畑は、ソファの方へ歩いていく。「君もコーヒーを飲んだらどうだい？」

「いえ、もう結構です」堀越が嫌そうな顔をして座った。

西畑は煙草に火をつけ、大きく一口吸い込むと、天井に向けて煙を吐き出す。

「この部屋、禁煙ですよ」堀越は言った。

「我々しかいない」西畑は横目で部下を見る。「それに、灰皿もあるんだ」

ビールの空缶がテーブルの上にのっていた。つい数時間まえに西畑自身が飲んだものだ。既に、煙草の灰で汚れている。

「何の話ですか？」堀越がきいた。「東京で何かあったんですか？　今岡さんに、簑沢杜萌を尾行させているんでしょう？」

「何もない。あったら、こんなのんびりしてるもんか」西畑は口もとを片方だけ上げる。「あれは、赤松が出てくるんじゃないかと思って……。まあ、警護半分ってやつだ」

「なんで赤松が、あの娘のところに出てくるんです？」

「奴はもともと東京にいた。今も、たぶん東京に戻っているだろう。隠れるなら都会が一番だ。まあ、それはいいとして、東京にいた赤松が、何故わざわざ愛知まで出てきて簑沢家を狙ったと思う？　簑沢泰史は東京には何の関わりもない人物だ」

「娘が東京だったから……というんですか？」

「そう、何か接点があったかもしれないだろう？　娘自身は、気づいていないかもしれないが、たとえば、赤松の女が、あの杜萌って娘と知合いかもしれんし、簑沢の家のこととか、それに別荘のこととか、いろいろ事前に聞き出していた、ということだって考えられる」

「だけど、どうして、赤松が杜萌のところに来ると？」

「仲間を殺されたからな」

「でも、それは仲間どうしで……」堀越は身を乗り出す。

「どうも、変だろう？」西畑は首をふった。「これだけ調べても、誰一人浮かび上がってこない。何も痕跡がない。おかしいじゃないか」

「ええ、おかしいとは思いますけど」

「ひょっとして、あの家の誰かが、殺《や》ったんじゃないか、と思ってね」

「簑沢の……誰かが、ですか？」堀越は目を見開き、声が大きくなった。

「そう」

「いや、それは……」

「どうやったのかは、わからんが、それなら道理が合う。山荘の中で撃ったのかもしれない。それを駐車場まで運んだんだ。二発の銃声が聞こえた、というのも、家族で口裏を合わせていることになる。赤松は、仲間が殺されていたんで、慌てて逃げ出したわけだ」

「どうして殺したんです？　それに、銃はどうしたんですか？」堀越は質問する。

「どうしてって、そりゃ、自分の身を守るためだろう。それが動機だよ。たぶん、簑沢の親父と、あの水谷って爺さんだな。あの二人がやったんだ。銃は、山荘にもともとあったのさ。山で射撃でもしてたのかもしれんが、とにかく隠し持っていた、というわけだ。まあ、その銃を使って、あとで、死んだ二人に握らせた」

「じゃあ、取られた金は？」

「あれは、そのままだ。金庫から取られた方は、まあ、駄賃みたいなものだな。でも、振り込んだ方の金は無事だっただろう？　殺してから、すぐ連絡したからな」

「なるほど……」堀越は腕組みをして唸った。「ということは、杜萌と一緒にやってくる赤松も殺すつもりだったわけですね？」

「そのとおり。駐車場のワゴンなんか覗かないで、真っ直ぐ山荘に上がってくると思って、待ちかまえていたんだろう。いや、もっと手前に潜んでいたのかもしれんな。赤松が杜萌から離れたら、すぐ撃つつもりだった」

堀越は何度も頷いた。

西畑は煙草をビールの空缶で消して、中に吸殻を落とす。

「そもそも、犯人たちが、山荘の中にいなかったのが不自然だろう？　それも一晩中だ。あの辺りじゃ、夏とはいったって、外はけっこう冷えるんだよ。簑沢の一家を監禁しているっていうのに、ちょっとなあ……」

「でも、あそこは確かに逃げ道がありません。駐車場で見張っていれば、逃げられないから、それで、車にいたんではないですか？　西畑さん、自分でそうおっしゃってたじゃないですか」

「山の中に逃げ込もうと思えばできる」西畑は微笑んで言った。「実は、誘拐犯の二人も山荘にいた。あの中で撃たれた。だからこそ、犯人たちが山荘にはいなかったと、我々に思わせたかったんじゃないのかな」

「あ、つまり、山荘の中で何か見つかると？　でも、このまえ調べましたよね」

「始末したとは思うがね……」西畑はまた口を斜めにした。「もう一度、やり直してみる手はあるな。弾丸……、それから、血痕」

「弾は取り出したかもしれませんね。でも、もしそうなら、痕は残っているはずです」堀越は言う。

「あの、爺さんが一番……、攻めやすい」西畑は微笑んだ。「何か隠しているのは間違いない。爺さんが、簑沢家から、どれくらい金をもらっているのか調べてくれ」

「わかりました」

「いいか……。今の話、しばらくは誰にも言うなよ」西畑は堀越に顔を近づけた。「お隣さんとはいえ、相手は県会議員だ。こちらの思惑がばれたら、途中で潰されるぞ。何か確実なものを摑むまで、とにかく慎重に慎重を重ねて、この上なく慎重にだ」

「はい」堀越は嬉しそうに頷く。

「もし、今のが本当なら、誘拐犯の四人目なんて存在しないということになる。逃げている赤松は当然、それを知っている。つまり、仲間が簑沢の家族に殺されたことを、赤松は知っているんだよ。だから……、東京に今岡を行かせたってわけだ」

「ああ、なるほど！　西畑さん、さすがですね」

「さすがだろう？」

西畑はソファにもたれかかり、新しい煙草を取り出した。

電話が鳴る。

西畑は堀越に顎で指示する。もう一本、ゆっくりと煙草を吸いたかったからだ。

「はい……」堀越が立ち上がって電話に出た。「ええ、そうです……。はい、はい……、わかりました。じゃあ、ファックスでお願いします」

「何だ？」煙を吐きながら、西畑は尋ねた。

堀越は受話器を置いて、西畑の顔を見る。

「車が見つかりました。例の……、犯人が逃走に使ったボルボですよ」

「どこで？」

「茨城……。筑波《つくば》だそうです」

「ほらな」西畑はにやりと笑った。「言ったとおりだ。やっぱり、あっちだろう？」

「ええ」堀越も頷く。「どうします？」

「明日、俺が行く」西畑はすぐ答えた。「一人で行ってくるよ。駒ヶ根の方は、お前に任せる。もう一度ざっとやり直してくれ」

「わかりました」

「そろそろ、ついてくる頃だ」

「ついてくる？」堀越は眉を顰《ひそ》める。

「ああ、運がついてくる頃なんだよ」

5

翌日、西畑は東京駅から高速バスに乗った。ずいぶん早起きをして出かけてきたが、待合所で時刻表を見るまえに自分の時計を確認すると、既に十時を過ぎていた。

外は暑い。彼は、冷房の効いたバスのシートでずっと居眠りをしていた。

終点でバスから降り立つと、約束どおり迎えの警官が待っていた。そこからは、車で三十分ほど山の中に入ったところだ、と聞いていた。

パトカーを運転している若い警官は無口で、走りだして、二、三口しゃべっただけで黙ってしまった。西畑も面倒なので黙って窓の外を眺めている。こういった沈黙の時間が堪えられない人間もいるようだが、西畑はまったく平気だった。無理に会話をすることの方が疲れる。

アスファルト舗装の林道から、細い小径に入り、小さな川に下っていく。釣りをしにきた地元の老人が発見した、と説明があった。

既に一台、ワゴン車が駐まっている。パトカーは道の端にぎりぎり寄って停車した。すぐ近くの雑草が生い茂った窪地に、車が斜めに突っ込んでいるのが見え、三人の男たちが立っていた。車は黒こげである。周囲の草木も焼けていた。

「遠いところ、ご苦労さまです」四十代の大柄な男が西畑に近づいてくる。そして、名前を名乗った。

「西畑です」西畑も答える。

「基本的なところは終わっています。もうすぐトラックとクレーン車が来ますので、ここから引き上げて、署の方まで運びます。詳しい検査は、それからするつもりですが……」

「何かのってましたか？」西畑はきく。

「いやあ、何も……」男は苦笑した。「綺麗に燃えてますからね。いや、冬でなくて良かった。山火事になりかねません」

窪地に下りていき、西畑は車の中を覗いた。確かに、真っ黒になった金属が残っているだけだった。ガラスはもちろん、シートもプラスチックも跡形もない。これでは、精密検査の結果も期待できない、と西畑は思う。

「一つだけですけど、シートの下に燃え残ったものがありますよ。でも、何なのか、ちょっと……」反対側の窓から覗いている男が言った。

「どれですか？」西畑は尋ねる。

「こちらから見て下さい」

西畑が反対側に回ると、開かれた後部ドアの中を男が指さした。

「あれです。取り出すと形が崩れそうなんで、西畑さんに見てもらうまで、触らずにおいたんですよ」

別の警官が西畑に懐中電灯を手渡した。大きな樹々に囲まれており、窪地は薄暗かった。それに、目標物は真っ黒である。それは、助手席のシートを支持していた金属フレームの間にあった。その上にはスプリングと焼けただれた樹脂のようなものが覆いかぶさっている。西畑は手袋をしてから、地面に膝をつき、上半身を車の中にねじ入れた。ライトでそれを照らしながら、顔を近づける。

慎重に、上にのっているものを取る。それは、大雑把《おおざっぱ》な楕円形で平たい形をしていた。炭のようにひび割れ、原形を留めていない。確かに、持ち上げただけで、幾つものパーツに分かれてしまうだろう。だが、燃えるまえには一つの塊だったことは間違いない。

軽く指先で触れてみると、軽そうだった。木ではないだろうか？　表面だけが燃えて、内部は水分が残っていたからなのか、それともシートの下という場所的な条件だったのか、灰にならずに残ったようだ。

「何ですか？　それ。わかりますか？」若い男がぶっきらぼうな口調できいた。

「ええ……」西畑は返事をしてから、慎重に頭を引っ込め、立ち上がった。白い手袋の指先だけが煤で黒くなっていた。

「仮面ですよ」

「仮面？」男が不思議そうな顔をする。

「ええ、ヤシの実か何かで、できているやつでして……」西畑は手袋を脱いで、ポケットから煙草を取り出した。「東南アジアのものだと思いますけどね。民芸品です。魔除けのような顔をしているんです」

「はあ……」男は頷くでもない返事をする。「盗難品ですか？　それとも、それを使っていたわけですか？」

「ええ、まあ……」西畑は煙を吐き出しながら、いい加減な返事をした。「その仮面をつけて顔を隠していたんです」

「へえ、じゃあ、慎重に調べないといけませんね。やっぱり、来ていただいて良かった」

「ええ、第一級の、極めて重要な証拠品です。破損しないように、できるかぎり注意して取り扱って下さい。こちらに送ってもらうときも、ちょっと気を使いますね。うちの方から誰か寄越しましょうか？」

「いや、言っていただければ、どんなことでも調べます。こちらでやった方が良いでしょう」

「じゃあ、お願いします」西畑はにっこり微笑む。もちろん、そうしてもらう方がありがたい。

彼は、煙草をくわえたまま窪地から上がり、明るいところまで出た。見上げると太陽が眩しかった。

西畑は汗をかいていた。自分の煙草の煙に目を細める。

「やってくれたよなあ……」いつもの癖で、西畑は独り言を呟いた。

(なんで、仮面がのってるんだ?)

とりあえず、その疑問で、今は頭がいっぱいだった。それを考えたくて、明るいところまで出てきたのである。

駒ヶ根の山荘の駐車場に、仮面は落ちていた。

それは、簑沢の屋敷から持ち出されたものだ。たった今見た代物も、同じ仮面である。焼けてしまっているので、よくはわからない。目に開けられた穴も判別できないほどだった。だが、同形のものに間違いない。簑沢の屋敷のリビングに、同じ仮面が幾つも飾ってあったではないか……。

しかし……何故……。

山荘の駐車場に落ちていた一つで、充分なのである。

もう一つ、この車から出てくる必然性がない。

いや、思いつかない。

少なくとも、西畑にはまったく理由がわからなかった。

(何故、もう一つあるんだ?)

6

帰りの電車の中で西畑は目を瞑っていた。しかし、眠れなかった。ずっと、もう一つの仮面の意味を考えていた。

簑沢の家にあった仮面、それを赤松が使った。奴は仮面をつけたまま、杜萌に運転させて、駒ヶ根の山荘まで来る。そして、逃走するときに、その仮面を投げ捨てていった。だから、あの駐車場に仮面が落ちていたのだ。

しかし、たった今見てきた焼け残りも、間違いなく同じ仮面だった。つまり、赤松は、自分のかぶっていたものの他に、もう一つ、簑沢家から仮面を持ち出したことになる。

そこで、西畑は目を開けて、独りで呟いた。

「簑沢杜萌は何故、それを言わなかった?」

彼女が知らない可能性も確かにある。赤松とともに屋敷を出るとき、五百万円の現金の入った紙袋を運ばされた、と杜萌は証言している。赤松は、何故、彼女に金を運ばせたのか。自分は別に持つものがあったから、ということだろうか。

銃を持っている赤松は、確かに自分でもう一方の手を使いたくなかったのだろう。金庫から出した現金を彼女に持たせ、車まで歩かせた。そして、自分は車の後部座席に乗り込んで、運転も彼女にさせた。その間ずっと、仮面をしていたという。

どう考えても、もう一つの仮面が出てこない。

ただ単に、それが欲しかったというのではない。車と一緒に燃やしてしまったのだから、それはありえない。

何のために、仮面がもう一つ必要だったのだろう?

必要なら、何故、一つを捨て、一つを燃やしたのか?

些細な問題のようだが、不思議なこと、この上ない。

もっとも、確かめなければならないことが幾つかある。まず、本当に、焼けた仮面が簑沢の屋敷にあったものか、という点。そして、杜萌の目撃証言の再確認である。同じ仮面が駒ヶ根の山荘にあったという可能性もある。駐車場に落ちていたのは山荘にあったもので、実は、赤松は仮面など捨てていないのかもしれない。現に、杜萌は、彼の顔を見ていない、と証言している。仮面を投げ捨てたのに、顔を見ていないのもおかしな話だし、そもそも、仮面を投げ捨てるなんて行為自体が不自然ではないか。

西畑は溜息をついて、思考を中断した。

車窓の外を流れる景色を目は捉えている。思考が途切れると、視覚が回復し、遠くの山々が認識される。スイッチが切り換わると、見えるようになる。人間の感覚はそういうふうにできているんだな、と西畑は思った。見ているようで、見ていない。よくあることなのだ。

車の中にあったあの仮面を、逃走した赤松は知っていたのか？　知らないはずはないだろう。奴は、それを車と一緒に燃やしてしまおうと考えたはずだ。

だが、それは奇跡的に焼け残った。

これは、こちら側についた運だ。

何のために仮面を持ち出したのか？

そして、用済みになったのは何故か？

ふと、赤松が殺したのではないか、というアイデアを西畑は思いついた。二人が殺された時刻、赤松は、簔沢杜萌とともに、犬山の屋敷にいたはずだ。それは、事実である。その事実は、赤松にとって完璧なアリバイになる。

そのアリバイを証明するものは……。簔沢杜萌、そして、あの電話だ。だが、電話なんて、どうにでもなる。携帯電話という手があるからだ。いや、それは無理だ。杜萌自身があのときの電話に出ているのだから。彼女は父親とも話をしている。したがって、それは不可能だ。

「なんともなあ……」西畑はまた独り言を呟いていた。自分でそれに気がついて、隣のシートを見たが、幸い、老人が寝息を立てて眠っていた。

煙草が吸いたかったけれど、残念なことに禁煙車だった。

(そうか、何かに使おうとしたんじゃない)

彼は別の可能性を思いつく。仮面として使うために、もう一つを持ち出したのではない。それに致命的な証拠があったから、それを処分しようとしたのではないか。

致命的な証拠とは、指紋か……。

たとえば……、壁に掛かっていた仮面を選ぶときに、他のものにうっかり触ってしまったのだろうか。それで、そのことを思い出して持ち去った……。

しかし、赤松は手袋をしていたはずだ。

違う。

そもそも、犯人グループのもう一人が、赤松浩徳だということを、警察は既に突き止めている。鳥井恵吾と清水千亜希のグループのリーダとして、最初に浮かび上がる人物が赤松なのである。本人だって、それくらいの覚悟はしていただろう。

(ひょっとして、赤松ではないのか?)

そのアイデアに、西畑は息を止めた。

逃げている男が赤松ではない？

そう考えたら……。

赤松ではないから、証拠を持ち去った。奴は、何かの都合で、その仮面に赤松以外の人物とわかる証拠をつけてしまった。それが見つかると、赤松ではないことが判明する。だから、持ち去った。

なるほど、警察は、車で逃げた男を完全に赤松浩徳と断定しているが、それを完璧に裏づける具体的な証拠はない。落ちていた仮面から採取された体毛髪から血液型が判明しているだけだ。あるいは、駒ヶ根市内のキャッシュ・コーナで金を引き出そうとした男が赤松の人相と一致した、それだけの証拠しかない。

金を引き出そうとしたのは、確かに赤松かもしれない。だが、簑沢の屋敷に忍び込んで、仮面をかぶって娘を連れてきた男、五百万円を持って車で逃げ去った男、彼が、赤松だという証拠は何もないのである。簑沢杜萌の証言でも、躰つきは似ている、というだけなのだ。

西畑は少し微笑んだ。

多少、筋道が見えてきたじゃないか、と彼は思う。

しかし、また不安になる。

よくよく考えてみると、もう一つの仮面の解釈、赤松以外の男、それらはいずれも、鳥井と清水の二人を殺した殺人犯には、まったく結びつかないのではないか。

溜息が出る。

昨夜、堀越に話した仮説はどうだろう。簑沢泰史と水谷啓佑が誘拐犯二人を殺した、という大胆な仮説である。

自分でも、その仮説は半分も信じていない。実に突飛で、危険な発想だったからだ。たった今、仮面から導かれた新たな仮説とも、全然つながらない。

最初は、比較的単純な事件だと思っていたが、未だに、すっきりとした筋道が見えてこない。

少ない証拠、細かい矛盾点、それらは、そもそも一つのものなのか……。

同じ事件なのか……。

どうやら、殺された二人の周囲に重点を移す必要がありそうだ。もちろんこれまでにも、二人の周辺についての捜査は行われていたが、西畑自身は興味がなかった。誘拐犯の仲間割れ、として事件の捜査は始まった。したがって、加害者は犯人グループに属するか、少なくとも関わっていた人間だと思われた。しかし、この事件はそのような単純なものではなさそうだ。

もう、その方向にしか捜査対象が残されていないのも事実だった。これからは、地道に、殺された二人の足取りを逆に辿《たど》らなくてはならないだろう。彼らの生活、彼らの人生、それをトレースする退屈な作業の累積である。

斜め読みしただけでファイルに綴じてしまった資料に、帰ったら、もう一度目を通そう、と西畑は思った。

彼が一番嫌いな類の労働だったが、しかたがない。

行き詰まったときに採る道は、一番険しく遠い道に限る。それが、西畑のこれまでの人生、その僅かな経験から導き出された教訓の一つだった。

7

愛知県警本部の会議室で、鵜飼刑事は大きな欠伸《あくび》をした。まだ四時であったが、彼は空腹だった。

彼らのグループは、簑沢素生の捜索とは別に、マジシャンの一連の殺人事件の捜査を担当している。しかも、現在、勢力のほとんどは後者に向けられていた。たった今終わった会議も、その後者の事件に関するものだった。

簑沢素生の失踪事件については誰も口にしなくなっていた。片手間に捜査を継続している、あるいは、時間の合間に調べものをするか、長野から入ってくる情報だけで報告書を作る。それだけである。

こうして、ぼんやりできる時間は最近では珍しかったが、鵜飼は、もともとぼんやりするのが好きだ。それで、ぼんやりと籔沢家の事件のことを思い出していた。

はっきりいって、何も捜査をしていないのだから、何も進展はない。籔沢家からも、捜査の進捗《しんちょく》状況を尋ねてくることはなかった。

長野の方では、何をしているのか……。

犯人が逃走に使った車が発見されたという報告はあった。最近では、それくらいが最も大きな情報といえる。

例のねちっこい男、西畑刑事が電話で仮面の話をしたが、鵜飼にはピンとこなかった。何かの気まぐれで、かたがつく話だと思った。

兄が誘拐されたと主張していた籔沢杜萌も、既に東京に戻っている。籔沢の家は、普段と変わらない生活に戻ったようだ。

杜萌は、兄の部屋で偶然見つけた詩集を気にしていた。その本の特定のページを何者かが意図的に開いておいた、と言いたいようだった。それが、可能な人物は、家族の他には数名であり、鵜飼の手帳に全員の名前が書いてある。一応、少しだけ身辺を調べてみた。

籔沢幹雄という画家は金には困っていない。超一流ではないが、画家としてある程度の地位にはある。死にかけている大御所、籔沢幸吉の一人息子であるから、近い将来には、相続税に頭を悩ますことになるだろう。しかし、独り占めはできない。それは、籔沢泰史がいるからだ。泰史は、幹雄の姉、十数年まえに死んだ籔沢澄子の夫である。今では、二人目の夫人とその連れ子の娘二人が泰史の家族であるが、政治家としての彼は、事実上、簑沢幸吉の後継者といえる。

澄子との間にできた息子、素生は、簑沢の血を受け継いでいる。画家の幹雄は未だに独身で子供がいない。

つまり、簑沢家の血は、幹雄と素生の二人にしか受け継がれないことになる。幸吉が息を引き取れば、この二人だけだ。

素生がいなければ、独り占めができる、と幹雄が考える。そして、素生を誘拐して、殺害する。そんな空想もできないわけではない。テレビの安物のサスペンスドラマなら、なんとか許容できる範囲だろうか。

素生が誘拐されたと仮定すると、身の代金の要求がない以上、彼を抹殺することが目的だったと解釈するのが最も妥当だ。その動機が僅かでもあるとすれば、叔父の幹雄だけであろう。

他の者は問題外である。簑沢の家族も、家政婦の佐伯千栄子も、泰史の秘書の杉田耕三も、動機という点で真っ白といわざるをえない。

佐伯千栄子は、簑沢の家に勤めてまだ半年ほどであるし、素生との関係も薄い。彼女は、素生と面識がないのである。

杉田耕三は、簑沢泰史の秘書として五年以上になるが、家族とのつき合いはそれほど親密ではない。数ヵ月に一度くらいのペースでしか屋敷には来ない。特に、家族の誰かと親しいわけでもなかった。真面目そうな男で、未婚である。

もう一人、あの晩に簑沢家に招かれた佐々木夫人。彼女は、西之園萌絵の叔母、そして、愛知県警本部長、西之園捷輔の実の妹だ。もう、それだけで、枠の外である。

これで、ほとんど行き詰まる。

つまりは、誘拐ではない。そう考えるのが最も現実的だ。

鵜飼の周辺では、そんな暗黙の了解があった。簑沢家が執拗に捜査の要請をしてこないのも、おそらく、同じ考えでいるからではないか。何か、家出を示唆するような言動が実際にあったのでは、と疑いたくもなる。

たまたま、あのような事件の最中に失踪したので問題になったわけであるが、考えてみたら、家族が誰もいなくなったのだから、家出には絶好のチャンスだったわけだ。

詩人か何か知らないが、まあ、良くいえば多感、悪くいえば、ひねくれた青二才である。目が見えないということで、周りは心配しているが、手を貸した友人がいたのかもしれない。いや、大変な人気だったというから、家出の協力を引き受ける人間はいくらでもいただろう。鵜飼には理解できないが、美貌の彼の面倒をみたいというパトロンだっていたかもしれない。馬鹿馬鹿しいが、特別珍しいことでもないだろう。

鵜飼はまたゴリラみたいな欠伸をした。

簑沢の事件はこのまま有耶無耶《うやむや》になりそうだ、と彼は予感した。

「鵜飼さん」ドアを開けて後輩の近藤が顔を覗かせた。「ここにいたんですか……。ほらほら、油売ってないで。三浦さんが探してましたよ」

「ああ」鵜飼は立ち上がる。また、欠伸が出そうになった。このところ、睡眠不足が続いているためだ。

「夏バテですか？」近藤が高い声できいた。

「そうかな……」鵜飼は不機嫌な表情で首を回す。

「躰がでかいと、それだけで疲れますよね」近藤が笑って言う。

鵜飼はふんと鼻息をもらして、廊下に出る。わざと近藤の近くを通って、彼を飛びのかせた。夕食までに、まだ一仕事も二仕事も残っていた。

8

簑沢杜萌は、大学の古い研究棟の一室でコンピュータに向かっていた。夕食後、部屋に戻ってきたのは彼女だけで、他の学生たちは皆、帰ってしまった。

中庭に面した一室である。古い建物特有の高い天井。むき出しの設備配管。コンクリートの壁はところどころペンキが剝げ落ち、誰が貼ったものか、時代遅れの水着姿のアイドルのポスタ。それを止めているセロファンテープも変色している。

　夏休み明けに提出しなくてはならない課題が幾つかあった。彼女は、二、三冊の本を机の上に広げ、コンピュータのディスプレイに向かっている。日本語のワープロと数式作成専用のエディタ、エクスプレッショニストを開き、確認の作図にはセオリストを使っていた。

　右手がキーボードとマウスの間を頻繁に往復するため、右肩が痛かった。午後八時である。

　FMラジオがずっと鳴りっぱなしだった。右肩を気にしながら、杜萌は溜息をつき、窓ガラスを見た。ブラインドが上がっていて、中庭を取り囲む研究棟の窓がずらりと並んでいる。どこの部屋も照明がついていたが、人の姿は見えない。ぼんやりと眺めていると、ガラスに映った自分の姿に焦点が合った。

　髪が伸びたな、と思う。

　こうしてみると、自分は姉によく似ている。ずっと、人からそう言われるのが嫌で、高校までは髪を短くしていた。伸ばしたのは、姉から離れ、東京に出てからだった。その後、メガネもやめて、コンタクトレンズにした。

　そういえば、駒ヶ岳に三人で登った夏……。

　あのときが、初めてコンタクトで帰った夏だった。

　素生がコンタクトのことを何と言ったか……、思い出せない。杜萌がメガネをしていないことを、姉が兄に教えたのだ。
透明なものを、目の中に入れている。
それで、目がよく見えるようになる。
そんな言葉だけの説明をしたのだろうか。
あのとき……、自分は、本当に、見えていたのか。
見える？
(何が見えた？　杜萌……、言ってごらん)
何が？
何が、見えた、だろう……。
煙草を取り出して、火をつける。
彼女は、ガラスに映った自分の姿を、まだ見ていた。
(兄なんか、最初から、いなかったのかもしれない)
杜萌はふと、そう思った。
目が見えていないのは、ひょっとして自分ではないか。
ずっと、架空の兄の姿をイメージしていただけではなかったのか。
杜萌は少し微笑む。
ガラスに映る自分が、ちゃんと微笑むのを、確かめたかった。

何故、自分は笑うのだろう?

おかしなことを考える、と自分で呆れたのだろうか。

鏡の中に映る自分の姿を見るように、彼女は兄を見ていた。迷い悩む自己を必死で排除して、勉強ばかりに没頭しようとした高校生の杜萌は、欠け落ちた心のもう一片を、兄という偶像の中に押し込んだ。

兄の名前、素生……、その名前の中に、杜萌の失った一部が溶け込んでいる。

違う……?

なんとシンプルなコンプレックス。

この三年間で彼女が忘れることができたのは、そんな幼さだった。歳上の恋人から大人の女として扱われ、彼女はその概念に素早く自分を同調させた。力強い醜さが拠《よ》り所となった。

それとともに……、
兄のイメージは消散し……、
彼女の片一方は、忘却された。

それが、兄、素生が消えた本当の理由なのではないのか?

彼女が忘れてしまったから、兄は消えた……。

それは、既に……、

墓標に残る名前でしかない。

兄の名前さえ……、
彼女は忘れてしまいそうだ。

忘れることに対する後ろめたさが、あの夏以来、彼女をこれほどヒステリックにしたのかもしれなかった。

確かに、現実の境界条件をすべて無視すれば、そう考えることで落着できるだろう。

だが……、もちろん、それは現実ではない。

境界条件など個人の幻想だ、と言い切ってしまえるほど、杜萌は超越していない。

現実は、常に複雑を装った単純なのだ。

煙草を灰皿で消したときには、もう彼女の精神は戻っていた。

気晴らしにＵＮＩＸ端末を立ち上げ、ログインする。新しいメールが一通届いていていた。西之園萌絵からのものだとわかったので、すぐに画面に表示した。


萌絵でーす。


昨日は変な電話をしてごめんなさい。

あとで考えてみたら、

やっぱり気になって……。
根拠も何も全然ないことだから
忘れて下さい（なんて勝手？）。

こちらは、のんびりしています。
有里匠幻の事件は、進展がないし、
犀川先生はお忙しくて、
なかなか会えないの。
ちょっと退屈な毎日です。

これから卒論の研究を
始めないといけないんだよね。
なんか全然、そんな
雰囲気じゃありませんね。

実をいうと、私、
一つ嘘をついていました。

嘘というほどでもないけれど……。
犀川先生と婚約した、というのは
正確じゃありません。
私が勝手にそう解釈している
だけかもしれないのです。

わからないよね?
こんな説明じゃあ。
でも、そうなんです。
どういう状態なのか、
はっきりしないの。
変なのはわかっています。
はっきりさせないのは、
私らしくないって、
そう杜萌は思うでしょう?

今度会ったら、

そのことを打ち明けますね。

秋休みに遊びにいくから。


杜萌はディスプレイの文字を読んで、微笑んでいた。まったく要領を得ない内容だったけれど、まあ微笑ましいのは確かだ。

「勝手に解釈している」とはどういった状況なのだろうか、と首を捻《ひね》る。西之園萌絵が、自分よりも遥かに超越した人格であることは間違いない。周辺の現実など簡単に無視できるはずだ。萌絵ならば、相手が気がつかないうちに婚約できるかもしれない。それが妙に可笑しくて、杜萌は一人で笑った。

すぐにリプライを書くことにする。


簑沢杜萌@本郷です。

研究室に一人残ってレポート書き。

moe〉昨日は変な電話をしてごめんなさい。

気にしてない。許す。

moe〉実をいうと、私、
moe〉一つ嘘をついていました。
moe〉嘘というほどでもないけれど……。
moe〉犀川先生と婚約した、というのは
moe〉正確じゃありません。
moe〉私が勝手にそう解釈している
moe〉だけかもしれないのです。

何、これ？
意味が全然わからない。
今度、きっちり説明しなさい。

moe〉はっきりさせないのは、
moe〉私らしくないって、
moe〉そう杜萌は思うでしょう？

　そんなことない。
　いつだって貴女は貴女らしいからね。
　心配しないでいいよ。

moe〉今度会ったら、
moe〉そのことを打ち明けますね。
moe〉秋休みに遊びにいくから。

　期待して待っています。
　何日でも泊まっていって。

きっと萌絵よりも私の方がはっきりしてないんだと思う。最近、頭が悪くなったみたいなんだな……。どうしてだろう？　考えることが多過ぎる？　そうじゃない。考えることが、なさ過ぎるからかな。

また、チェスをしましょう。

杜萌は、そのメールを発信した。立ち上がって、背伸びをする。気分転換に散歩にでも出かけようか、と思った。キャンパスの真っ暗な道を歩くのが彼女は好きだった。ついでに、缶ビールでも買ってこよう。バッグから財布を取り出して、彼女は廊下に出た。

研究室のドアに鍵をかけて、通路を振り返る。コンピュータ機器の導入で、どの研究室もそれらの置場所に苦慮している。コピィ機やロッカ、それにキャビネットなどが、廊下にまではみ出し、溢れていた。特に杜萌が所属する研究室は、袋小路の通路の突き当たりだったので、この傾向が著しい。毎年行われる消防署の立ち入り検査で、毎回注意を受けていたが、一向に整理される様子がなかった。廊下に置いてある備品のため見通しが悪くなり、ジグザグに歩かなくてはならないほどだった。

少しだけ歩いたところで、廊下の先に男が立っているのに気がつく。

杜萌は足を止め、そして、息も止めた。

9

若い男が、杜萌を真っ直ぐに見つめている。

だが、次の瞬間、彼は素早く振り向き、後方を見た。そこは階段だった。

「赤松だな！」別のところで突然大声がする。杜萌の位置からは見えなかった。

男は、一瞬躊躇《ちゅうちょ》し、杜萌の立っている方に向かって走りだす。

「待て！　止まれ！」声とともに大きな靴音が響き、階段から中年の男が飛び出してきた。

一方、男は杜萌に近づき、彼女の躰に軽く接触して、そのまま走り抜けていく。廊下は行き止まりだが、鋼鉄製の非常口があった。

「待て！」中年の男は大声で叫ぶ、廊下にその声が反響する。

杜萌は壁際に寄って、叫びながら走るその男に道を開けた。

非常口を乱暴に開けて、若い男は出ていった。少し遅れて、中年の男も消える。

杜萌も、非常口まで走って、外の階段に出た。男たちの足音が下から聞こえる。手摺から身を乗り出して、下を覗き見た。

若い男が階段から飛び出し、もの凄い速度でキャンパスの歩道を走っていった。これで、中年の男はだいぶ離された。彼が走り出たときには、既に何十メートルも差ができていた。二人の姿は、たちまち隣の建物の陰に消えてしまった。

杜萌の鼓動はまだ速かった。

背後のドアが急に開いたので、彼女は飛び上がるほど驚いた。

「何？　今の……」ぼんやりとした声。隣の講座の大学院生だった。頭を掻きながら、彼は階段の下を見る。「何があったの？　簑沢さん、見てた？」

「うん」杜萌は頷く。

「喧嘩？　酔っぱらい？」彼はきいた。

「さあ……」

杜萌は黙って、自分の部屋に戻った。彼女は、部屋の内側から鍵をかけた。研究室では、部屋の中から鍵をかけたことは、今までに一度もない。初めてのことだった。

彼女は立ったままで、煙草に火をつけた。

ディスプレイは、既にスリープして、真っ黒だった。

10

今岡は走るのを諦め、歩いていた。

キャンパスの中に森のような庭園があり、その辺りは非常に暗い。逃げた男を見失ってから、既に五分は経過している。もう無理だと判断した。

息が上がり、彼は酷く汗をかいていた。さすがに四十に近づき、昔のような体力はない。しかも相手の足が速過ぎた。

上着を脱ぎ、内ポケットから携帯電話を出す。さきに、長野の本部にかけた。

「はい、西畑です」ベル一回で上司が出る。

「あの……、今岡です」荒い息を押し殺し、普通にしゃべるのに苦労する。「赤松が、たった今、現れました。T大の構内です。今、追ったんですが、逃げられまして……、申し訳ありません」

「娘は？」

「ええ……」今岡は一度大きな息をする。「彼女のところに、やってきたんですよ。もう少しだったんですが」

「娘は無事なのか？」

「ああ、ええ、もちろん」今岡は答える。「今から戻ります」

「早く戻れ！」西畑は大声で言った。「連絡は、俺がしておく。娘のところで待機してろ」

「了解」

「おい？」

「はい？」

「赤松に間違いないんだな？　顔を見たのか？」

「ええ、ばっちり見ましたよ。間違いありません」

「わかった」

電話が切れる。

今岡は上着を抱えて、また走りだした。最初に入った建物から、ずいぶん遠くまで来てしまったようだった。

同じような形の建物が多く、どの場所だったのかよくわからない。幾度か道を引き返した。キャンパス内を歩いている人間はほとんどなく、たまにヘッドライトをつけた車が通るだけだった。辺りを見回し、ようやく、見覚えのある場所に戻ることができた。彼は、深呼吸をしてから、駆けだした。

その建物は四階建てで、簑沢杜萌の部屋は最上階だった。外から見た感じでも、かなり古い。入口の階段を駆け上がり、暗いロビィを抜けて、今岡は階段を二段飛びで上った。

四階の廊下の突き当たり、さきほど、男が逃げ出した非常口の数メートル手前、右側のドアを今岡はノックした。

返事がなかった。

ドアを開けようとしたが、鍵がかかっている。

「簑沢さん！」今岡は呼んだ。

室内に照明がついているのは、ドアの上の採光窓からわかった。しばらく待っていると、中から鍵を開ける音がして、ドアが少しだけ開いた。

「長野県警の今岡と申します」彼は手帳を見せようとしたが、上着のポケットがなかなか見つからなかった。

　簑沢杜萌は、手帳を見ると、ドアを開けて後ろに下がった。

「逃げられました」今岡は部屋に入りながら言った。そして、ハンカチを出して汗を拭く。

「すみません、ちょっと座らせてもらって、いいですか？」

「あ、ええ、どうぞ」杜萌はびっくりした表情で頷く。「あの……」

「驚かれたでしょう？」今岡は丸い小さな椅子に腰掛ける。上着を近くにあったテーブルの上に置いて、やっと少しだけ落ち着くことができた。

「あの、さっきの人、誰だったんですか？」杜萌はデスクの椅子に腰掛けた。

「赤松ですよ……。赤松浩徳です」今岡はまだ汗を拭いている。

　杜萌は立ち上がって、扇風機のスイッチをつけにいく。彼女は、それを今岡の方に向けた。

「ああ、すみません」気持ちの良い風に当たり、今岡は頭を下げた。「いやあ、追いつけなかった。大失敗です。奴がこの建物に入るのを見て、しめたと思ったんですが……。ええ、貴女がちょうどこの部屋から出てらしたんで、ちょっと慌ててしまって……。なにしろ、相手は銃を持っていますから」

「銃？　あの人が……」

「はい、駒ヶ根から逃げた例の男ですよ」今岡は答える。

「本当に、あの人ですか？」杜萌はそれだけ言って、目を見開いた。

「そうです。仮面を付けて貴女を拉致した男です。もうすぐ、この辺りは警官だらけになりますよ。でも、ちょっともう、捕まえるのは、無理かもしれませんね」

部屋は冷房が軽く効いていた。今岡は部屋を見回す。パソコンが三台、壁際のデスクにのっている。どの場所にも雑然と多くのものが積まれ、とても散らかっていた。

「あの……、刑事さん」杜萌はきいた。「どうして、その赤松という人が私のところに来たのですか？　それに、長野県警の刑事さんが、どうして東京に？」

「はあ……」今岡は返事に窮した。彼自身、西畑から詳しくは説明を聞いていない。まさか、本当に赤松が現れるなんて思ってもいなかったのだ。「さあ、よくはわかりませんが、とにかく、貴女を狙っているわけですね。私は、西畑さんに……、あの西畑警部、ご存じでしょう？」

「はい、知っています」

西畑に言われてやっているだけだ、と説明しそうになって、今岡は口を噤《つぐ》んだ。警察として適切な発言ではない、と思えたからだ。

簑沢杜萌は、今岡の顔を見つめて、彼の説明を待っている様子である。

電話が鳴った。今岡の上着の中だった。慌てて、携帯電話を取り出す。

「西畑だ」雑音に交じって声が聞こえた。

「簑沢杜萌さんの部屋におります」今岡は杜萌を見ながら答える。

「簑沢杜萌は何と言っている？　彼女は赤松を見たのか？」西畑がきいた。すぐ目の前に杜萌がいたので、今岡は話しにくかった。

「え、ええ、そうです。簑沢さんは……」

「近くにいるのか？」

「はい」

11

「よし、代われ」

西畑はそう言ってから、煙草に火をつけて待った。

「もしもし」簑沢杜萌の声が聞こえた。

「こんばんは、西畑です」彼は急に口調を変えて優しい声で話す。「危ないところでしたね。もう大丈夫ですよ。東京の警察にも連絡を取りました。じきに、そちらにやってくるでしょう。それまでは、そこにいる男と一緒にいて下さい。少々不気味な面構えですが、我慢してやって下さい」

「はい……」杜萌は返事をする。「あの、西畑さん、ご説明していただけませんか？」

「ええ、そうですね……。特に説明するほどのことでもありません。赤松が、貴女を襲うんじゃないかと思いましてね。そんな気がしたもんですから、ずっと、そこにいる今岡に、貴女を見張らせていたんです。私の予感が的中したというわけですな」

「どんな予感ですか？」

「赤松は、その……、仲間の復讐にくるんじゃないかって、思いましてね」

「復讐？　どういう意味です？」杜萌はきき返す。

「いや、腹いせと言った方が良いかな」西畑は煙を吐きながら答えた。それから、隣のデスクにいた堀越に煙草を見せ、灰皿を持ってくるように身振りで示す。「実はですね、昨日、あの車が見つかったんですよ。赤松が乗って逃げた車です。茨城の山奥でしたが、火をつけて焼かれていました。私は今日、それを見にいってきましたよ。残念ながら車はもう駄目です。完全に廃車です。たった今、こちらに戻ったところなんですよ。けっこう遠いんですなあ。あの辺りは……」

「あの、お話が、よくわからないんですけど……」杜萌が西畑の話を途中で遮った。「どうして、私が狙われなくちゃいけないんでしょう？」

堀越がビールの空缶を持ってきて、西畑の近くに置いた。西畑は片手を挙げて礼を言った。

「赤松はもともと東京の人間なんです」彼は受話器を肩で挟んでいた。「だから、いずれそちらに舞い戻ると思っていましたし、貴女が東京に戻ったら、もしかして、と考えたわけです」

「私の質問のお答えにはなっていません」

「赤松という男に、見覚えはありませんでしたか？　ご覧になったんでしょう？」

会話の自然の流れを断ち切って、一番重要な質問を西畑はした。

「いいえ」杜萌は答える。「ええ、顔を見ましたけれど、会ったことはないと思います。もちろん、こちらが知らないだけで、どこかで会っていたのかもしれませんけど」

「躰つきはどうですか？」

「いえ、特に覚えはありません」

「何時間も貴女と一緒にいた男なんですよ」少しだけ西畑の口調が厳しくなった。

「あのときとは、服装が違いました」杜萌は答える。「でも、躰の大きさとかは……、そうですね、同じくらいだと思います」

「わかりました。ありがとうございます」西畑は、また口調を和らげる。「あの……、ところで、簑沢さん。別の質問なんですけどね。あの日、お屋敷から山荘まで、貴女は赤松と二人で車に乗ってきたわけですね。そのときのことなんですが……」

そこで、わざと言葉を切った。

「はい？」杜萌が返事をする。「何ですか？」

「赤松は、例の仮面をずっとしていましたね？」

「そうです」

「もう一つ別の仮面を持っていませんでしたか？　それとも、二つかぶっていたとか……」

「もう一つ？」杜萌はきき返す。

「お屋敷の仮面は、二つなくなっているんじゃないですか？」

「さあ……、気がつきませんでしたけれど。私、もともと、いくつあったのかなんて知りませんから」

「お母様か、どなたか……、そのことを、おっしゃっていませんでしたか？」

「いいえ、誰も」

「そうですか……」西畑は考えながら言う。

「それが、何か？」杜萌はきいた。「あの、何かそれが重要なんですか？」

「いえ、別段、どうというほどのことではありません」

「あ、今、警察の方がいらっしゃいました」杜萌は急に大きな声になった。

「はい、それじゃあ、あの、もう結構です。ちょっと、今岡に替わって下さい」

西畑はそう言って待った。

煙草を空缶の灰皿で消す。隣にいる堀越が聞き耳を立てて、西畑を見ていた。

「はい、替わりました」電話から今岡の声が聞こえた。

「明日の朝、堀越をそちらに行かせるから、それまで、娘のそばを離れるな。朝七時に交代だ」

「わかりました」

西畑は電話を切った。

「七時ですか?」堀越がすぐに叫んだ。「西畑さん、七時は無理ですよ」

西畑は時計を見る。九時十分まえだった。

「まだ、十時間もあるじゃないか」

「今からすぐ出ろってことですか?」堀越は呆れて笑いながら立ち上がった。「夜中走っても、四時間以上はかかりますよ」

「つまり、六時間も寝られる幸せ者ってわけだ」

第12章　偶合の恣意《しい》

1

九月の第二水曜日。西之園萌絵は、真っ赤なスポーツカーを簑沢家の正門の前で停めた。台風が近づいているらしく、風が強かったが、天気は悪くない。

ゲートの上には、つい最近セットされたものらしい、真新しい小型のカメラがあって、レンズが彼女の方を向いていた。萌絵はインターフォンを押して待った。

「はい」若い女性の声である。

「こんにちは。私、杜萌さんのお友達なんですけれど」

「はい、少々お待ち下さい」

萌絵は屋敷とは反対側の森を見ていた。古墳でもあったのでは、と思いたくなるほど、その一帯だけが小高く盛り上がっている。

今日のファッションは、彼女としては最高に大人しい部類のもので、上着もパンツもグレィだった。帽子もなし。イヤリングも小さく髪に隠れていたし、口紅もちゃんと赤い。

メガネをかけた若い女性が通用口を開けた。

「あの、杜萌お嬢様は、今……」

「はい、知っています」萌絵は門をくぐって中に入った。「私は西之園といいます。あの、実は、素生さんの詩集を拝見させていただきたかったので伺いました。ほんの少しだけで結構です。お邪魔させてもらえませんか？」

「はい……」メガネの女性は頷いたが、困った顔をする。「じゃあ、あの、とにかく中へ、どうぞ……」

そう言って、彼女は萌絵の後ろで通用口の鍵をかけた。萌絵は、その女について石畳のアプローチを玄関まで歩いた。

建物の中に入り、ロビィの高い天井を見上げる。奥の階段もセンスの良いシンプルなデザインで好ましかった。以前に萌絵が住んでいた屋敷に雰囲気がよく似ている。

「高校生のときでしたけれど、一度だけ、こちらにお邪魔したことがあるんです。懐かしいわぁ」萌絵は笑顔をつくり、入口のドアの上にはめ込まれているステンドグラスを見上げた。

「どうぞ、こちらへ」家政婦らしい女は、右手の大きな部屋へ萌絵を案内した。

そこは、リビングルームである。庭に突き出したサンルームと連続していた。一段高くなっている隣の部屋はダイニングで、その左手の奥がキッチンらしい。センスの良いビクトリア朝風の食器棚が萌絵の目にとまった。彼女は目が良いため、人よりも遠くのものに焦点が合う。

すぐ近くでソファに座っていたロングヘアの女性が、上品な物腰で立ち上がった。杜萌の姉だとすぐにわかった。

「こんにちは、西之園と申します」萌絵は頭を下げた。「杜萌さんの高校時代からの友人です。突然お邪魔をして、本当に申し訳ありません」

「まあ、西之園さん?」杜萌の姉は驚いた表情を見せ、高い声で言った。その声が杜萌にそっくりだった。

「はい、西之園萌絵です」

「ええ、ええ、妹から聞いていますわ。杜萌の姉の紗奈恵といいます。どうぞ、そちらにお掛けになって下さい」

萌絵は微笑んで、ソファに腰を下ろした。こういった場合、座り方にも技術がある。彼女はとっておきの上品さを披露した。この屋敷で、この相手なら、たぶん効果があるはずだ、と計算してのことだった。

「素敵なお部屋ですね……。もう、四年半ぶりになります。一度だけでしたけれど、こちらにお邪魔したことがあるんですよ。素生さんにも、そのときにお会いしました」

「西之園さん、杜萌のお話のとおりの方ね。本当に、そのままだわ。想像していたとおり」

萌絵は微笑んだままサンルームの方を眺める。ブラインドが下りていたが、隙間から明るい芝の広がる庭が見渡せた。すぐそばにあった形の良い籐製の大きな椅子は、杜萌から送ってもらった例のスナップで、杜萌が澄ました顔で座っていたものだ。サンルームの近くの壁には、民芸品の仮面が並んでいた。どういうわけか、それは不思議な配置だった。萌絵はしばらく視線を止め、考えた。

(あれ？　なんか……、変だ)

さきほどの若い女性が冷たいお茶を運んできた。やはり、家政婦のようである。

「実は、私も高校の二年のときまでは、こんなお屋敷に住んでいました。ちょうど、あちらにあるテラスデッキが同じなんです」

「今は、どちらにお住いなの？」

「ええ、今は那古野市内でマンション住まいです。犬を飼っているのですけれど、こんな広いお庭があったら、きっと喜ぶでしょうね」

「そうね……。でも、犬は杜萌が嫌いだから」紗奈恵は、片手で長い髪を肩の後ろに寄せ、テーブルのグラスを手に取った。「あの、今日は……、何か？」

「はい。実は、素生さんの詩集を見せていただきたくて……。お恥ずかしいんですが、私、全部は持っていませんし、それに、今はもう手に入らないんですよね？」

「ああ、それなら、そこの棚にあります」紗奈恵は立ち上がり、部屋の隅にあるガラス戸のついた書棚まで歩く。「どうぞ、ご自由にご覧になって下さい。兄の本は、ここに全部揃っているはずです。兄の詩がお好きなんですか？」

「はい、とても」萌絵も立ち上がり、近づいた。「ありがとうございます」

チャイムが鳴った。

家政婦が隣のキッチンで、インターフォンに応対している。

「どなた？」紗奈恵がそちらを向いてきいた。

「警察の方です」家政婦はそう答えながら、ロビィの方へ出ていった。

「あ、私、お邪魔ですね？」萌絵は本を一冊持ったままだった。

「いいえ、大丈夫」紗奈恵は微笑む。「西之園さん、ご存じでしょう？　あの……」そこで、彼女は困った表情をつくった。

「ええ、杜萌さんから少しだけ聞いています」萌絵は答える。本当は少しどころではなかったが……。「まだ、解決していないんですね？　殺人事件……」

素生の失踪に関しては、知らない振りをしようかどうか迷った。杜萌から詳しく聞いているが、それは、新聞ではまったく報道されていない情報だったからだ。

玄関の方から声がして、やがて、家政婦と一緒に、二人の男が入ってきた。大きな男と小さな男のコンビだった。

「あれ！　西之園さん」大男の鵜飼刑事がびっくりした顔でのけ反った。「やっぱり、外の車は……」

「こんにちは」萌絵も驚いたけれど、優雅に微笑んで首を傾げる。

「まあ、お知り合いですか？」紗奈恵が不思議そうな顔できいた。

「ええ、知り合いもなにも……」鵜飼は照れくさそうに言う。「その、何というのか、いや、やっぱり、知り合いですけど、つまり……、ただの知り合いっていうよりも、もう少し、知り合いですか……」

「長野県警の西畑です」もう一人の小柄な男が軽く頭を下げて、萌絵に挨拶した。鵜飼に比べると二回りも小さい。だが、目だけは大きかったし、凝縮されたみたいなエネルギィを感じさせる眼光の鋭さであった。どちらかというと、萌絵が好きなタイプの男性だった。

「確か……、どこかで一度……」萌絵は西畑を見て言う。

「はい、お会いしましたね」西畑はすぐに答える。口もとを斜めにして彼は微笑んだ。「愛知県警本部の玄関でした。三浦さんと一緒のときに……」

「ええ」萌絵もすぐに思い出す。あのときも、彼女をじっと観察するような西畑の視線だった。

「あの……」紗奈恵は、西畑の物腰に納得がいかない様子である。「西之園さん、貴女……」

「西之園さんは、愛知県警本部長の姪御さんなんです」鵜飼が説明した。「まあ、だからというわけでもないんですが、いろいろお世話になっておりまして」

紗奈恵は、ますますわからないといった表情で眉を寄せる。

「私、ここで本を見ていても、よろしいですか？」萌絵は紗奈恵にきいた。

「ええ、私はかまいませんけれど……」紗奈恵は瞬きをして、鵜飼と西畑の二人を見る。

「どうぞどうぞ」西畑が答えた。「別に大した用事じゃありません。ちょっとだけ確認に伺っただけですから。ええ、西之園さん、全然かまいませんよ」

「それでは、こちらへどうぞ」紗奈恵は奥のソファへ二人の刑事を導く。

萌絵をそこに残して、三人は部屋の中央のソファに腰掛けた。

2

「簑沢先生は？」西畑が尋ねた。

「いえ、父は家にはおりません。母も出かけています」紗奈恵が答える。

「杜萌さんから、あちらであったこと、お聞きになりましたか？」西畑が低い声できいた。

「いいえ……」紗奈恵は不安そうな声に変わる。「あちらでって、東京で？　何か、あったんでしょうか？」

「先々週のことなんですが……」西畑はそこで言葉を切った。

萌絵がそちらを振り向くと、案の定、西畑刑事が萌絵の方を見ていた。

「そのお話なら、私は聞いてます」萌絵は西畑に言った。「あの、私、やっぱりお邪魔みたいですね」彼女は紗奈恵の方を見る。「三階の素生さんのお部屋を拝見していても良いですか？」

「はい、でも、兄は……」紗奈恵が腰を浮かせて困った顔をした。「あの、部屋は開いていますから、勝手に入っていただいてけっこうですけれど……」

「素生さんがいらっしゃらないことは知っています」萌絵は微笑んで頷いた。「杜萌さんから事情は全部聞いていますから」

紗奈恵は少し驚いたようだったが、黙って頷いた。

萌絵は、刑事たちに軽く頭を下げてから部屋を出た。そして、ロビィの奥の階段を上った。

どうやら、東京で杜萌が襲われそうになった先々週の金曜日の話を、今頃になって、報告にきたらしい。簑沢泰史には当然、連絡があったはずだ。彼が娘には話さなかったのか、紗奈恵は知らなかった様子である。

赤松浩徳という男が、T大の研究室に残っていた簑沢杜萌のところに現れた。その話は、先週末になって杜萌からの電子メールで萌絵にも伝えられていた。

階段を上がった二階には、真っ直ぐ奥へ延びる幅の広い廊下があり、両側に扉が二つずつ並んでいた。家族の寝室と客間であろうか。突き当たりは、右手に折れ曲がっている。奥にバスルームでもあるのだろう。萌絵は、さらに階段を上がることにした。

三階のロビィは少し暑かった。ここまではクーラの冷気も上がってこないようである。しかし、北側の窓からの眺めは涼しげで、既に秋の色に染まりつつある田園が、屋敷の大きな屋根の向こうに、どこまでも広がっていた。

南側の左手の扉を萌絵は開ける。

以前にこの場所へ来たときの記憶はほとんどなかった。扉も、なんとなく左だと直感しただけだ。こういった場合の、人間の勘は無意識の記憶に基づいているので、意外に信頼性が高い。鍵はかかっていなかった。少し扉を開けて、彼女は部屋の中を覗いてみた。

間違いない。簑沢素生の部屋である。

窓の形と、窓辺の家具の配置などに、おぼろげながら見覚えがあった。彼女は、部屋の中に入って、静かに扉を閉めた。

この部屋も、左手奥に続く寝室も、いずれもきちんと整頓され、細々としたものは何一つ置かれていなかった。デスクにも、テーブルにも、何ものっていない。

高校生のとき、この場所で簑沢素生に会った。そのときのことを、萌絵は思い出す。彼は窓際で詩を詠み、それを杜萌が書き写していた。

彼は、萌絵の顔に触れた。

その記憶だけは、極めて鮮明だった。

萌絵の両親が突然の事故で亡くなったのは、彼女が高校二年生のときである。素生に会ったのは、その一年半後のこと。ようやくショックから立ち直り、普通の生活に戻った頃だ。

彼女の頬に触れた素生の手は、冷たかった。

萌絵には兄弟はいない。

いくつのときだったか……。確か幼稚園だと思う。姉や兄が欲しいと言っても、無理だということは彼女にも理解できた。だが、弟か妹が生まれれば良いと切実に願った。兄弟がいることは素敵だと考えた。母にそう言ったことを覚えている。だが、夜になって、父が萌絵を書斎に呼んだ。いや、場所はよく覚えていないが、たぶん、あの静かで煙草の匂いのする書斎だったと思う。

父は、萌絵が母にお願いしたことについて質《ただ》した。そんなことを母親にお願いしてはいけない、それは、人間にお願いしてはいけないことだ、と父は言った。では、誰にお願いするのか……？

萌絵はそれを思い出す。

ずっと、忘れていたことだった。

あれは、きっと、母の躰の具合が悪かったためだろう。

その一連の回想が、片手を髪に触れる一瞬で通り過ぎる。記憶の呼び出しに関する人間の驚くべき素早さを、萌絵は感じた。人は記憶をどのように圧縮しているのだろう。その圧縮を解くためのキーワードは、また別のところに格納されているのだろうか。

友人の簑沢杜萌には姉がいる。

聞いていたとおり、優しい人のようだった。

それに、兄、素生もいる。母も、父も、いる。

杜萌とチェスの対戦をして、いつも感じることがあった。杜萌は駒を大切にし過ぎる。たぶん、その僅かな執着こそが、彼女が自分に一度も勝てない理由だ、と萌絵は考えていた。

萌絵には、その執着がない。

きっと、家族がいないからだ。

デスクの椅子に腰掛けて、窓の外をぼんやりと眺めていると、廊下に足音が近づき、やがて、扉が開いた。

鵜飼刑事の大きな躰が部屋の中に入ってきた。その陰に隠れるように西畑刑事が立っていた。西畑は、大きな目をきょろきょろさせている。

「いやあ、驚きましたよ」鵜飼が部屋を見回しながら言った。「西之園さんが、こちらの杜萌さんの同級生だったなんて……。このまえ、駒ヶ根の殺人のことで、近藤に電話で何かきいていらっしゃいましたね。それでだったんですか……」

「いいえ、別に何も」萌絵は首をふった。「だって、今、それどころじゃないでしょう？鵜飼さんだって、そうじゃありませんか」

「ええ、まあ」鵜飼は苦笑いする。「こちらの事件は、はっきりいって進展なしですね」

「いろいろお噂を伺っていますよ」西畑がにやにやしながら萌絵に近づいた。

「私の噂ですか？」萌絵は小首を傾げる。「うわぁ、どんな噂かしら……」

「恥ずかしくて、私の口からは言えません」

「あの、それ、酷いおっしゃり方ですわ」萌絵は笑う。

「ちょっと、お尋ねしても、かまいませんか？」西畑は萌絵の横を通り過ぎ、窓際に立って、外を見た。

「はい……」

「杜萌さんは、西之園さんに何と言ってましたか？　その、東京で赤松浩徳が現れたときのことを」

「大学のコンピュータで、ちょうど私にメールを出したあとだったそうです。廊下に出たら、そこに彼がいて、長野県警の刑事さんが現れたので、逃げ出したって……」

「そのとおりです」西畑は頷いて萌絵を横目で見た。「怖かったって、言ってましたか？」

「いいえ、そんなことを言うような子じゃないんです」萌絵は微笑む。「死にそうな目に遭っても、彼女なら、蝸牛《かたつむり》を見たのと同じくらい、淡々としか話さないと思います。昔から、そういう子なんです」

「ふーん」西畑はにやりと笑う。「なるほど……」

「西畑さん……でしたね？」萌絵は腕を組んで上目遣いで彼を睨んだ。「仮面のことで、いらっしゃったのでしょう？」

西畑は笑うのをやめた。萌絵を睨んだまま、ぎょろ目を静止させ、表情も凍りついたかのように固まった。

「簑沢杜萌が、何と言いました？」ゆっくりとした口調で西畑はきいた。威圧感のある低い声だった。おそらく、これが本当の声なのだろう。

「何も」萌絵はくすっと笑って首をふる。

「何がおかしいんです？」西畑は真面目な顔で言った。

「すみません」萌絵は片手を口もとで握る。「ちょっと鎌《かま》をかけただけなんです。でも、図星だったみたいですね」

「鎌をかけた？　まさか」西畑は首をふる。「ごまかさないで下さい。そんなことはありえない」

「ごまかしてなんかいません」萌絵は言い返す。「だって、私だって、つい今しがた、気がついたばかりなんですから」

「何に気がついたんです？」西畑がすぐにきいた。

隣にいる鵜飼は目を丸くして、二人の顔を交互に見ている。

「下のリビングから、仮面が二つなくなっていることです」萌絵は答えた。

「そ、それは！」西畑が大声を出した。彼はそこで息を止める。「いや、失礼……。失礼しました」そして深呼吸をする。「あの、西之園さん。よろしければ、説明していただけませんか？」

最後の台詞は、まさにマインド・コントロールの賜物《たまもの》といった感じの嫌味な響きだった。

「良いですよ」萌絵は微笑む。そして、横の鵜飼を一瞥《いちべつ》した。鵜飼はわけもわからず肩を竦めてみせた。「何も大したことじゃありません。私、杜萌から写真をもらったんです。それは、杜萌がこの屋敷のリビングルームで撮ったものでした。あの一階の、さきほどの部屋です。サンルームがバックになっています。外は明るい、ということは、杜萌がこの屋敷に帰ってきた次の日の朝、つまり八月最初の金曜日に撮られたものです」

「どうして、そんなことがわかりますか？」

「その前日の夜に、私と一緒に写真を撮ったからです。フィルムの最後だったんです。だから、次の日です。それはつまり、仮面の男がこの屋敷に侵入して、杜萌を襲う直前に撮られた写真、ということになりますね」

「その写真を見せていただけますか？」西畑はすぐに言う。

「今は持っていませんけれど、お貸しするだけなら、もちろん、いつでも」

「どんな写真なんですか？　何を写した写真ですか？」鵜飼が横からきいた。

「杜萌は自分を撮ったんです」萌絵は答える。「ちょっと、昔の服を着て、それが面白かったから撮ったんじゃないかしら。テーブルにカメラを置いて、セルフタイマでシャッタを切ったんですね。そんなことは、どうでも良いのです。問題は……、バックの壁に掛かっていた仮面の数でした」

「幾つ写っていました？」西畑の声は大きくなる。

「六つです」

「やっぱり……」西畑はぱちんと指を鳴らした。

「西畑さん」萌絵はにっこりと微笑む。「今のを、もう一度やっていただけないかしら？」

「今の？」

萌絵は指を軽く鳴らす。

「ああ、これですか……」西畑はそう言って、もう一度、指を鳴らした。「これが、どうかしましたか？」

「どうもしません。面白かっただけです」

「六つ……というのは、どういうことなんです？」鵜飼がきく。「今は、いくつあるんでしたっけ？」

「下の部屋には今四つあります」萌絵は答える。「ついさっき、それに気がついたのです。

六つと四つですから、二つ違い。というわけで、西畑さんに、仮面のことですかってきいてみたんですよ。これで……、私の説明は終わりましたけど」

「うーん、なんとも……」西畑は片手を広げて両目を塞ぎ、上を向く。妙にオーバなリアクションで萌絵は面白かった。

「どうされました？」萌絵が笑いながら尋ねる。

「いや、失礼、失礼……」西畑は満面の笑みを見せて言った。「なるほど、凄い……。わかりました。説明、実によくわかりましたよ」

「そりゃあ、わかるように説明しましたもの」萌絵は皮肉を言った。

「いえね……」西畑は張子の虎のように首を縦にふった。「驚きました。いや、はは……、まいったな」

「西畑さんは、どうして仮面のことに気づかれたんです？」萌絵は尋ねる。「今度は、そちらの説明を聞く番です」

「待って下さい。こりゃ、切り札なんですよ」西畑は囁いた。

「そんなの狡《ずる》いわ」

「まあ、いいでしょう。実は、逃走に使われた車が茨城で見つかりましてね。火をつけられて、何もかも黒こげなんですけれど、車内に仮面が焼け残っていたんです」

「二つ目が？」萌絵はきく。

「ええ……、一つは駒ヶ根の山荘で、逃走まえに駐車場に投げ捨てられた。その一つは最初からあった。今度、発見されたのが二つ目です。そして、今、この屋敷から確かに二つの仮面がなくなっていることがわかった。たった今、下で、それを紗奈恵さんにもきいてみました。彼女は覚えていない。家族の誰も気がついていない、と彼女は話しています。壁を見てきましたが、仮面をぶら下げていた小さな釘が、確かに二本残っている。もちろん、西之園さんが持っているという写真の方が、ずっと確固とした証拠といえるものでしょう」

「何故、二つなのでしょうか？」萌絵は片目を少し細める。

「わかりません」西畑は、ゆっくり、そして大きく首をふる。

「だって、西畑さん、切り札だっておっしゃったじゃありませんか？」

「わからないから、切り札なんですよ」西畑は口もとを斜めにして、不敵な表情をつくった。

「なあんだ……」萌絵は、咄嗟《とっさ》に呆れた表情を装って、わざとのんびりとした口調で言った。だが、西畑の言葉に、彼女は小さく痙攣《けいれん》するほど驚いていた。彼の発言が、犀川助教授が言いそうな台詞だったからだ。

「たまたま二つ持っていっただけのことじゃないんですか？」鵜飼が大きな躰を揺すって言う。「そんなの、大したこととは思えませんけどね」

萌絵も西畑も、鵜飼を無視して、しばらくお互いの眼差しを受け止め合った。

3

簑沢の屋敷を退散し、萌絵は自分の車を運転して、鵜飼の四輪駆動車の後についていった。県道に出たところで広い駐車場のある喫茶店が見つかり、そこに入った。店内には意外に客が多かったが、一番奥のテーブルが運良く空いていた。三人ともホットコーヒーを注文した。

西畑は周囲の客を気にしてか、滑稽なくらい押し殺した声でしゃべり続けた。ときどき、鵜飼が補足をしたが、西畑の話は非常に整理されていて、萌絵はこの男の頭脳の明晰さに驚いた。彼女の知っているどの刑事よりも切れる、と感じたほどだ。それに、よく見ると、なかなか魅力的だった。

単純な事件だと思っていたのに、幾つか小さな矛盾点があった。それらから西畑が推理し、構築した仮説は、どれも大胆で、いささかアクロバティックなものだった。そして、西畑の話にどんどん引き込まれていく自分に、萌絵は気がついた。

「まあ、叔母様が、あのお屋敷に?」話の途中で萌絵は驚く。

佐々木睦子の名が、刑事たちの話に出てきたからである。鵜飼はいつもの手帳を取り出して、大きな指でそれを捲《めく》りながら説明した。

「えっと、杜萌さんが謎の電話を受けたという晩ですね。三階の部屋にあった詩集が、その電話で聞いた言葉と同じタイトルの詩のページに、ちょうど開かれていたんだそうです」

「ああ、そのことなら、私、もう杜萌に話しましたよ」萌絵は鵜飼の話を遮った。「その電話は、ラジオ番組の録音テープだったんです」

「ラジオ？」鵜飼がきょとんとした顔を上げた。

萌絵は、杜萌に電話でしたときと同じ説明をもう一度する。

「ははーん」鵜飼は手帳に何か書き込みながら唸った。「しかしですね、電話をかけてきた奴はいるんだから……」

「別件かもしれないね」西畑が横から呟く。

「私もそう思います」萌絵は頷いた。「ひょっとして、素生さんは、ずいぶん以前から、あのお屋敷にはいなかった、という可能性はないかしら？」

「もしそうなら、どうして、あの家族、みんな嘘をついてるんです？」鵜飼はきいた。

「騒ぎにしたくなかったんだろうな」西畑が答えた。彼はコーヒーを飲みながら、煙草を吸っている。「簑沢泰史にしたら、義父の幸吉の手前、素生が家出したとは言えなかった、とかって理由は？」

「それ、鋭い」萌絵は思わず人差指を立てた。「西畑さん、凄いですね。簑沢幸吉さんは？」

「まだ、生きてますよ」鵜飼が答える。「ずっと入院してますけど」

「素生さんがいなくなったら、簑沢泰史さんの一家は、誰も簑沢の血縁者じゃなくなるんです」萌絵が言う。

「そう、そのとおり」西畑も頷く。「同じ考えだ」

「簑沢素生は、家出して、どこにいるんでしょうか？」鵜飼がきく。

「どこを調べました？」萌絵はきき返した。

「あ、いや……」鵜飼は慌てて姿勢を正す。「どこって……。どこも、じっくり探したわけじゃありませんよ。いえね……、とにかく今、超忙しいんですよ。そんな時間も人手もありません。西之園さん、よくご存じのはずでしょう？」

「ええ、それはわかりますけれど」萌絵は微笑んだ。

「そちらの事件も大変なんだそうだね」西畑が煙を吐いて言った。「どちらが、さきに片づきますか……」

「たぶん、こちらです」萌絵が言う。

「簑沢の方ですか？」西畑がきいた。

「ええ」

「どうしてです？」

「何も不思議なことがないからです」萌絵は少し冷めたコーヒーに恐る恐る口をつける。

「どんな方法で殺したのかも考えなくて良いし、ただ動機と機会のある人物を絞っていけば犯人に辿り着けるのではありませんか？」

「そんな簡単にはいきませんよ。西之園さん」西畑が口もとを上げる。彼はゆっくりとした手つきで煙草を消した。「さっきも言いましたけどね、もしも、もしもですよ、簑沢の家族の誰かが、誘拐犯の二人を殺した、なんてことになったら、こりゃあもう、絶対完璧な証拠でも見つけないかぎり、事件の解決は絶望ですよ」

「それは、逮捕するのがってことですよね？」萌絵は頷いた。「良いじゃないですか、そんなこと。犯人が誰なのか判明したら、それはそれですっきりしませんか？　西畑さん」

「私たちは仕事なんですからね。すっきりするとか、自己満足のためにやってるんじゃないんです。そりゃもう、あいつが犯人だってわかりきっていても、手が出せない、なんてこと、しょっちゅうなんですから。本人が自分が殺しましたって名乗り出たって、駄目なんですよ。嫌になるほど、そんな思いばかりしてるんです」

「そういうお話を聞くと、警察に就職するのは、やっぱりやめた方が良いかなって思えてきますね」

「西之園さん、警察に就職するつもりなんですか？」鵜飼が目を見開いて、複雑な表情をした。複雑な顔もできるようだ。

「私は来年は大学院です」萌絵は鵜飼の顔を見て微笑む。それから、再び西畑の方を向いた。「どうして、赤松という人が、東京の杜萌のところに現れると思われたのですか？」

「勘ですね」西畑はにっこりと笑う。「仲間を殺されていますからね。それに、簑沢の屋敷を襲って、駒ヶ根の別荘まで連れていった連中ですから、娘の東京の住まいくらいは、きっと調べ上げていると思ったんです」

「でも、仲間の復讐をするのなら、なにも杜萌でなくても……」

「こちらまで、のこのこ出てくるのは危険ですからね」西畑はまた煙草に火をつけた。「たぶん、もう一度、杜萌さんを誘拐して、簑沢泰史氏を脅そうと考えたのでしょう。もっと金を出させることだってできそうですから」

「杜萌には、今でも？」

「はい、ちゃんと護衛をつけています。あちらの警察に任せてありますけどね」西畑は頷く。「でも、たぶん、もう二度と出てこないでしょう。ああいった連中は、引き際をわきまえているものです」

「わきまえていたら、そもそも現れたりしないのでは？」

「おそらく、隙を突こうとしたんですね」西畑は片手を広げて上に向けた。「まあ、たとえ赤松を捕まえたところで、何も解決しない。奴は殺人のことは知らないでしょう。仲間を殺したのが誰かなんて、奴は知っちゃいない」

「でも、仮面のことは知っていますよ」萌絵は指摘した。「何故、二つあったのか」

西畑は歯を見せて微笑みながら、萌絵をじっと見た。

「私がもう少し若かったら、西之園さん、貴女にプロポーズしていますよ」

「まあ、どうしましょう」萌絵は小首を傾げた。「そう、それはなかなか素敵な思いつきですね」

「いや、失礼しました」西畑は視線を逸らす。

鵜飼は不愉快そうに眉を顰《ひそ》め、何か言いたそうに萌絵を見ていた。

「あの、それじゃあ、私、これで」萌絵は立ち上がる。

「大変参考になりました」西畑は立ち上がって深々と頭を下げた。「ありがとうございます。西之園さん。また、いずれ、どこかで……」

4

日が暮れてから、西之園萌絵はN大学のキャンパスに戻った。この時刻になると、建築学科に一番近いゲートは閉まってしまう。車の場合、メインストリートの正門まで行き、そこから入って、キャンパスの中を一キロほど走ってこなければならない。

彼女は研究棟の中庭に車を駐めて、犀川の部屋のある四階まで暗い階段を上った。

「失礼しまーす」萌絵はノックをして犀川の部屋の中を覗く。

誰もいなかった。

机の上のディスプレイには、スクリーンセーバがブラウン運動する粒子を表示していた。萌絵はデスクの内側に勝手に入って、マウスに触れる。ディスプレイが一瞬で明るくなった。ウインドウが何重にも重なっていて、スケジュール・カレンダを見つけるのに一苦労だった。ようやくそれを見つけ出して、引き伸ばしてみると、犀川は七時まで学内の委員会に出席する予定になっていた。キャビネットの上にあるコーヒーメーカのポットも空っぽだった。

萌絵は、しかたなく犀川の部屋を出て、三階に下りる。そして、院生室に顔を出すことにした。

彼女が部屋に入っていっても、誰一人、見向きもしなかった。院生たちは全員部屋にいて、ディスプレイに向かっている。手前にある大きなテーブルでは、同級生の牧野洋子が少年漫画を読んでいた。両足を隣の椅子にのせて、のけ反った姿勢の洋子は、萌絵を見てウインクする。

「萌絵、これこれ……、見て見て、いやらしいの、これすっごい」

「どうしちゃったの？　みんな」萌絵は洋子の横に腰掛けて小声できいた。

「明日から学会なのよ」洋子も囁くように答える。「みんな気が立っているみたいだから、静かにしてた方がいいよ」

ゼミでその話は聞いていた。大学院生たちは学会で論文の発表があるので、その準備をしているようだ。プレゼンテーションのためのスライドやOHPをマックで作っているのか、それとも、発表用の原稿をチェックしているのだろう。

ついニ、三日まえには、全員、屋上でラジコンのレーシングカーを走らせて遊んでいたのである。こんな直前になるまえに準備しておけば良いのに、と思いながらも、自分だってそんな調子良くはいかない、と萌絵は思い直す。そんなことが可能なのは、犀川助教授か国枝助手くらいだろう。先生たちだけは、いつもペースが変わらない。プロとアマの違いだろうか。

「萌絵、今日、何してた?」牧野洋子が漫画をテーブルに戻してきいた。テーブルの上には漫画が山のように積み上げられている。

「ううん、別に」萌絵は部屋の奥を見ながら答えた。

「そうかな?」洋子は萌絵に顔を近づける。「洋子さんに、隠しごとはできないぞう。何か、幸せなことがありました、って顔してるけどなあ」

確かに、簑沢家の事件の話を聞いてきたばかりだったし、西畑刑事という興味ある人物と議論をして、少なからず興奮もしていた。きっと、自分は、知らず知らず、嬉しそうな顔をしていたのだろう、と萌絵は思った。

事件のことを誰かに話したかった。もちろん、牧野洋子には言えない。これは警察との暗黙の了解事項……、ルールなのだ。いろいろな経緯があって、今では、警察は萌絵に大概のことは教えてくれる。だが、その情報を一般の人間に漏らすわけにはいかない。例外は、犀川助教授だけだった。

「今頃の時間に、何？」洋子がきく。

「犀川先生がいないかな、と思って」萌絵は髪を払った。最近、髪が伸びて少し鬱陶《うっとう》しかった。

「もう、それしか頭にないみたい」洋子が言う。

「洋子、そういう言い方は……」

萌絵が言いかけたとき、ドアが開いて、国枝桃子助手が入ってきた。

「波木《なみき》君いる？」国枝は大きな声で言う。

「はーい」部屋の一番奥から返事がある。しかし、コンピュータのディスプレイに隠れて波木の姿は見えない。

「もう一度やり直し」国枝は言う。「ちゃんと確かめなさいよ、あんた。すぐ、カラープリンタ、キャンセルして。出すまえに自分で見てる？　目がついてるんなら、見ろよ、まったく」

「すいません。何か間違ってましたか」波木が頭を掻いて立ち上がった。

「それから、浜中君」国枝桃子は部屋の奥へ進む。「私のところから、式の一覧をダウンしといて。ポストスクリプトになってるから」

「わかりました」浜中が慌てて立ち上がった。彼がこの部屋では一番年長の院生であるが、見たところは若い。

「貴女たち、暇そうね」国枝は、萌絵と牧野洋子を見た。

二人は、同時にぶるぶると首をふる。

「ちょっと、いらっしゃい」国枝は手招きする。「仕事したいでしょう?」

国枝桃子について、彼女たち二人は院生室を出た。国枝は長身で、後ろから見ると完璧に男性に見える。もっともそれは、前から見ても、ほぼ同じだった。

国枝助手の部屋は四階で、犀川助教授の部屋の隣である。

二人は、すぐに国枝から仕事内容についての説明を受けた。案の定、論文の図面をプレゼンテーション用にカラーにする作業だった。国枝は、データごとの色の指定をメモになぐり書きして、「あとはその都度きいて」と言い残して、自分のデスクについた。

萌絵と洋子は二人で一台のマックに向かい、しかたなく作業を始める。大した仕事ではなかった。全部で図面は六枚。萌絵が左手でマウスを操作し、洋子がデータシートを膝に乗せて確認した。

三十分足らずで作業は終わった。

「国枝先生、できました」洋子が言う。

国枝が立ち上がって見にきた。しばらく、ディスプレイを眺め、国枝はチェックしていたが、二、三箇所だけ簡単な修正をしてから頷いた。

「ありがとう」国枝桃子はそう言ったが、表情はにこりともしない。「うん、きっちりできてるな。合格」

「あの、もう、よろしいですか？」萌絵が恐る恐るきく。

「いいよ」国枝は既にデスクに戻っていた。

廊下に出ると、牧野洋子が大きな溜息をついてから、萌絵の耳もとで囁く。「とんだ災難だったわね」

「私、犀川先生にお話があるから……」萌絵はそう言って、洋子と別れた。

隣の部屋を再びノックして覗くと、犀川が椅子の上に乗って、本棚の天井近くの場所からファイルを取り出しているところだった。

「こんばんは」萌絵は部屋の中に入って挨拶する。

「ああ、君か」犀川はちらりと萌絵を見て言う。

「先生、お忙しいですか？」

「まあ、人並みには」椅子から下りて犀川は答えた。

人並みといったって、どうせ犀川のサンプリングは、極端なものに決まっている、と萌絵は思う。

「時間、どれくらいなら、良いですか？」

「そうだね」犀川は腕時計を見た。「最大で、二十五分ってとこかな。まあ、いいや、コーヒー淹《い》れてくれる？」

「はい」萌絵は頷いて、すぐコーヒーメーカのあるキャビネットに急いだ。

5

時間の制約があったので、萌絵は事件のあらましを早口で話した。特に複雑な事情があるわけではない。何も不思議なことはない。非常識な誘拐事件、加えての殺人、それも、殺された二人は誘拐犯たちだ。確かに突拍子もない事件には違いないが、現在、真っ最中のもう一つの事件に比べれば、地味である。

「なんだ、別の事件？」犀川は最初にそれだけ言ったが、あとは萌絵の話に一言も口を挟まなかった。いつものとおり、ただ煙草を吸っているだけで、視線もあらぬ方向を向いていた。人の話を真剣に聞いているようには見えないが、それが犀川のリスニング・スタイルである。

途中で、コーヒーメーカが音を立てたので、話を続けながら、萌絵は二つのカップにコーヒーを注いで、デスクまで運んだ。

犀川は熱いコーヒーが大好きだ。猫舌の萌絵がどうにか飲める許容温度の倍はあろうかという熱さが、彼には不可欠のようだ。あんなに熱かったらコーヒーでも、ただのお湯でも、同じではないか、と萌絵は思うのだが、「そうでもない」というのが、彼女の疑問に対する犀川の返答であった。

萌絵の話が一段落しても、犀川は黙っていた。

「いかがです？」萌絵はすぐに尋ねる。「何か、お気づきの点はありませんか？」

「西之園君が気づいている以上のことは、特に何も」

「私が気づいていることって、何ですか？」

「それは、僕を試している質問かな？」

「いえ、そういうわけじゃありませんけれど」

「仮面が二つも使われた点が、一番おかしい、と君は思っているはずだ。それから、もう一つは、君の友達のお兄さんがいなくなった理由。あと、電話をかけてきたのが誰なのか。つまりは、その三点かな。あ、そうそう、誰が二人を殺したのかってことも、一応、謎といえば謎か。この四点だね」

「そうですね」萌絵は、犀川の返答が可笑しかったので笑いながら頷いた。「二人の人間を別々の銃で撃って、お互いに撃ち合ったと見せかけるために、その銃を握らせた。それなのに、どうして、車に乗せたのでしょう？　普通だったら、林の中とか、もっとそれらしい場所に置いておきますよね？」

「普通だったらっていう言葉が面白いね」犀川は指摘した。「人殺しなんだから、少なくとも、普通じゃないよ」

「もちろん、ありえないわけじゃありません。素生さんは、ただ家出をしただけで、家政婦の佐伯さんという女の人が、彼の部屋の鍵を開けて手引きをしたのかもしれないし……、仮面だって、杜萌を襲った男が、なんとなく気に入って持っていったのかもしれませんよね。あとになって、見つかるとまずいと思い直して、車と一緒に燃やしてしまおうと思ったんです。それに、殺人だって、女の人の方が、もう一人の男の人を撃って、それを見ていた犯人が別にもう一人いて、その人が、女の人を撃った。彼は、死んだ二人を車に乗せて逃げようとした。だけど、途中で気が変わって、そのまま一人、別の車で逃げてしまった。きっと、死体と一緒にドライブするなんて、うんざりだって思ったんだわ。ね？　結局、これだけのことかもしれませんものね」

「そうだね」犀川は頷いた。「じゃあ、それで良いじゃない」

「良くないわ！」萌絵は口を尖らせる。

「あのね、君が自分で言ったんだよ」

「そういうふうにも考えられる、という話ですよ」萌絵は腕を組んで言う。「でも、やっぱり、どこかおかしい。何か変でしょう？　先生……。だって、仮面を二つ持ち出したのに、それを杜萌は見ていないって言ってるし、素生さんだって、家出をしたにしては、事件があったのに、何の連絡もない。しかも、変な電話が杜萌にかかってきて、他の誰かが素生さんの声をテープで流したりしているんですよ。とにかく、気持ち悪いくらい、全然ちぐはぐなんです」

「ちぐはぐね」犀川は繰り返した。「それは、境界条件が正確じゃないから、そう見えるんだね」

「境界条件……ですか？」

「そう、全部、人から聞いた話だろう？」犀川は無表情で言う。「人間って、見たままのことは言わないからね」

「でも、杜萌は、私には絶対嘘は言いません。これは信用して下さい。それに、あとは簑沢家の人たちの証言ですよね。三人がほとんど一緒にいたんです。嘘をついている人がいるとは思えませんけれど」

「嘘じゃないよ。誤認しているか……。あるいは、隠しているのか」犀川は煙草に火をつけた。そして、ゆっくりと煙を吐き出しながら時計を見る。「あと、十一分だね」

「明日から学会ですか？」

「うん」犀川は頷く。「静岡。最終日には、西之園君も来るんだろう？」

「はい、牧野さんと一緒に行きます」

萌絵はようやくコーヒーを少し飲んだ。

静岡の学会の最終日には、静岡市内でビルの爆破解体工事が予定されているので、それを見学しにいくことになっていた。もちろん、今、彼女が関わっているもう一つの事件に関係があるからだった。

数学の問題でも、何でもそうだが、複数の対象を同時に処理するような機会はあまりない、といって良い。西之園萌絵は、簑沢家の事件だけに集中している場合ではなかったのである。とにかく、もう一つの事件、マジシャンの殺人事件の方が、彼女の中ではずっとウエイトが大きい。

「ああ……」萌絵は溜息をもらす。「もう、良いです。やめましょう、先生」

「何を？」

「考えるのをですよ。簑沢家の事件は、ちょっとの間だけ忘れることにします。頭がこんがらがるから、能率が悪いもの」

「君らしくない発言だね」犀川は少し微笑んだ。「そう？　僕は、こういうのは平気なんだけどね」

「犀川先生は、きっとマルチＣＰＵなんですね」萌絵は言った。「私は駄目。だって、ジグソーパズルでも、最後には一つの絵になることがわかっているから、やる気になるんです。もし二つの絵が混ざっていたら、もう、気持ち悪くなってしまいます」

「気持ちが悪くなるなら、こんなことに首を突っ込むのを、きっぱりとやめたら良いと思うけど」

「それは、もっと気持ち悪いわ」

「わけのわからないことを言うね、まったく理解に苦しむ」

「ええ、先生には、少しくらい私のことで苦しんでもらわないと困ります」萌絵は時計を見ながら言う。「もう、あと五分ですね」

「またまた、そうやって意味がわからない理屈を言う」犀川は首をふった「僕はね、もう充分苦しんでいると思うよ、君の意味不明の発言で」

萌絵は立ち上がって、カップを洗いにいく。彼女のカップにはコーヒーが半分以上残っていたが、捨ててしまった。

「それじゃあ、今日は……、これで、失礼します」萌絵は言った。自分がドライだと意識していた。

「ああ」犀川はくるりと椅子を回してディスプレイに向かう。もう彼女の方を見ないつもりらしい。犀川の方が格段にドライだ。ちょっと、腹立たしい。

「犀川先生?」

「何?」

「今月は、いつ東京にご出張ですか?」

「カレンダに書いてあるとおりだよ」彼はこちらを見ないで答える。

犀川の研究室では、個人のスケジュールはネットワーク上のカレンダに入力されているので、どの部屋のパソコンからでも、全員の予定を自由に見ることができるようになっていた。

「東京に一緒に行きたいんです」萌絵は言った。

犀川はやっと彼女の方を向いた。「東京に？　どうして？」

「お友達と会うから。どうせ行くなら、一人で行くより楽しいからです。これが理由です」

「そう……」犀川は気の抜けた返事をしてから、再びディスプレイに向かう。彼はマウスでカレンダを前面に出した。「珍しく来週は東京がないなあ。その次の週なら、二十二の月曜と二十五の木曜日だね。月曜日は一泊だ」

「では、木曜日にします」萌絵はすぐ返事をした。「行きと帰りは先生と同じ電車です。うわあ……、なんか嬉しくなってきましたね」

「日帰りで良いんだね？」

「はい。時間は先生に合わせます」

「わかった、じゃあ、切符は僕がとっておいてあげよう」

「お願いして良いですか？」

犀川は話が終わったと判断したのか、またディスプレイに向かう。萌絵が時計を見ると、確かにリミットだった。

「先生、おさきに失礼します」

萌絵はそう言って、ドアのノブに手をかけた。

「西之園君」

彼女が振り向くと、犀川はキーボードを叩いている。彼はディスプレイを見たまま、言った。

「その仮面には……、穴が開いているだろう？」

「ええ、目のところに」萌絵は答える。「それが、どうかしましたか？」

「何故、穴なんて開いているのかな？」

「だって……、開いていなかったら見えません」

「チャオ」

「何ですか？　チャオって」

「さようなら」

「先生、お願いですから、やめて下さい。今どき、チャオだなんて……。恥ずかしいわ」

「面白かった？」

「わざとですか？」萌絵はくすっと笑う。「それが、新しいジョーク？」

「いかにも」

「いかにも？」萌絵は吹き出す。「それも止めて下さい、恥ずかしい……」

6

西之園萌絵は自宅に戻って夕食をとった。

来週から大学は試験休み、いわゆる秋休みである。大学院の入学試験が終わって二週間が過ぎていたけれど、まだ、頭はぼんやりとしたまま。空気が抜けたタイヤみたいに重い。滝野ヶ池に始まったマジシャンの一連の事件も、それに、友人の簑沢杜萌の一家を襲った事件も、いずれも解決していない。

犀川助教授は最近特に忙しそうである。

毎月一回、愛知県警捜査第一課の若手刑事たちが西之園家を訪れてお茶を飲む、〈TMコネクション〉という名称の会合も、この九月はお休みになった。発足以来、初めてのことだったが、刑事たちも、さすがにそれどころではなかったのである。

彼女自身も、レポートやクラブのことで決して暇ではなかった。どうして、人間って、こんなに忙しくしなくてはならないのだろう、と常々不思議に思う。のんびりと、何もしないで、お風呂に入ったり、ベッドでごろごろとしていたい。

たとえ許されたとして、そんな生活を自分が続けられるだろうか……。忙しくしている方が、なんとなく安心ではないか。

「安心」という得体《えたい》のしれない約束が、世の中には多い。

何故か、皆、安心しようとして、必死なのだ。

今の彼女も、二つの事件のどちらかに集中して、安心したい。一方を考えれば、もう一方のことが気になる。それが不安なのである。

犀川に話したように、まるで、混ざってしまったジグソーパズルのようだった。一方の解決には関係のないピースが存在するというだけで、こんなにも複雑になるものか。

そもそも、七月の最後の木曜日、簑沢杜萌と一緒にマジックショーを見たときから、このパズルは始まっている。あの晩に、簑沢家を誘拐犯が襲ったのだ。最初から、二つのパズルは混ざっていた。

萌絵が簑沢家の事件を知ったのは、それから二週間後、杜萌からの電話で栄町に呼び出された八月中旬のことだった。

一番最初の日を思い出してみる。芸術文化センタで、簑沢杜萌と待ち合わせをした。あのとき、どんな話をしただろう？　喫茶店でケーキを食べながら、そう……、チェスをした。チェス盤があったわけではない。二人とも、盤と駒がなくてもチェスができるからだ。

そのチェスは萌絵が勝った。今まで一度も簑沢杜萌に負けたことはない。高校のときからずっとそうだった。杜萌ほどの頭脳の持ち主が、自分に勝てないのは不思議だ。わざと負けているのではないかと疑いたくなることも、事実ときどきあった。

そのマジックショーには最初、犀川助教授も来る予定だった。それが、急に来られなくなり、代理で大学院生の浜中深志が現れたのだ。萌絵は、杜萌に犀川を紹介するつもりでいたのに、当てが外れた。

簑沢家に誘拐犯たちがやってきたのは、その夜の八時頃だ。彼らは、杜萌が東京から帰ってくることを知らなかったのだろうか。いや、知っていたからこそ、翌朝、男が杜萌を襲ったのではないか。しかし、何故、翌朝だったのだろう。夜中ではなくて、どうして朝になってからにしたのか……。

山荘では、簑沢泰史に、家政婦が出勤しないように電話までかけさせている。確かに、山荘の方も、朝までは何も動きがなかった。おそらく銀行が開くまでは、何もできなかったからだろう。けれど、簑沢の屋敷の金庫を開けることは、夜中だってできたはず。夜だったら、家政婦に電話をする必要もなかった。

一見、綿密な計画に基づいている、と思える誘拐犯人グループの行動にも、不可思議な点が散見される。

翌朝、屋敷にやってきた男は、何故、他の仲間のように、サングラスやマスクをしていなかったのか。彼は、簑沢家のリビングにあった仮面を使った。これは、つまり、杜萌が家にいたことが、予定外のことだったからではないのか。男は、ただ、山荘からの電話を待って、金庫を開けるだけの目的で侵入した、と考える方が筋が通っているように思えた。

しかし、やはり、明るくなってからやってきたのは何故だろう、という疑問は消えない。

確か、赤松という名前だ。彼は、夜中は何をしていたのだろう？　ひょっとして、駒ヶ根の山荘にいたのではないか。夜中には三人いた。そう考えると、どうなる？

萌絵はベッドの上に仰向けになり天井を見つめていた。両手を頭の後ろに組んで、膝を立てた片脚に、もう一方の脚をのせている。トーマは彼女の部屋にはいなかった。

赤松は山荘にいた……、と、そう考えてみよう。

そこで、何があったのか。殺人につながるような揉《も》めごとが起こったのかもしれない。しかし、赤松は、翌朝には杜萌を拉致するために簑沢の屋敷まで来なければならない。駒ヶ根の山荘と犬山の屋敷は、車で片道一時間半はかかるだろう。早朝に出かけなければ、あの時刻に屋敷に現れることはできない。その時刻、赤松が簑沢の屋敷を訪れた間に、駒ヶ根の二人、鳥井恵吾と清水千亜希が射殺されたのである。

どうしたって、もう一人、誰かが必要になる、と萌絵は思った。

表に現れていない人物がもう一人、確かに存在する。そうでなければ、収まらないからだ。もし、そんな人物はいなかったとしたら、簑沢家の誰かが、殺人に関わっていることになる。

警察だって、おそらくそう考えたはず。もう事件から一ヵ月半も経っているのに、何も進展がないようだ。彼女は、愛知県警の三浦刑事からそう聞いていた。

今日会った長野県警の西畑という男を思い出す。あるいは、既に、簑沢家の誰かが疑われているのかもしれない。西畑の言葉、それに彼の不敵な表情が印象的だった。何か考えがあるのに違いない。あの男は切れそうだった。

ドアがノックされる。

「開いています」萌絵は答えた。

「お嬢様、失礼いたします」諏訪野が顔を覗かせる。真っ白な頭を下げ、ゆっくりとした上品な口調である。「大変申し訳ございません。すっかり失念いたしておりました。本日、夕刻でございますが、睦子様がおみえになりました。うっかり、それをお嬢様にお伝えするのを、この諏訪野……、どうしたことか……」

「叔母様が？」

「さようでございます。特に何か、ご用があったといったふうではなさそうに、お見受けいたしましたし……、ご伝言も承ってはおりませんが……」

「わかりました。電話します」萌絵は答える。

諏訪野は微笑んで頭を下げると、部屋から出ていった。内線の電話があるのだから、こんなことを言いにわざわざ上がってこなくても良いのに、と萌絵は思った。

叔母、佐々木睦子の自宅に電話をかける。

「はい、佐々木でございます」睦子の高い声が聞こえる。

「こんばんは、叔母様。萌絵です」

「あらあら、こんばんは」睦子は一オクターブ低い声になる。「ずいぶん遅いんじゃありません？　貴女、今頃、帰ってきたの？」

「違います」萌絵は答える。「諏訪野が、叔母様がこちらにいらっしゃったことを、私に言うのを忘れていたんです。今、聞いたところなの」

「ああ、もうぼけているのね」

「何のご用でしたの？」

「貴女、簑沢さんのお宅へ行ったんですって？」睦子はわざと困ったという籠もった声を作っている。「いけませんよ、そんなハイエナみたいな、こそこそとしたこと」

「叔母様。おっしゃっている意味がわかりません」萌絵は、叔母の使った表現に腹が立って、すぐ言い返した。

「そうやってね、人様のトラブルに首を突っ込むものじゃありません。特に、親しい方ならなおさらです」睦子は続ける。「そんなことをして、どうなると思っているの？　どちらにしても、後味の良いことにはなりませんよ。それに、結局、傷つくのは貴女、貴女自身なんですよ。わかりますか？」

「簑沢さんにも、それに叔母様にも、ご迷惑をかけているつもりはありませんし、それから、私が傷つくって、どういう意味ですか？　私、自分のことは自分で防御できますから」

「防御ですって？　まあまあ、物騒な……。どうして、そんな攻撃的なものの言い方をするの？　何が気に入らないんです？　本当にもう、最近の貴女ときたら……」

「言葉の揚げ足を取らないで下さい。叔母様」

「いいえいいいえ、犀川先生だって、そういうふうな貴女を心配なさっていますよ。萌絵、貴女、大学生なんですから、ちゃんとするべきことがあるはずでしょう。違いますか？」

「犀川先生が、何を心配されているんですか？　私、ちゃんとするべきことはしているつもりです。叔母様にそんなこと言われる筋合いは……」

「いいえ、ちゃんと聞いていますよ」

「何をです？」

「私、犀川先生とよくお話ししてるんですからね。簑沢さんの事件のことだって、ずっとずっとまえに、先生とはお話ししたのよ」

「え？」萌絵は驚いた。「いつのこと？」

「もう……、そうね。一ヵ月もまえかしら。そうそう、私が簑沢さんのお宅にお邪魔した次の日でしたよ。犀川先生から、そのことを、貴女、聞きましたか？」

「いいえ」萌絵は受話器を持ったまま、しばらく息ができなかった。「私、犀川先生には、今日初めて、簑沢さんの事件のことをお話ししたの。そんな、だって……、先生は何も……そんなこと……」

そう、確か、「別の事件?」と犀川は言っただけだった。

「そうら、ごらんなさい」睦子が勝ち誇ったような口調で言った。「犀川先生はね、全部ご存じだったのよ。それを、わざわざ貴女には隠していらっしゃったんです。貴女がいい気になって説明しているときだって、先生は聞き流しておられたのよ」

「私、いい気になんてなっていません!」

「どうして、先生が貴女に黙っておられたのか、萌絵……、貴女、わかりますか?」

「わからない」

「それを、ようく考えなさい」睦子はゆっくりと言う。「いいですか? いつまでも子供みたいな真似してるんじゃありませんよ」

「どうして、犀川先生は黙っていたのかしら……」萌絵は独り言のように呟いた。

「だからあ……、先生は、貴女にそんなことをしてほしくないんですよ」

「でも……」

「デモもバリケードもありません。私はね、萌絵、貴女に期待しているんですからね。何も意地悪でこんなお話をしているんじゃありませんよ。わかりますか? そっとしておかなくちゃいけないことって、世の中には沢山あるの。それが大切なマナーなんです。答を出してはいけない問題があるの。どれも、算数みたいに、きちんと答が出るわけじゃないのよ」

「あ、叔母様」萌絵はきいた。「簑沢泰史氏は、息子さんのことを何ておっしゃっていました？　パーティのときにお話しになったのでしょう？」

「いいえ、何も」睦子は答える。「貴女、私の話を聞いていますか？」

「家出したとか、失踪したって、聞いたんですか？」

「知りませんよ、そんなこと。まえから、具合が悪いとか、おっしゃってましたからね」

「具合が悪いって？」萌絵はきき返す。

「ノロイーゼじゃないの？」

「叔母様、それはノイローゼです」

「そう、それです。ノイローゼね。言い間違えただけよ」睦子は笑いながら言った。「そうね、もうずっと、部屋に閉じ籠もっていたそうね」

「杜萌とも、お話しになったのね？」

「ああ、そうそう、貴女の同級生なんですって？　知りませんでしたよ。今日、警察の人から聞いたのよ。あの子、しっかりした子ね。ちょっと、怖いくらい」

「ええ、見たところは冷たい感じなんですけれど、とても……」

「あっと、ちょっと、ごめんなさい。他から電話がかかっているの、もう切るわね」

「はい、叔母様……。お休みなさい」

「また、今度、ゆっくりお話ししましょうね」

電話が切れた。どちらかというと、叔母とゆっくり話などしたくない、と萌絵は思う。

犀川の話は、さすがにショックだった。

今日、久しぶりに会えたのに、時間は二十五分しかなくて、ほとんど一方的に萌絵が事件のことを説明した。

(先生は知らない振りをしていた……)

それは、犀川の行動としては少し不自然だ。

そんな不合理なことをするなんて、犀川らしくない、と彼女は感じた。

叔母が言ったように、萌絵が事件に関わるのを犀川は嫌っているのだろう。確かに、言葉では嫌がっているようなことを彼も言う。しかし、それにしても、隠し事をするなんて、絶対におかしい。

しばらくの間、萌絵はベッドに腰掛けたまま、犀川のことを考えた。どうしても、トレースできなかった。

さきほど、諏訪野がやってきたときに一緒に入ってきたのであろう、彼女の足もとでは、いつの間にか、毛の長いトーマが仰向けになって眠っていた。

第14章　偶人の舞

1

九月中旬の月曜日の午後。簑沢杜萌は、研究室でディスプレイに向かっていた。今朝、マンションを出るまえに、テレビのワイドショーを幾つか見た。どのチャンネルも、土曜日に静岡であった事件を熱心に伝えていた。友人、西之園萌絵が、きっとまた、その事件のことでメールを書いてくるだろう、と思っただけで、杜萌には関心がなかった。西之園萌絵は、来週の木曜日に東京に出てくると伝えてきた。杜萌もその日が待ち遠しい。日帰りだとメールにはあったが、是非とも泊まっていくように勧めるつもりだった。

夏休みの事件は、杜萌にとって、もう夢の出来事に近い存在になりつつある。一ヵ月半という時間は、恐怖も戦慄《せんりつ》もすっかりと溶かし込んで、僅《わず》かに濁った水溶液のような鈍い印象の残留しか許さなかった。

兄、素生のことを、杜萌は既に諦めていた。

もう会えないかもしれない、とさえ予感した。

自分でも不思議な感情であったが、考えてみれば、ずっと以前から、同種の予感は確かにあったのだ。

誰かにもう会えない、ということは、その人間が存在しないことに限りなく等しい。つまり、死んでしまったのと同じ。

素生は死んだのだろうか？

少なくとも、杜萌が憧れた兄は、もういない。

それは、彼女の中で美化された兄の存在だった。素生という名前は、彼女が勝手に作り出した虚無のシンボルであって、今、どこかで生きているかもしれない盲目の青年の名前ではない。

たぶん、自分の杜萌という名前さえも、既に自分の実体から遊離している。いったい誰が、本当の杜萌を知っているだろうか？

あの日、銃を突きつける男に微笑んだ彼女を、誰が知っているだろう？

（いいのよ、殺しても）

窓が開けられていたので、涼しい風が部屋の中に入り込んでいた。廊下側のドアも、開けられたまま、ストッパで固定されている。

杜萌がなにげなくドアの方を見ると、小柄な男がひょっこりと顔を覗かせた。長野県警の西畑刑事だった。大きな目をますます大きくして、おもちゃみたいな動作で、彼は片手を挙げた。陽気な表情をつくろうとする努力は認められたが、完全に失敗している、と杜萌は評価した。

「よろしいですか？」西畑は部屋に入らないで、廊下から小声で尋ねた。

研究室には杜萌の他に大学院生が二人いた。彼女は、同僚たちに気を遣い、立ち上がって廊下に出ることにした。

「こんにちは。お久しぶりですね」ドアのところで、杜萌は平静を装って挨拶する。

「ちょっと、こちらに来たものですから」西畑はハンカチで汗を拭きながら言った。

二人は並んで階段を下り、研究棟から外に出る。

「なかなか、良い環境ですな、ここは」

「ええ」

「実は、もう、貴女の護衛ができなくなります」西畑はゆっくりと歩きながら言う。「もしかして、ご存じでしたか？　今日まではずっと……」

「ええ、そうじゃないかと思っていました」杜萌は頷いた。マンションに帰り、窓から外を見ると、いつも見知らぬ車が同じ場所に駐まっていて、男が乗っていた。だが、それ以外では気にしたことはなかった。

「もう赤松は現れない、と判断したわけではありません」西畑は渋い表情だ。「ただ……、いつまでも人を付けるわけにもいかんのですよ。もしも、ご心配でしたら、どこか民間のところに頼まれるのがよろしいでしょう。そう、簔沢先生にご相談になってはどうでしょう？それとも、私から直接お話ししてみましょうか？」

「いいえ、その必要はありません」杜萌はすぐに答えた。「これから一生、ガードマン付きで暮らすわけにはいきません。私なら、ご心配なく。大丈夫です」

「充分、お気をつけになって下さい」

「はい」

並木の歩道を真っ直ぐに歩いて、二人はキャンパスの奥へ進む。風は清々しく、既に秋の空気である。学部は試験期間がそろそろ終わる頃で、のんびり芝生に寝そべって本を読んでいる学生たちが幾人か見えた。

「私は、早くに結婚したんですが、子供がおりません」西畑は低い声で言った。「最初の赤ん坊が死にましてね。もう、二十年以上もまえのことです」

突然の西畑の話に、杜萌はどう答えて良いものか困った。彼女は、黙って彼の顔を見る。

「いえね、こうして大学なんかを歩いていると、若者が沢山いるじゃありませんか。子供が生きていたら、もう、貴女や彼らくらいになっていたかと思いましてね」西畑は口もとを斜めにして微笑んだ。

「お嬢さんでしたか？」

「ええ、娘でした」

銅像のあるロータリィにコンクリート製のベンチがあった。二人はそこに並んで腰を掛ける。西畑は吸殻入れを見てから煙草に火をつけた。

「先週、西之園さんにお会いしましたよ。貴女と同級生だったそうですね？」

「萌絵と？」杜萌は少し驚いた。「どうして西畑さんが、その……、彼女と？」

「いえいえ、ちょっとした偶然だったんです」西畑は煙を吐きながら言う。「ちょうど、西之園さんが、簑沢さんのお屋敷をお訪ねになっていましてね。そう、彼女、素生さんの詩集を見にこられていたようでしたね」

「ああ、じゃあ、兄のことを……」杜萌は頷いた。「ええ、私、彼女に兄が失踪したことを話したんです。実は、事件のことも、少しだけですけど……」

「はい、詳しくご存じでしたよ」西畑はそう言って、手を伸ばし、煙草の灰を吸殻入れに落した。「いえ、別にかまいません。秘密主義でやってるわけではありませんから。つい最近、週刊誌にも書かれてしまいましたね。あ、でも一つだけ公表されていないことを、西之園さんはご存じでした」

「私、何か、しゃべってはいけないことを言ってしまったんでしょうか？」

「いえいえ」西畑は首をふる。「そうじゃありません。写真ですよ。西之園さんに、写真をお送りになったでしょう?」

「写真……」杜萌は頷く。「あの写真が、何か?」

「あの朝、リビングでお撮りになった写真、あれには、壁に掛かっている例の仮面が写っていたんですよ」西畑の顔は下を向いていたが、その大きな目だけが杜萌を睨んでいた。「私も見せてもらいました。写真では、壁に仮面が六つありました。はっきり写っています。でも、今、お屋敷には四つしかありません。二つなくなっているんです」

「犯人が二つ持ち出したんですね?」

「そうです。一つは駒ヶ根の山荘の駐車場に落ちていた。もう一つは、茨城で見つかった車にのっていた。もちろん、勘定はこれでぴったりと合うわけです」

「車に?」杜萌は驚いた。その話は聞いていなかった。

「ご存じだったのでは?」

「いいえ」杜萌は首をふる。「でも、仮面のことは……、西畑さん、以前におっしゃっていましたよね」

「何故、二つの仮面が持ち出されたのか……」西畑は、視線を遠くに向けてゆっくりと言った。「ひょっとして、二人いたんじゃないでしょうか?」

杜萌は驚く。西畑の発想が突飛《とっぴ》だったからだ。だが、それは違う。彼女は微笑みながら首をふった。

「そう。貴女は一人しか見ていない。車に乗せてきたのも一人だと思っている。でも、もう一人の人物のために、仮面を持ってきたんじゃないでしょうか?」

「もう一人のため?」杜萌はきいた。「犯人がもう一人いたということですか?」

「あの朝、屋敷に忍び込んだのは二人だった。貴女は、そのうちの一人しか見ていない。あの車の後ろの荷物室に、もう一人隠れていたんじゃないですか?」

「まさか……」杜萌は思わず笑いたくなった。「あの、どうして、隠れたりするんです?」

「その人物が、貴女の顔見知りだったからです」西畑は普通の調子で答える。「だから、隠れていた。でも、万が一気がつかれたときのために、仮面を、もう一人の男に持ってきてもらった」

杜萌は笑いだした。しかし、西畑という刑事には、本当に感心した。

「ごめんなさい、でも、面白いお話ですね。私の顔見知りの人が、ずっと車に乗ったままだったなんて……」

「それが、赤松かもしれません」西畑は顔を上げて、杜萌を真っ直ぐに見た。彼は口を斜めにして不敵に微笑んだ。大きな目は、片方だけ半分ほどに細くなり、完全に左右非対称の顔をつくった。

「あの、それはどういう意味でしょうか? 私、赤松なんていう人、顔見知りじゃありません。それに、もし、西畑さんがおっしゃるとおりなら、私に銃を突きつけていた、あの男は誰なんです？」

「さあ……」西畑は両方の手の平を上に向ける。「残念ながら、この先は、何も考えていません」

「なんだ」杜萌はまた驚く。「何も考えないで、お話しになっていたのですか？」

「いえ、一応考えてはいるのです」西畑はにやりと笑った。「でも、考えても、考えても、わからない。何もわからないから、先に進まない。もう、何日もどうどう巡りをしているんです。誰でもいいから、この迷路から救ってほしい。そんな気持ちです」

西畑はそう言うと、また同じ非対称の表情をした。杜萌には、西畑のその仕草がだんだん子供のように見えてきた。悪戯好きのがき大将といった感じだった。

「まあ、こんなこと言っちゃあ、なんなんですけどね……。まったくのお手上げなんです。ええ……、本当に。何か、お考えはありませんか？　何でもいいんですよ。納得のいく説明がつかないもんでしょうかね……」

「たまたま、仮面を一つ余分に持っていっただけ、なんじゃないかしら」杜萌は脚を組み直して言う。

「そう」西畑は人差指を立てた。「私以外の者は全員、その意見です。多数派ですな、つまり」

「だって、重要なこととは思えませんもの」

「赤松は、仮面を途中で替えませんでしたか？」

「は？」

「あの朝、あいつはずいぶん長く、貴女と一緒に屋敷にいたんですよ。途中で仮面を取り替えませんでしたか？」

「さあ……、気がつきませんでしたけれど」

「ずっと、目を離さなかったのですか？」

「向こうはそうだったかもしれませんけれど、私は、料理もしたし、運転もしましたから……、ずっと彼を見ていたわけではありません」

「持ち出された二つの仮面は、色違いというか、模様がまるで違います。焼け残った方は真っ黒だったんで、最初わかりませんでしたが、西之園さんに見せてもらった写真で確かめました。色が全然違います。貴女が証言した男の仮面は、山荘の駐車場に落ちていた方です」

「もちろんです。それが、途中で仮面を取り替えてはいない、という証拠になりませんか？」

「ですから、一番最初は、違う仮面をしていたんじゃないでしょうか？」

「いいえ、そんなことはありません。確かに、よくは覚えていません。二階で襲われたときは、もうびっくりしてしまって、しばらく頭が真っ白でしたから」

「ああ、そうでしょうね」西畑は頷く。

西畑が新しい煙草に火をつけた。しばらく、二人の間に沈黙があった。

「兄の捜索の方は、どうなっているんでしょうか?」杜萌は質問した。彼女にはそちらの方に関心があった。

「お兄さんの件は、愛知県警の分担です。残念ながら、今のところ、これといった進展はないと思います。新しい報告は聞いていません」

西畑は煙草を吸っている。杜萌は西畑の横顔を見ていた。

「以前から家出されていたんじゃないでしょうか」西畑は遠くを見たまま、突然呟いた。そして、煙を上に吐き出してから、ゆっくりとした動作で彼女の方を向く。「これも、言いたくはないんですが……、どうも、貴女のご家族は、素生さんのことを探してほしいとは思っていないようですね?」

「どうして、そんな……」杜萌はびっくりして尋ねる。

「いえ、なんとなく、そう感じるんですよ」西畑はまた微笑んだ。「自分の子供が行方不明になっているのに、これは、ちょっと変だなって……」

「私は探してほしい」杜萌は真剣な口調で強調した。「兄を見つけてほしい。お願いします」

西畑は黙って頷くと、まだ長い煙草を吸殻入れでもみ消し、立ち上がった。

「さてと……、どうもお邪魔しましたね」

杜萌も立ち上がる。二人はもと来た道をゆっくりと戻り始めた。

「駒ヶ根の山荘には、以前に大きな犬がいたそうですね」西畑が歩きながら言った。「どんな名前でした?」

杜萌は、その質問に一瞬立ち止まった。自分の顔がひきつっているのがわかった。

「どうか、しましたか?」西畑が優しくきく。

「いえ……」杜萌はすぐに視線を逸らし、歩き始める。「水谷さんの犬ですね? ええ……、あの、名前は覚えていません。ごめんなさい。あまり、良い思い出がないんです。私、犬が嫌いなので」

「何かあったんですか?」

「ええ」杜萌は話す決心をして頷く。「実は、あの犬に嚙まれたことがあるんです。いえ、嚙まれたというより、じゃれただけだったのかもしれませんけれど、私、手首にちょっとした怪我をして、泣いてしまいました。まだ、小学生のときでした。母が再婚して、簑沢の家に来て、すぐの頃です」

「ああ、それは嫌な思い出だ」西畑は納得した顔をする。「私も、子供の頃によく犬に追いかけられました。私らが子供の頃は、どの犬も放し飼いでしてね、うろうろしていたんですよ。まあ、田舎でしたから。ところで、その、水谷さんの犬はどうして死んだんですか?」

杜萌はまた立ち止まった。一瞬だけ背筋が寒くなる。

「覚えていますか？」西畑が杜萌の顔を覗き込むようにしてきいた。いた。

「父が殺したんです」彼女は答える。片手で額にかかる前髪を払ったが、汗で指先が濡れていた。

「簑沢先生が？」

「はい」杜萌は深呼吸をした。「そうです。私が怪我をしたのを見て、父が……怒ったんです。それで……」

「どうやって、殺したんですか？」西畑は刺し通すような鋭い眼差しを彼女に向けた。

「知りません」杜萌は首をふった。「私、怖くて見ていられなかったんです。姉と二人で部屋に入って泣いていました。たぶん、何かで殴ったんだと思います」

「犬の死体は？」

「いえ、それも知りません」杜萌はそう言うと、一人でさきに歩きだした。

呼吸しているのがやっとだった。

もう、話をしたくなかった。

誰とも、話したくない。

躰が急に冷えて、部屋の中に入りたくなった。汗をかいているのに、寒かった。

西畑は頭を下げて、別れの挨拶をした。

杜萌はそれをちらりと見た。

彼女は、そのまま自分の研究棟の入口の階段を駆け上がった。
ロビィに入ると眩暈《めまい》がした。
暗い階段を上がる。
自分が斜めになっているみたいで、壁に吸い寄せられるような感じがした。
（犬が嫌いだったんじゃない……）
本当は大好きだった。
ちょっと、ふざけて遊んでいるうちに、じゃれて彼女の手首を噛んだだけだ。
（それなのに、お父様は……）
だけど……。
（私が殺したのと、同じ）
気がつくと、階段の途中で座り込んでいた。
自分の両手が、自分の顔を覆っている。
誰が、自分を動かしているのだろう……。
自分は……。
殺したのと、同じ。
（杜萌、何が見えた？）
「簑沢さん？」階段の上から男が呼んだ。

杜萌は驚いて振り向く。

「はい？」

「どうしたの？　気分でも悪い？」

同じ講座の同級生だった。彼は階段を下りてくる。

「うん、ちょっと貧血かも」杜萌は首をふって立ち上がり、溜息をつく。「何？」

「さっき家から電話があったよ。すぐかけてくれってさ」

「うん、ありがとう」

2

赤松浩徳は、ビジネスホテルの一室で新聞を読んでいた。

電話が鳴る。

受話器を取って、耳に当てる。彼は黙っていた。

「赤松さん？」女の声である。

「ああ」相手の声が確認できたので、彼は答えた。

「会えない？」

「いつ？」

「今から」

「駄目だ。警察がうようよしてるんだ。辛抱しろ」

「今朝、簑沢幸吉が死んだわ」

「へえ、そうかい」赤松は答える。別にどうということもない話だ、と彼は思った。

「出てこられる？」女はきいた。

赤松は受話器を肩に挟んで、煙草にマッチで火をつける。そして、煙を勢い良く吐いた。

「そっちが出てこいよ」

「わかったわ。お金は大丈夫なの？」

「ああ、まだまだあるさ。けちけち使っているからな」

女は場所と時間を言って電話を切った。

赤松は立ち上がり、窓のカーテンを少しだけ開けて外を覗いた。裏通りの路地に人気《ひとけ》はなく、黒いビニル袋に二匹の猫が手を出していた。

昼間に起きている者がいれば、夜中に起きている者もいる。どんな世界にも表と裏がある。人間だって猫だって、同じことだ。

3

西之園萌絵は黒いワンピースを着て、愛車に乗っている。

スカートを穿くのは久しぶりだった。先月も葬儀に出席するために礼服を着たが、あのときはパンツスーツだった。そう、それが写真週刊誌に載ってしまったのである。もう、二度と同じ服は着たくなかった。

千種区の叔母の自宅は、大邸宅が建ち並ぶ古い住宅街の傾斜地にある。萌絵は、玄関の前に車を寄せて停めると、クラクションを一度鳴らした。叔母との約束にジャスト・オン・タイムであった。

それでも、叔母の睦子が玄関から現れるのに、五分以上待たなければならなかった。さきに家政婦をしている北林《きたばやし》という女が出てきた。

「申し訳ございません、もうしばらくお待ちになって下さい」

「ええ、わかりました」

萌絵はサイド・ウインドウを下げ、エンジンを切って、待つことにした。

叔母がようやく出てくる。珍しく和服ではなく黒いフォーマルドレスだった。

「まあまあ、なんて子でしょう、貴女って子は」睦子は助手席に乗り込むなり、高い声を張り上げる。「人様の家の前で、車のクラクションなんて鳴らしますか？　もう、ご近所迷惑なのが、わからないの？　どうして、そう物臭《ものぐさ》なんですか？　何メートルもあるわけじゃなし、玄関まで上がってきたらどうなんです？」

「叔母様、ちょっとスカートが短いんじゃございません？」萌絵は車を出しながら言う。

「まあ……、そんなことありませんよ」慌ててシートベルトをかけながら、睦子は言い返した。「私くらいの年齢でも、そりゃあ、貴女……、もうびっくりするくらい短いスカートを穿いている人だっているのよ。ほら、そこの角の杉坂《すぎさか》さんの奥様なんてね、もう、凄いんですから。水商売でも始められたのかしらって……」

「今日は、叔父様は？」

「ええ、そうなの。困った人でしょう？　どうしても行けなくなったって言いだすのよ。まあ、いつものことですけれど」睦子はやっとシートにちゃんともたれ、膝の上のハンドバッグに両手をのせた。「萌絵、この車、ちょっと低くありません？　なんだか外が見にくいわね」

水曜日だった。二日まえに亡くなった簑沢幸吉の葬儀は、西区にある寺院で一時から執り行われる。あと三十分だった。

今朝、急に叔母の睦子から電話があり、迎えにこいと言われたのだ。萌絵は、簑沢幸吉の葬儀に出るつもりなどなかった。簑沢杜萌と同級生とはいえ、彼女の義理の祖父には、もちろんまったく面識がない。地元の大物政治家だったらしいが、萌絵は知らなかった。睦子は、当然、萌絵が行くものだと思い込んで電話をかけてきた様子だった。こういう場合の叔母の強引さは、ロードローラで餃子の皮を作るようなもので、速攻かつ圧勝なのである。睦子が一度何かを決めたら、どんなことがあっても、誰にも変更することはできない。

「いけませんね……、これは」睦子は言う。

「何がですか?」

「この車よ。なんです? もっとちゃんとした車がいくらでもあるでしょう? 貴女のその靴も駄目。もっと良いヒールを、帰りに買ってあげますからね」

「ヒールは嫌いなんです」萌絵は前を見たまま言う。「それに、車は、私が好きで選んだのですから」

「まあ、一人で暮らしていると、どうしたって、そういう我《わ》が儘《まま》になるのね」睦子はぶつぶつと言った。「お兄様が生きていらっしゃったら、なんておっしゃったことかしら」

「叔母様……、スカートのことを言われたから根に持っていらっしゃるのね?」

「違いますよ。馬鹿馬鹿しい」

そう言って、睦子は黙った。

どうやら図星だったらしい。しばらく、叔母は大人しくなった。

萌絵は笑いを押し殺して運転をする。幸い、道路は空いていて、葬儀の時刻の数分まえに到着することができた。

　受付で記帳をして、叔母は本堂の中に招かれて入っていった。受付をしている人の中に、簑沢家の家政婦の姿があった。確か、佐伯という名の若い女性だ。

　萌絵は、屋外のテントが張られた付近で待つことにする。

　しばらくして、簑沢杜萌が走り寄ってきた。

「ありがとう、来てくれたんだ」杜萌が小声で言う。

「叔母様の運転手よ」萌絵は正直に答えた。

「叔母様？　萌絵の叔母様が、簑沢の祖父と関係があるの？」

「那古野中の老人と知り合いなの。何ていうの、いい顔っていうのかしら」

　杜萌は微笑んだ。「萌絵、中で何か飲む？」

「いいえ、ここで良いわ」萌絵は首をふった。線香が苦手なのだ。必ずくしゃみが出てしまう。「杜萌、いつ戻ったの？」

「昨日の夜だよ、飛行機で」辺りを見回しながら杜萌は言う。知った顔を探しているのだろう。

　萌絵もしばらく黙って周囲を眺めていた。

　杜萌は、何度か参列者に頭を下げる。

「ひょっとしたら、お兄様が来るかもしれないと思って」杜萌は囁いた。真剣な表情だった。

「そうね……」萌絵は頷く。確かに、素生は、死んだ簑沢幸吉の数少ない直系なのだ。

「受付にいる家政婦さんは、いつから来ているの？」萌絵はきいた。

「朝からよ」

「いえ、そうじゃなくて、お屋敷に来るようになってどれくらい？　確か、まえは、お婆さんだったでしょう？」

「ああ、ええ……」杜萌は頷く。「加藤さんなら、昨年の暮れに亡くなったの。佐伯さんは、そのあとだから、まだ半年くらい」

「彼女、いくつくらいかしら？　私たちより下？」萌絵は受付のテントを見ながら言う。佐伯千栄子はずいぶん若く見えた。

「私も最初そう思った」杜萌は微笑んだ。「姉貴に聞いたんだけど、全然……。もうすぐ三十ですって。見える？　東京の大学を出て、しばらくＯＬをしていたんだって」

「へえ……、見えない」萌絵は驚く。まだ、十代かと思えるくらいだった。高校を出て、すぐ家政婦になったのだとばかり思っていた。

佐伯千栄子は、今、背の高いメガネの男性と何かを話している。インテリっぽい感じの色白の男だった。

「あの人は？　佐伯さんと今話をしている人」萌絵は尋ねる。

「杉田さん」杜萌は目を細めて言った。「父の事務所の人」

「ああ、あの人が」萌絵は頷いた。確か、パーティのときにいたという人物の一人である。鵜飼刑事の手帳に書いてあったのだ。彼はなんでもその手帳に書く。

「ごめん、私、戻らなくちゃ」杜萌は片手を挙げた。

「ええ、ありがとう」

簑沢杜萌は階段を上がって、建物の中に消えた。

4

焼香も済み、出棺も終了して、参列者が順々に帰り始めた頃、ようやく叔母が戻ってきた。

「お待たせ」睦子は歩きながら言う。「貴女、ちゃんとお焼香させていただいたの？」

「はい」

駐車場に戻って車に乗る。萌絵はエンジンをかけた。

「ちょっと、ヒルトンホテルに寄っていって」睦子はシートベルトをしながら言う。

「今からですか？」

「寄っていくというのは、そういう意味ですよ。ちょっと、お茶を飲んでいきましょう」

「喫茶店なら、他にどこにでもあるわ。ヒルトンは、少し遠回りになります」

「良いの」睦子はハンドバッグからコンパクトを取り出して化粧を直している。

萌絵は注意して車をゆっくりと出した。

十五分ほどでホテルに到着する。地下駐車場に車を駐め、エレベータで上がった。時計を見ると、三時半である。

叔母が口をきかなくなったのが、実に怪しい、と萌絵は感じていた。悪い予感がした。たぶん、何かの説教だろう。このまえも電話でずいぶん叱られた。殺人事件に首を突っ込んでいることに対して、何か言われるに違いない。

萌絵の亡くなった父、西之園恭輔《きょうすけ》と、その弟である愛知県警本部長の西之園捷輔《しょうすけ》は、容姿も声も、それに性格もよく似ていた。だが、彼らの妹である睦子は、まったくといって良いほど、二人の兄とは対照的だった。西之園家には、女だけに現れる特異な血があるようだ、と常々萌絵は思った。自分もそうだからである。

怒れば怒るほど、気が長くなる短気、とでも表現すれば良いだろうか。したがって、こういう静かな叔母が、一番危険なのだ。萌絵の頭の中で、エマージェンシィの赤いランプが点滅していた。

最上階のラウンジに叔母は入っていく。萌絵は溜息をつき、覚悟を決めて後に続いた。

「佐々木です」入口で睦子は店員にそう言った。どうやら、予約がしてあったようだ。これは、ますます危険信号である。

ところが、展望の良い窓際のテーブルには、先客があった。

上等なスーツを着た若い男性が座っている。日焼けした顔にウェーブした髪。三十代前半だろうか。萌絵の知らない顔だった。

男はこちらを見て立ち上がる。

「こちら、稲葉路《いなばじ》幸郎《さちお》さんです」睦子は萌絵に彼を紹介した。「これが、私の姪の西之園萌絵です」

「はじめまして、稲葉路です」男は萌絵に片手を差し出す。萌絵は握手をして頭を下げた。

三人は同時に椅子に座る。

ボーイが注文を取りにやってきて、稲葉路と萌絵はコーヒーを頼んだが、睦子は水で良いと言って何も注文しなかった。もっとも、これはよくあることだ。

「今までお葬式でしたのよ」睦子は稲葉路に説明した。「別に、私たちコーディネートしてきたわけじゃありませんの」

「あ、いえ」緊張した口調で稲葉路は微笑む。「お忙しいところ、申し訳ありません」

「稲葉路さんはね、あの菊池《きくち》山《やま》建設の社長さんなのよ」睦子は萌絵にそう言った。

菊池山建設といえば、地元、那古野で一、二という住宅会社である。建築学科の萌絵はよく知っていた。

「あの、まだ社長ではありません」稲葉路が言った。「今は、社長室長です」

「お父様が会長さんなの」睦子が補足する。

「萌絵さんは、来年は大学院に進学されるそうですね。僕もN大の建築学専攻の出身なんです。どこの講座ですか？」

「犀川助教授です」萌絵は答える。「あの……」

「犀川先生、ああ、そうそう、助手でいらっしゃいましたね。ええ、ええ、覚えていますよ。ちょっと変な先生でしょう？」

「はい、そのとおりです」萌絵はすぐに答えた。「あの……、叔母様？」

「稲葉路さんは、乗馬をなさるのよね？」睦子はバッグから煙草を取り出して火をつけた。

「この子もしますよ。小さいときからよく一緒にしました。ねえ、この頃は、どうなの？」

「最近はあまり……」萌絵は答える。

「乗馬っていうのはね、あらゆるスポーツの中で唯一、女性と男性がハンディなしで互角に戦える競技ですわ。世界チャンピオンに女性がなることだって、よくありますからね」

「いやあ、僕も最近はあまり乗りません」稲葉路は頭を掻いた。「仕事が忙しいものですから、ええ、最近はゴルフくらいですか。でも、ゴルフは仕事ですね……」

「ゴルフというのは、あらゆるスポーツの中で唯一、審判のいない競技ですね」睦子は即答する。こういう会話には慣れているようだ。

「あの、叔母様?」萌絵は隣に座っている叔母の膝に触れる。

「何です?」

「何のお話なのですか?」萌絵はきいた。

「スポーツのお話よ。稲葉路さんのご趣味と」

「いいえ」萌絵は首をふった。「あの、ごめんなさい。稲葉路さんは、叔母様のお友達なのですか?」

「そうですよ。何、言ってるんでしょうね、この子は……」睦子は稲葉路の方を見て微笑む。

「ええ、僕がお願いして、萌絵さんを紹介していただいたんです。ご無理を言いまして」稲葉路が頭を下げる。

「私を?」萌絵は驚く。そして、睦子を見た。

叔母は視線を合わせない。

「あの、まさか……、叔母様」

「萌絵、コーヒーが冷めるわよ」

「これお見合い……ですか?」萌絵が囁く。

「まあ、なんて……」笑いながら睦子が言う。彼女はグラスの水を素早く飲んだ。「そうそうはっきりものを言うものじゃありませんよ。今日は、ちょっとお話をして、それだけです」

「はい、もちろん、僕も……」

萌絵は立ち上がった。

「私、帰ります」

「座りなさい、萌絵」睦子が低い声で言う。「稲葉路さんに失礼でしょう?」

「黙って連れてきた叔母様の方が失礼です!」立ったまま、萌絵は小声で叫んだ。

「いいから、座りなさい」そう言いながら、睦子は萌絵のスカートを引っ張る。

しかたなく、萌絵は椅子に座った。

「いや、申し訳ありません。僕のために……。このとおり、謝ります!」稲葉路が頭を下げる。「ちゃんと、直接、ご連絡をするべきでした。僕の責任です」

「直接聞いていたら、私、お断りしています」萌絵はきっぱりと言う。

「そうよ、貴女は来ないと思ったから、黙ってたのよ」睦子が横から言った。「ねえ、こんな子なんですのよ。もう、ごめんなさいね、稲葉路さん」

「いえいえ、今日は、ええ、このコーヒーを飲む間だけ、ご辛抱いただけませんか。お話ができただけで光栄なんです」

「あの……、すみませんでした」萌絵は彼に謝った。少し落ち着いたのだ。稲葉路という男に責任はない、と気がついた。「ごめんなさい。私、かっとしてしまって」

「いえいえ」稲葉路が首をふる。「これ、叔母の血なんですよ。ええ……、もう大丈夫です」

萌絵はやっとコーヒーカップを手に取った。

5

稲葉路幸郎と別れ、エレベータで地下駐車場まで一気に下りた。

車に乗り込むまで、萌絵も睦子も一言も口をきかなかった。エンジンをかけてから、萌絵は叔母の顔を睨んだ。

「どういうつもりですか?」萌絵はきいた。

「なんでしょう、そのものの言い方は」睦子は澄ました顔で顎を上げる。

「お葬式のあとに、非常識だわ!」萌絵の声は少し高くなった。

「何言ってるの? そんなことと関係ありませんよ。こちらの予定の方がさきだったんですからね。とんだときに亡くなった向こうが悪いんです」

死んだ簑沢幸吉が悪い、という理屈らしい。

「それじゃあ、私を呼んだのは、最初からこれが目的だったんですね?」

「そうよ」

「酷い……」

「私は何も非道なことはしていませんよ」

「私と犀川先生のこと……、叔母様が一番よくご存じのはずじゃありませんか？」

「ええ、よーく知ってますとも」

「じゃあ、どうして？」

「萌絵、貴女、何か勘違いしているわ。別に、稲葉路さんと貴女が結婚するわけではないでしょう？　そんなの私が許しません。そうじゃないの……。いろいろな男の方を見て、いろいろおつき合いをして、そうやって、成長するんです、女は……。いえ、女じゃなくてもそうね。とにかく、一流の方とお知り合いになるのは、貴女の将来のためですよ」

「駄目ですよ。向こうはそんなつもりじゃないんだから」

「それは向こうの勝手」睦子は微笑んだ。「そんなこと、いちいち心配していたら世の中渡っていけませんよ。それにね、貴女がお見合いしたってこと、犀川先生に知らせた方が良くてよ。男はそういうものですからね。貴女みたいに、押して押してばかりじゃ駄目なの」

「ばっかみたい！」萌絵は叫ぶ。「ああ、もう！」

「いいえ、そうなのよ。私に任せておきなさい」

「犀川先生は、そんな、叔母様の思っているような方じゃありません！　私がお見合いしたって、全然、関係ないわ。あっそう、っておっしゃるだけに決まってます。そんなことで腰を浮かせるようなこと、先生に限って絶対ないわ」

「じゃあ、試してごらんなさい」睦子はシャンソン歌手のように目を細める。「やってみる手はあるわよ。もともと、私の戦略はそこにあるんだから。頭使わなくちゃ駄目よ。わかるでしょう？」

「ああ、信じられない！」萌絵は首をふった。

溜息をついて、萌絵は車を出す。叔母の行動および言動に無性に腹が立って、一言も口をききたくなかった。

叔母の家の前まで来て、萌絵は車をわざと急停車させた。

「着きました」それだけ萌絵は言う。

「怒ってるわね、貴女」

「当たり前でしょう！」

「そうやって、怒っているうちが華ですよ」

「全然、意味がわかりません」

「そのうちわかります」

「ええ、叔母様くらいお年寄りになったら、あるいは」

「今日は見逃しますけれど、貴女、今のは言い過ぎですよ」

睦子はドアを開けて車から降りた。

「いいこと……。もっと世間を見なさい。もっと周りを見なくちゃ駄目よ。時間とか、社会とか、常識とか。ようするに、私が言いたいのはね、貴女がどれくらい視野が狭いかってことなの」

「それが、お見合いと、どう関係あるって言うんですか？」

「関係ないわ」睦子は微笑んだ。「でも、こういうことがあって、初めて考えられるものなの。何て言うの、ほら、関係ない物質があって初めて反応するの……」

「触媒」

「そうそう、それですよ。私のお節介はね、いうなれば、触媒なんです。わかる？」

「いいえ、全然」萌絵は首をふった。

「でも、貴女は考えるはずよ」睦子がスカートの裾《すそ》に手をやって言う。「萌絵、これ……、やっぱり短いかしら？」

萌絵は大きな溜息をついた。

「いいえ、叔母様……。とても素敵です」

「ありがとう。私、貴女が好きよ。気をつけて帰ってね」

萌絵はしかたなく頷いて、彼女と別れた。

坂道を思いっ切り加速して上る。心地良いエンジン音が彼女の後ろで響いた。

催眠術にかけようとでもいうつもりだったのか。まったく、話にならない、と萌絵は思った。

稲葉路という男もいい迷惑だっただろう。あれでは、まるで、疑似餌《ぎじえ》ではないか。あるいは、撒《ま》き餌《え》か……。誰が魚で、誰が釣ろうとしているのだろう？　叔母ほどの戦略家が考えるにしては、あまりにも幼稚な戦法である。

それならば、まだ、今年の春に萌絵がうった大芝居の方がレベルが高い。さすがの彼も引っかかったではないか。

自分がにやにやしていることに気づく。

似ているな……、と思った。

叔母と自分は確かに似ている。

今こうして頭に来ていること自体、自分が叔母に似ているからではないか。

しかし、叔母の戦略では、犀川には無意味だ。それは萌絵が一番よくわかっている。その手はもう古い。

最近、叔母は犀川助教授に会っているようだ。つい先日も電話でそんな話をしていた。ひょっとして、叔母は、今日の見合いのことを犀川にしゃべるつもりなのかもしれない。いや、それを話したいから、わざわざこんな既成事実を作ったとさえ思える。きっと、大げさに脚色して、もっと劇的なストーリィを作り上げるに決まっている。

（どうしよう……）

先手を打って、犀川に話すべきか……。いや、こんな馬鹿馬鹿しい話を先生にするわけにはいかない。こちらの品位が疑われる。

萌絵は自宅に到着するまで、ずっと犀川のことを考えていた。

(でも、貴女は考えるはずよ)

そう、叔母の言ったとおりになっていた。

触媒……か。

殺人事件さえ、萌絵にとっては単なる触媒かもしれない。何かの刺激が欲しい。そして、事件のことで犀川と議論ができる。確かに、以前から、自分のこの不純な動機が気になっていた。

不純……か。

「どちらかっていうと、ピュアなんだけどなあ」独り言を呟く。

人生って、どうしてこんなに屈折しているのだろう、と萌絵は思った。

とにかく、真っ直ぐじゃない。

ストレートに流れない。

何故なんだろう?

みんな、編み物の毛糸みたいに曲がりくねって、お互いに絡み合っている。行き着きたいところが、すぐそこにあるのに、わざわざ回り道をして、まるでその苦労を楽しんでいるかのようだ。

子供には「人生に夢を持て」と言って勉強をさせる。

女の子には「良い妻になるように」とお花やお茶を習わせ、男の子には「立派な社会人になるために躰を鍛えろ」と言う。

どうして回り道をさせるのだろう？

目的、オブジェクトではなく、プロセス、そしてプロシジャがつまりは人生なのか。

周りの人間を見ていると、みんなそうなのだ。

少なくとも、犀川以外はそうだ。

（先生だけが違う）

と萌絵は思った。

たぶん、それは自分の思い込みだろう。

でも、思い込みでも、良い。

多少機嫌が良くなる。

叔母の顔を思い出して笑えてくる。

確かに、触媒が効いたのかもしれなかった。

6

その夜の十時過ぎ。

簑沢の屋敷のキッチンで、杜萌は自分一人だけのためにコーヒーを淹れた。

隣のリビングでは、酔っ払った叔父、簑沢幹雄が大声で同じ話を繰り返している。傷の付いたレコード盤のように、杜萌には耳障りだった。

一時間ほどまえに、佐伯千栄子も帰ってしまい、叔父の相手をしているのは、姉の紗奈恵だけである。両親は、まだ戻ってこない。

叔父の話は、三つのテーマしかなかった。

一つ目は、父親の簑沢幸吉が厳しかったこと。絵ばかり描いている幹雄を幸吉は軽蔑していた。死ぬまで認めてもらえなかった、という話。二つ目は、芸術は所詮、寂しさ、悲しさ、憤《いきどお》り、そんなマイナスのエネルギィなのだ。たった今からでも絵が描きたい。だから、杜萌にモデルになってくれ、という話。三つ目は、簑沢の血はこれで絶える。自分は生涯結婚しないつもりだし、もう一人の素生も行方知れず。血なんてものは、過去に遡《さかのぼ》ることはあっても未来には無縁だ、という話だった。この三つのテーマが、さきほどから延々と繰り返されていた。使われる形容詞までほとんど変わらない。

もっとも、最後の一つを除けば、今日に限らず、いつだって酔ったときに叔父が必ず口にする話題であった。

「杜萌ちゃん」叔父が大声で呼んでいる。

杜萌は、カップにコーヒーを注ぎ、しかたなくリビングに戻った。彼女は既に着替えていて、今はジーンズを穿いていたが、ソファに座っている紗奈恵は葬儀のときのままの服装だった。

「姉さん、着替えてきたら」杜萌は姉に言う。

「ええ、そうね。そうするわ」紗奈恵は立ち上がる。「叔父様、すみません、ちょっと失礼します」

「ああ、かまわんよ」幹雄が答える。歌舞伎役者のように大げさな身振りだった。

姉は部屋から出ていった。

「僕はね……、大丈夫。一人でもさ、全然関係ないんだよ。ずっと、ずっと一人で生きてきたから。一人じゃなきゃ、絵なんてものは描けないんだよ。恋人とか、子供とか、そんなものは全然駄目だ。ただの邪魔だ。いやいや、僕を怒らせる存在なら許せるな。そう、それとも、うんと悲しませてくれなくちゃいかんのだなあ。ねえ、杜萌ちゃん？」

「もう、お酒はやめた方が良いわ。叔父様」杜萌はソファに座って、コーヒーを飲みながら言う。「コーヒーだったら淹れてあげてもいいけど……、お酒はもう駄目」

「それそれ！」叔父は叫ぶ。「杜萌ちゃん、それなんだ。それなんだなあ。いい顔してるねえ。そう、人を軽蔑してる視線だ。いいよなあ、僕はそれを描きたい。紗奈恵ちゃんにはないんだよね、その目がさ」

「コーヒー持ってきましょうか？」

「いや、いらん」叔父はグラスを傾けて、空にした。「もっと飲んで、もっともっと君に軽蔑してもらわなくちゃいかんから。なあ？　そうだろう？　これが絵描きというものなんだ。カッコつけてちゃできんのだよ。みんなに馬鹿だ馬鹿だと言ってもらって、なんぼのもの……。違うかい？　それが、親父にはわからんかった……」

「叔父様、今夜泊まっていかれるの？　それともタクシーを呼びますか？」杜萌は努めて普段の表情できいた。「そろそろ電車もなくなりますよ」

「大丈夫、僕のことなんて心配しなくてもいいの。このソファがあれば充分。なんにもいらん。なあ、スケッチだけでもいいんだよ。服を脱げなんて言わんからさ」

「駄目」杜萌は首をふる。「私、自分の絵なんて見たくないですから」

「じゃあ、見なきゃいいだろう？」

「存在するだけで気持ちが悪い」杜萌は言った。「小学校とか中学校の美術の時間に、友達どうしでクロッキーとかするでしょう？　あれ、大嫌いだったもの」

他人が自分をじっと観察している。それだけで、躰中を触られているような不快感がある。杜萌は確かにそう思っていた。

「いやいや、そういう意識を持っていることが、優れたモデルの条件なんだよ」叔父は少し真面目な顔で言った。「見られている。触られている。気持ち悪いな、嫌だなって思わない奴は、いいモデルにはならん。そんなのは、写真をぱっと一枚撮って終わりだよ。静物じゃないいんだからね。写真じゃないいんだ。描かれている、と躰中で感じてくれなくちゃ人間じゃない。僕が言うのは、まさに、そこなんだ。画家を軽蔑している目、睨んでいる目、それがいい」

「私、軽蔑なんてしていません」杜萌は少し微笑んだ。「それとも、そうやってどんどん妄想するのも画家の才能なんですか？」

「杜萌ちゃんは頭がいいよなあ」叔父はにやりと笑って、目を細めた。「あと十年したら、絶対描かせてもらうよ」

杜萌は肩を竦めた。十年もしたら、自分はどんな女になっているだろう、と少し想像する。

叔父は、素生の絵を描いたことがあるだろうか。叔父の作品はすべて人物画であり、モデルは男女も年齢も問わない、と姉から聞かされていた。しかし、素生をモデルにしたという話は聞いていない。少なくとも、杜萌はそんな絵は見ていない。そのことで質問してみようかと思ったが、杜萌は口にしなかった。

盲目のモデルでは、画家に見られていることがわからない。だから、叔父の画家としてのポリシィに反することになるのだろうか。素生だったら、きっと絵になるのに、と杜萌は思ったが、芸術家の美的センスというものは、おそらくもっと違った方向性を持っている、とも想像できた。

「いやあ、今日は疲れた」叔父は顎を上げて目を瞑った。「親父もついに死んだか……。ああ、しかたがないよなあ」

ソファにもたれかかってじっとしている叔父を、杜萌はしばらく見ていた。小さなときからずっと、嫌いな人、というイメージで叔父のことを捉えてきたが、少し違うかな、とこのとき初めて彼女は思った。それは、叔父が歳をとったせいだろうか。それとも、彼女自身が歳をとったからなのか。

人の印象は、アナログで少しずつ変化するものではない。一度、作り上げられたイメージは、一定の期間必ず持続される。沢山の細かい印象に影響されて、そのイメージが劇的に変貌するときが来るまで、強固に保持されるものだ。可愛さ余って憎さ百倍、などといったフレーズがあるように、正反対のイメージに急転することもしばしばだろう。

人の名前に刻まれたものは、簡単には消えない。

それはたぶん、それぞれの個人の中で、自分の価値観を守ろうとする保守的な力が働くためである。精神のバランスを保とうとする防御活動であり、変化を嫌う慣性運動なのだろう。自分を保持するために、他人の概念が鈍化する。余程のことがあって、実体とのギャップがある程度以上大きくなるまで、ぎりぎりになるまで、防衛し続ける。

おそらく、叔父は嫌な人間だ、と思い込んだ方が、これまでの杜萌には都合が良かったのである。だが、目の前にいる男は、ただの寂しがり屋の絵描きだ。自分の好きなことに人生を費やし、とうに消えてなくなった情熱を未だに信じている疲労した中年だった。魅力的とはいえないにしても、冷静になって考えれば、とりたてて悪い印象はない。そう理屈ではわかっていても、彼が好きになれないのは、杜萌の側の問題なのである。

若いときには、ずいぶん嫌いなものが多かった。

何かを嫌いだ、と主張することは簡単で、気持ちが良い。

本当に嫌いだったわけではない。

嫌いだと思い込むことで、自分を確保できる、そんな幻想があった。

何かを嫌いになることは、軟弱な自分には都合が良い。

若者は皆、好きなものを求めるのと同じだけのエネルギィを使って、嫌いなものを一所懸命探している。そうすることで、自分が明確になると信じている。

それだけのことだ。

彼女は、もう子供ではない。

自分が好きだろうが、嫌いだろうが、そんなことは、ものごとの本質とは何も関係がない。意味がないのである。

今の彼女には、既に、好きなものも、嫌いなものもない。

それが本当のところだろう、と杜萌は思った。

好きも、嫌いも、一瞬の幻に過ぎない。

どちらでも、良いのだ。

紗奈恵が戻ってきた。

いつの間にか、叔父はいびきをかいて眠っている。

「まあ、叔父様、寝ちゃったの?」紗奈恵は可笑しそうに微笑み、小声で囁いた。

杜萌は黙って頷く。彼女はまだコーヒーを少しずつ飲んでいた。「姉さんは行っちゃうし、きっと私の態度が冷たいから、話していても面白くなかったんでしょうね」

「疲れておみえなのよ」紗奈恵は言う。

「コーヒーがまだあるよ」杜萌は立ち上がった。「飲む?」

「私はいいわ。眠れなくなるから」

二人は眠っている叔父から離れ、ダイニングのテーブルへ移動した。

「明日、帰るの?」紗奈恵は椅子に腰掛けてきいた。

「ええ」杜萌は持ってきたカップをテーブルの上に置く。「何か冷たいものは? お茶? それともミルク?」

「本当にいいの」紗奈恵は微笑んだ。「杜萌、どうしたの？」

「いえ」杜萌は椅子には座らなかった。「だって、私だけコーヒーを飲んでいるから」

「何か話があるのね？」

「うん……、まあ」

「何の話？」

「私……、来年、マスタを修了したら、アメリカに行こうと思ってる」

「なんだ、そんなこと……」紗奈恵はほっとした、という顔をする。「何を言い出すのかと思って、どきどきしちゃった。留学かあ……、いいじゃない、行ってきたら」

「向こうで就職して、暮らすつもり」

「ふうん」紗奈恵は頷く。「いいなあ……。杜萌らしい」

「もう、帰ってこないよ」

「そんなこと、大丈夫。こちらから遊びにいくから」

杜萌は少し黙る。姉の顔をしばらく見ていた。

姉のことが大好きだ、と思う。

ずっと小さなときから、それは変わらない。これだけは、これからも同じだろう。

「ありがとう」杜萌は素直に微笑むことにした。「お母様は反対すると思うけれど、それはそれ……。私、もう決めたから」

「もちろん、覚えているわ。私は、中学一年だった」

「ねえ……」杜萌は少し歩きながら言った。「変なこと話すけど、小学生のとき、駒ヶ根の山荘で、お父様が犬を殺したの、姉さん、覚えてる？」

「ええ」紗奈恵は目を大きくして頷いた。「もちろん、覚えているわ。私は、中学一年だった」

「そう……、じゃあ、私、六年生だね」杜萌は人工的な笑顔をつくる。

「あれは……」紗奈恵がテーブルに頬杖をついた。

「あれ、怖かったね」杜萌がさきに言った。

「そう、怖かった」紗奈恵が繰り返す。「杜萌と一緒に、布団の中で、泣いていたよね」

「うん……」杜萌は足を止めた。「姉さん、あの犬の名前、覚えている？」

「ロッキィよ」紗奈恵はすぐ答えた。

「ああ、そう……」杜萌は小さく指を鳴らす。「そうそう、ロッキィ。ロッキィだ。そう、ロッキィよね。どうして私、忘れていたんだろう……」

「杜萌を噛んだのよ。お父様が怒っても、しかたがなかったわ」

「あれは違うの」杜萌は首をふった。「ロッキィは噛んだんじゃないの」

「でも……」紗奈恵は不思議そうな顔を向ける。

「噛んだんじゃないの」

「杜萌、貴女……」紗奈恵は椅子から立ち上がる。「犬が怖かったんでしょう?」

「違う」杜萌は大きく首をふった。「私、ロッキィが大好きだった」

「嘘……」

「噛んだんじゃない。遊んでいただけ」

「だって、杜萌が……、貴女が、自分でそう言ったのよ。ロッキィが突然噛みついたって」

「嘘をついたの。お父様に、叱られたくなかったから」

新しい父が怖かった。

自分の血を見たとき、叱られる、と彼女は思った。

杜萌は立ったまま泣いていた。

自分で気がついたときには、両目が見えなくなるほど涙が溢れていた。

紗奈恵は、杜萌に近づいて、彼女を抱く。

杜萌は、何も言えなくなった。

「どうしたの?」紗奈恵は杜萌の頭を撫で、耳もとで囁いた。「貴女、そんなこと……、今の今まで、隠していたわけ?」

杜萌は頷く。

息が詰まり、躰は震えている。

「ええ……、あれは、私も怖かったわ」紗奈恵は優しく言った。「貴女、子供のときでも、泣いたことなんて滅多になかったのに、どうしちゃったの?」
もう、ずっと泣いたことなどなかった。
悲しくて涙を流すことなんて、本当に久しぶりだった。
自分にもちゃんと涙があった。
まだ残っていたんだ、と杜萌は思った。
そう、三年ぶり……。
あの夏……。
こんなに涙が流れるのは、あの夏以来のこと。
あれで、泣くのは最後だと思っていたのに。
涙が止まらない。
(何が見えた? 杜萌……、言ってごらん)
どうして……。
(許して。許して……。お兄様……、許して)
どうして……。
(ロッキイ)
姉に抱かれながら、杜萌はずっと泣いていた。
(いいのよ、殺しても)

どうして、私は……。
泣いているのだろう。

第16章　偶成の無為

1

　九月二十二日、月曜の夜、犀川創平は、新横浜の地下鉄の改札を出て、真っ直ぐに延びた地下道を歩いていた。今日は出張で昼頃から東京だった。仕事は半蔵門《はんぞうもん》で午後の三時間だけ。夕方には銀座の喫茶店で人に会う約束があった。その後、一人で食事を済ませたあと、親戚の儀同《ぎどう》家を訪ね、久しぶりに泊まっていこうか、と考えた。

　儀同は、新横浜から歩いていけるマンションに住んでいる。この便利さを犀川は頻繁に活用していた。

　電話したのは、つい一時間ほどまえだった。

「もしもし、僕だけど、今から行って良いかな？」

「うわあ、創平君だぁ」儀同世津子《せつこ》は大声を出す。「あちゃ、どうしよう……」

世津子は誰かと話しているようだ。

「兄貴が来るって……」という声が聞こえた。

「旦那がいるのか？」

「え？　ううん、違う違う、お隣の人」

「駄目なら、良いよ」

「待って……、ええい、よおし！　良いわ。来て！」

「気合い入れるほどのことかな？」

「まあね……。来たらわかるわ」

そんなやり取りがあった。おそらく、部屋が散らかっているのだろう。世津子は子供のときからそうなのだ。一般に、子供のときの性格や習慣は、大人になっても直らない。人造人間のキカイダーだって、あのていたらくだ。まして、生身の人間、そうそう簡単に改善されるものではない、と犀川は思っている。

階段を上がって地上に出る。しばらくメインストリートの歩道を歩く。この近辺は建物が大きな割りに夜は人気《ひとけ》が少ない。犀川が一度も入ったことのない大きなイベントホールがすぐ近くにあった。コンサートをやっているときだけは若者でごった返すようだが、今日はひっそりとしている。そういったことに、犀川は興味がない。それよりも、道路の向い側に建つ超高層のホテルが面白い。最上階に設置されている揺れ防止のための最新システムの方が、犀川にはずっと気になる。

煙草を吸って歩いているうちに、儀同世津子のマンションに到着した。時計を見ると八時五十分。世津子の夫はまだ帰っていないかもしれない。

ドアが開いた。

「こんばんはぁ」世津子が目を細めて笑う。

犀川は彼女を見て、驚いた。

ワンピースの世津子は、片手を伸ばして、犀川の顔の前で手をふった。

「驚いてるの？　それとも、電池切れ？」

「子供か？」

「当たり前でしょうが」世津子は口を尖らせる。「子供じゃなかったら、これ、いったい何だって言うのよぉ……。食べ過ぎ？　太り過ぎ？　それとも、冷え性防止で入れてる電気あんか？」

「大きいな」犀川は世津子の腹を見て言った。「旦那が、大きいからなあ」

「そういう問題じゃないわ」

世津子の夫は大きい。天井が低く感じられるほどである。犀川の倍は食べるし、世津子の四倍は飲む。

とにかく部屋に上がった。主人はまだらしい。

世津子は、キッチンの中へのんびりとした動作で歩いていき、犀川のためにコーラを持って戻ってきた。

「よっこいしょっと」世津子はテーブルの向かい側の席に腰掛ける。

「いつ生まれるの?」犀川はコーラを受け取ってきいた。

「さあねぇ……。たぶん十月の終り頃かなぁ」両手で頬杖をして世津子は答えた。そういえば、少し顔がふっくらとしている。いつも機敏に動いている視線も、どことなく緩慢《かんまん》で、表情ものんびりしているように見えた。

「男? 女?」犀川はきく。

「そんなのは生まれてみなくちゃ、わかんないわよぉ」

「今は、わかると聞いたけど。弾性波の伝播速度差を処理して調べるんじゃないか?」

「ああ、それ、やってもらったけど、わかんないって」

「やぶ医者だな」

「そんなことどっちでもいいのぉ。あのね、それよりもね、双子なのよぉ」

「双子? 二人生まれるのか?」

「当たり前でしょう。困ったなりぃ」世津子は溜息をついた。

「しかし、苦しむのが一度で済む」

「そういう問題じゃないと思う……。まあ、しかたがないけどね。でも、お産も大変だけど、生まれてからが大変なんだって……。もう、がんがん頭痛いわぁ」

「頭痛薬は飲んでは駄目だ」

「飲んでないから大丈夫」世津子はくすっと笑う。

世津子は今年で二十八歳だった。犀川とは七つ違いだ。もちろん、初めての出産だから、少し心配である。しかし、心配してもしかたがないことは明らかだ。力を貸すことは不可能である。犀川は一瞬で諦めた。

「今日は、帰る」犀川は立ち上がった。「大事にしなさい」

「あ、何？」世津子は慌てて顔を上げた。「どうして？　やだ、泊まっていってよ」

「迷惑だろう？　いや……、部屋を片づけたりしたんだね。悪かった。もう寝ていなさい」

「私、片づけてないよぉ。隣の寝室を見たらわかるわ。お隣の瀬戸《せと》さんに手伝ってもらって、全部寝室に押し込んだのよ。一応、ここまではしたんだけどね。あ、瀬戸さんさ、創平君のサインが欲しいって」

「サイン？」

「写真を見て、一目惚れってやつね」

「じゃあ、お休み」犀川は鞄を持ち上げる。

「ねえねえ、退屈してるんだから、泊まっていってよ。あの人、今夜も遅いし……。お願い、事件の話、聞かせて。那古野であったマジシャンの事件と、それから……、ほらほら、長野の駒ヶ根であった殺人事件？　ねえ、いいでしょう？」

「それ、西之園君から聞いたの？」犀川は立ったまきいた。

「そうよ、メールでね。もう、最近の私って、パソコン通信だけが楽しみなんだから。キーボード叩いて、私をこんな躰にしたのは誰？　っとか叫びながら……」

「それは旦那だろう」

「あのね、別に問題を出しているわけじゃありませんの。はいはい、座って、座って」

「わかった」犀川は頷く。「あ、ちょっと、そのまえに……」

「お風呂？　シャワーでいい？」

「いや、灰皿を出してくれないかな。ベランダで一本吸ってくる。気持ちの整理がしたい」

世津子は声を立てて笑った。

「気持ちの整理ですってぇ？　創平君の子供じゃないんだから……、あはは。そりゃ、怖い怖い。いいよ。ここで吸ったら？」

世津子はキャビネットから灰皿を出した。犀川は、それを手に持ってベランダに出た。

（そうか、世津子に子供か……）

ベランダからは隣のファミリィ・レストランの駐車場が見えた。表のメインストリートをときおり通過する車が風を切る。駅の方角には巨大な建物がシルエットになって幾つも立ち並んでいる。ビルは高いところほど闇に同化し、赤いランプだけが瞬いていた。

煙草の煙は、生物の進化のようにゆっくりとしか動かない。

風がなかった。

子供を作るなんて、まるで正月の福袋を買うようなものだ、と犀川の一部は思った。

一つの細胞が二つに分裂し、それが四つになり、八つになる。

どれくらい細胞の数が増加したときに、生命は意志を持つのだろう。単細胞であれば、いつまでも生きられるのに、意志を持つために、自らの寿命を縮めるのである。いや、寿命があることが、意志を作るのかもしれない。

意志とは、消滅の自覚だ。

死の予見に起因する存在こそ、意志の起源。

太古の意志とは、子孫を絶やさないための機能であった。物理的に離れてしまった個の生命体が、連続していた頃の永遠の命を思い出そうとしている。それが、意志の起源に違いない。

たった今、犀川はそう思った。

珍しい分野の課題に思いを巡らしている自分に驚き、犀川は煙草を消した。長い時間、考えていたにしては、短絡的な思考であったし、意味があるとも思えなかった。

2

世津子は自分のためにビールを出してきて、グラスに注いだ。犀川はコーラである。

「ふうん、凄いよう……」世津子は感心した顔をする。目を一度ぐるりと回し、口を結んで首をふった。どうも仕草の一つ一つが別人のようにゆったりしている。「ほんじゃあさぁ、もうマジシャンの事件は、解決しそうなわけね？」

「いや、わからないよ」

「どうしてぇ？　今、創平君が言ったとおりなんじゃないの？」

「さあ……」

「変なのぉ。どこらへんが、さあ、なのよ」

「これからどうなるのかは、わからないってことだよ」

「でも、警察に言わなくていいの？」

「西之園君がもうすぐ気がつく。それで終わりだ」

「どうして、そんなことまでわかるのよぉ」

「わかる」

「どうして、ってきいてるんです」

「さあ……、どうしてだろう。なんとなく、かな」

「よくいうわぁ。それって、ひょっとして、お惚気《のろけ》になっているのかしら？」

「おのろけ？」犀川はきき返す。

「僕はもう彼女のことなら、なあんでもわかってしまうのだよ、はっはっ、て言いたいわけでしょう？」

「いや」

「ふん……、しょうがないわねぇ」

「しょうがないのは、君だろ」

もう一時間以上話をしている。時刻は十時近い。まだ、世津子の夫は帰ってこなかった。

「でもでも、その事件に比べると、そっちの……、駒ヶ根の事件の方は、やっぱ、地味だわぁ、なあんか、もやもやっとしてるし、じめじめっとしてるし」世津子は言う。「あんまり人をひきつけるものがないって感じだしぃ」

「本来、事件って、人をひきつける必要はないからね」

「西之園さんも、お友達のためだから、一肌脱いでいるってわけなんでしょう？」

「そうは見えない」犀川は答える。「彼女の場合、何かちゃんとした理由があって事件に関わっているんじゃないよ。ただ、なんとなく、考えもなしにやっているだけだ」

「そうかなぁ」世津子は床に座って、脚を伸ばしている。「だけど……、西之園さん、そのお友達のお兄さんが失踪しちゃった件については、なあんか、ずいぶん気にしていたよぉ。あれ……、確か、えっと、簑沢素生よね。そうそう。一時期、ちょっと有名だった人だわ」

「知らないな」

「創平君が知っているような人じゃないもの。まあ、アイドルっぽい感じで、テレビとかでちょくちょく見かけたわよ。でも、そうね、もう五年くらいまえになるのかなぁ。さすがに、みんな忘れちゃってるわよね。あのスターは今、とかやってもらわないとね」

「あの学説は今、なら見てもいいな」

「でさ、どうして、簑沢素生は出てこないわけ？　誰が、そんなテープを使って杜萌さんに電話をかけたの？　あ！　そうかぁ。それが……、駒ヶ根の殺人事件と関係があるのね？」

「ないね」犀川は答える。

「ほらほらぁ、やっぱり知ってるんだぁ」世津子は片目を瞑った。「誘導尋問に引っかかったよう。ふふ、相変わらず、同じパターンで引っかかるんだから」

　犀川は目を瞑って、上を見た。「もう一度、ベランダに行ってくる」

「エイトマンじゃないんだから、ちょっとは減らしたら？　煙草ばっかり吸って……、最近、多いんじゃないの？」

「世津子、エイトマンを知っているのか？」犀川は驚いて世津子の方を見る。

　両手を後ろにつき、世津子はのけ反っている。彼女はにやにやと笑った。

「早く吸ってらっしゃい」世津子は犀川を見上げて言う。「それから、シャワーも浴びてきてね。バスタオルは洗濯機の上に出てますから。そうねぇ……、持ち時間は二十分ってとこかな。その間に、私、ちょっとその駒ヶ根殺人事件について猛烈に考えちゃうからさ、創平君が出てきたら強烈にディスカッションしましょう。だけど、最後はちゃんと答を教えてくれなきゃ駄目よぉ」

3

ちょうど同じ頃、簑沢杜萠は、東京のマンションでテレビを見ていた。買ってきたケーキを一人で食べたあと、クッションの上に頭をのせて横になった。網戸の窓から涼しい風が入ったので、クーラも扇風機も必要がなかった。

テレビドラマは、おきまりの泣かせるシーンである。杜萠はこういった類のものに感情移入ができない。チャンネルを切り換えたかったが、リモコンが遠くて面倒だった。

昼間はずっと研究室でキーボードを叩いていたので、肩が痛かった。目が疲れているせいかもしれない。寝転がったまま両手を伸ばして背伸びをする。このまま眠ってしまいたい、と思う。

西畑刑事が東京まで出てきて、大学で杜萠と短い話をしていったのは、ちょうど一週間まえのことだ。

　あの日、西畑はなんとなくおかしかった。自分の死んだ娘の話をしたり、田舎のことについても確か何とか言っていた。あんな話を刑事がするものだろうか、と杜萌は思った。幾度か会っているが、西畑は本当に変わった男だ。妙に細かいことに執着しているようで、実は大筋が通っていることがある。確かに頭は切れる。おっとりとした口調は計算されたものだろう。口だけ笑っている表情。たぶん、あれが彼の仮面なのだ。

　電話が鳴った。

「もしもし、杜萌？」受話器を取ると、聞き慣れた声が聞こえる。

「あ、萌絵。こんばんは」

「今日は早いのね。もう食事済んだ？」

「うん、もう寝ようかと思っているくらい」杜萌は溜息まじりで答える。「ちょっと疲れちゃってさ、早めに帰ってきたの。あ、萌絵、えっと、木曜に来るんだよね？」

「そう、木曜日。朝から行くからね。東京駅に、十一時頃。迎えにきてもらえる？」

「もちろん」杜萌は答える。「ホームまで行くよ。何時到着？　何号車？」

　萌絵は、新幹線のぞみの正確な到着時刻と指定席の列車番号をすぐに答えた。彼女は、こういった数字を必ず暗記しているのである。同じことが杜萌にもできた。けれど、一度そのことで萌絵と話し合ったことがあったが、二人の記憶のし方は同じではなかった。

杜萌は、数字の並びを音で覚えるが、この天才的な友人は、それを映像で覚えているのだ。いや、数字に限らない。萌絵はあらゆることを、まるでカメラで撮影するように、映像で記憶している。これが、西之園萌絵の記憶方法、あるいは思考方法の特徴だった。

大化の改新や鉄砲伝来などの年号でさえ、彼女は映像で記憶しているという。数字が並んでいるところに、剣や鉄砲などのアイテムを配置して、頭の中でシーンを焼きつけるのだ、と萌絵は当たり前のように話した。だが、その写真はよくピントが甘くなる。映像の全域にわたっては焦点が合わない。したがって、細かい部分が不鮮明になることがあるという。萌絵が漢字を覚えられないのは、画数が多い文字がピンぼけで読めなくなってしまうことが理由らしい。

萌絵は、先週の葬式のことを話している。杜萌は返事だけして聞いていた。

「あのあとね、どこへ行ったと思う？」

「どこへ行ったの？」

「お見合い」萌絵はその言葉を強調して、少し間を取った。

「お見合いって、誰の？」

「叔母様に騙《だま》されて、連れていかれたのよ。もう最低……。頭に来ちゃったわ」

「へえ……、そりゃ、ちょっと凄い話ね」

「そうでしょう？　お葬式のあとに、服も着替えないでよ」

「相手はどんな人だった？」話が面白くなってきたので、杜萌は起き上がって、クッションを抱え込む。「いくつくらい？」

「住宅会社の社長さんで、歳は聞かなかったけど、三十過ぎだと思うわ」

「あんた、怒ったでしょう？」

「怒った」萌絵は答える。「テーブルひっくり返してやろうかと思ったわ」

「で、どうなったの？」

「別に……」

「別にって？」

「コーヒー飲んで帰ってきただけ」

「なあんだ」杜萌は少しがっかりする。「よく我慢できたわね。少しは成長したか」

「そうね、だんだん鈍くなっているんだわ」

「いいんだよ。その方が生きやすいから」

「どこへ？」

「違う違う。生活しやすいってこと」

「杜萌は？　お見合いとか、話が来るでしょう？」

「うちは姉貴がいるから、今のところ大丈夫なのかな、きっと」杜萌はそこで少し考えた。姉からお見合いの話を聞いたことは一度もない。「姉貴は、何度かしていると思うよ」

「近くに世話をやく人がいるかどうかなの」

「萌絵の叔母さんって、そういう人なんだ」

「そう……。もう、体重の三分の二は、世話やきでできている人だもの」

杜萌は笑う。「いるいる、そういう人……、確かに」

「今日は、犀川先生、確か東京のはず」萌絵は突然話を変えた。

「なかなか会わせてもらえないようね」杜萌は言った。前回は、すれ違いだったからだ。

「あ、言ってなかった？　木曜日に一緒なのよ。今度は大丈夫。同じ電車で行くんだから、ホームで紹介するわ」

「あ、それじゃあ、ちゃんとお化粧していこ」

「明日も、先生の新しい車が来る日だから、ドライブに行くつもり」

「ああ、もう切るわよ」

「え？　どうして？」

「萌絵……」杜萌は友人の惚気《のろけ》話を微笑ましいと思った。「本当に、貴女が羨ましい」

「ありがとう」萌絵はすぐに答える。その素早い素直さが、彼女らしい。「でもね、そんなに幸せばっかりでもないんだなあ。まあ……、その辺のお話は、木曜日にゆっくりとね。うん、今日は、これくらいにしておきましょう」

「はいはい、わかりました」杜萌は笑いながら答えた。「じゃあ、おやすみ」

「またね……」

杜萌は受話器を置いた。立ち上がって、リモコンを取りにいき、テレビを消す。

西之園萌絵は、どうやら電車の到着時刻を知らせるために電話をしてきたようだ。いつになく機嫌が良かったみたいだが、酔っ払っていたのかもしれない。そこまではわからなかった。

杜萌は、先週の月曜日、西畑刑事から、萌絵が簑沢の屋敷を訪れたことを聞いた。それに、写真に写っていた仮面のことも。ところが、水曜日、祖父の葬式で彼女に会ったときも、それに、たった今の電話でも、西之園萌絵はそのことを一言も話さなかった。

もちろん、杜萌も聞きたくはない。

あの写真が欲しいと言い出したのは萌絵の方である。ずっとまえのことだ。ひょっとして、あのときから、彼女は仮面のことに気がついていたのだろうか？　いや、偶然だろう。そんなことは考えられない。

自分の叔母のことをお節介だと言っていたが、西之園萌絵も充分にその素質がある。彼女は、簑沢家の事件のことを探っているらしい。以前に酔っぱらいながらかけてきた電話で、突拍子《とっぴょうし》もない仮説を話したこともあった。

彼女は、いったいどう考えているのだろう？

東京に出てきてわかったことだが、一人で暮らすようになると、夜は思いのほか長い。

様々なことを果てしもなく考えてしまうことがある。杜萌と同様に、西之園萌絵も一人きりだ。彼女の場合、高校生のときからずっと一人なのだ。相変わらず、大学の先生のことばかり話しているけれど、それはしかたがないこと、と杜萌は思う。たぶん、萌絵は、そのことばかり毎晩毎晩考えているのだろう。

自分だって。

自分だって、もう一人だ。

大人になるということは、その意味である。

先週、久しぶりに、泣いた。

姉に甘えて泣いたことを思い出す。

今思うと、赤面するほど恥ずかしい。

家族って、テレビのリモコンのように、だんだん非接触になっていく。

どこまで遠く離れれば、スイッチがつかなくなるのか……。

それを試そうとする子供のように、みんな、離れていく。

誰でも、そう。

離れていく。

（きっと、もう戻れない……）

第18章　偶像のせい

1

九月最後の木曜日の朝、西之園萌絵は、那古野駅のコンコースの一番奥にある新幹線の改札口の前で、犀川助教授を待っていた。九時に待ち合わせの約束であったが、彼女は十五分もまえに到着した。

サマーセータにジーンズというカジュアルな服装で、スニーカを履いてきた。周囲は待ち人を探している人々でいっぱいで、誰もがきょろきょろと辺りを見回している。

萌絵は体調が良かった。今日は朝から最高に気分が良い。

二日まえには、例の事件が劇的に……、そう、彼女にとって実に劇的に、幕を閉じた。そのこともあって、昨日はお昼過ぎまで眠っていた。まったく爽快であった。

しかも、今日は犀川と一緒に東京へ行く。体調が良くなる最大の理由はこれだ。

犀川はすぐに現れた。

「おはようございます、先生」萌絵がさきに見つけて駆け寄った。「カッコいいですね、スーツ」

それは社交辞令で、犀川の着ているスーツは安物だし、さらにネクタイなど、どう転んでもセンスのかけらもない代物だった。確かに、大学内ではスーツにネクタイ姿の犀川を見かけることは希《まれ》であったので、それなりに新鮮さがないわけではないが、萌絵の知っているかぎり、そのネクタイは、この何年かずっと同じものだった。

だがしかし、そんなことは、今の彼女にとって些細な問題だ。気分が良いときには、何もかもが許せる。それは、この数年間で彼女が自分に取り入れた法則の一つだった。

「おはよう」犀川は眠そうに言って、そのまま、改札口の方に歩きだした。萌絵は慌てて後を追う。

「先生、何かお土産を買っていきませんか？」

「は？　お土産？」犀川はぼんやりとした表情で振り向く。「誰に？」

「先生はどなたにお会いになるんです？　お土産はいらないのですか？」

「土産なんて、生まれてこのかた、一度だって買ったことはないよ」

「私、ちょっと買ってきます。さきに行ってらして下さい」

萌絵は改札を通り抜けると、犀川と別れ、売店のある待合室の中に入った。大勢の客がテレビを見ている。奥にある店に並んでいた土産物は、どれも魅力的で、目移りがした。駅弁も美味しそうで食べてみたくなる。だが、東京に到着するのはお昼まえだ。簑沢杜萌と会ってから一緒に昼食になる。だから、車中で食事を済ませるわけにはいかない。しかたがないので、土産物三つと、スナックを幾つか買い込んだ。

長いエスカレータに乗り、早足でホームの先まで歩く。晴天だが、暑くはない。少し冷たい風が清々しかった。指定の席は十六号車だったので、ホームの一番端である。距離がかなりあった。案の定、ホームの喫煙コーナで、犀川が煙草を吸っていた。

「お待たせしました」萌絵は弾んだ声で言った。掲示板の時計を見上げると、電車が来るまであと三分ほどだ。

「西之園君は、向こうで何人かに会うわけだね？」犀川は、萌絵の抱えている紙袋を見て言う。

「いえ。お友達一人です」

「一人？」犀川は少しだけ目を細める。「それじゃあ、お土産が多過ぎる」

「ああいうのって全部買いたくなりません？　なんか、もの凄く美味しそうなんだもの。一つに決めるなんて、できないわ。いろいろな種類を少しずつ選んで、ミックスできるようにしてくれたら良いのに……」

「そっちの袋は？」

「こちらはお菓子です」

「朝御飯を食べてこなかったの?」

「いいえ」萌絵は微笑みながら首をふった。「これは、今から、先生と一緒に食べる分です」

「僕は、ずっと寝るつもりだけど……」

「寝たら、つねりますから」

犀川は、まったく表情を変えないで、ぼうっとした目つきで萌絵を見る。どうやら、返答が出ないようだ。ソフト的なハングアップに近い状態なのか、あるいは、壊れたハードディスクのようでもある。まだ目が覚めていないという皮膚、それに起きたままのぼさぼさの髪。顔も洗っていないのに違いない、と萌絵は思った。犀川は、黙って萌絵から視線を逸らし、煙草を吸殻入れに捨てにいった。

(帰りの電車に期待しよう)萌絵は心の中で呟いた。

電車がホームに入ってきて、二人は小さなドアから乗り込んだ。萌絵が窓際のシートに座り、犀川は萌絵の右側に腰掛けた。彼は座るなり、シートをリクライニングさせて溜息をつく。

「ああ、ここまで来るのが辛かったよ」犀川は囁く。「駄目なんだ。八時よりまえに起きるなんて、僕には……、これ以上苦しいことはないといって良い。もう、仕事も人生も、何もかもすべて嫌になる。ベッドから起き上がるまでは、大学なんて、今日から辞めてしまおうって毎朝考える。朝は、辛いなあ。朝なんてなければ良いと思うよ」

「先生、ホットコーヒーを頼みましょう。それとも、ビュッフェまで行きますか？」

「西之園君」

「はい？」

「おやすみ」犀川は目を瞑った。ノートパソコンのスリープより素早かった。

「先生……」萌絵は思わず声を上げたが、反対側のシートの男がこちらを向いたので、それ以上、声をかけにくくなる。

　小さく舌を打って、萌絵は長い溜息をついた。

　しかたがないので、一人で何か食べることにする。前のシートの背にあるプラスチックのテーブルを下ろして、そこに買ったばかりのスナックを幾つか並べた。箱の一つを開けてもみた。だが、どうも食べる気がしない。

　左手で頬杖をして、窓の外を眺める。市街を抜け、運河に架かる鉄橋を渡り、やがて郊外の田園地帯に出る。遠くには、東山の山々。N大からも見慣れているペンシル・タワーが小さく見えた。

　振り返り、眠っている犀川の顔をじっと見る。

　どうせ、こうなることはわかっていた。

　自虐的になっている自分が多少面白かった。不思議なことに、腹は立たない。

誇り高き西之園萌絵を、誰がこんなふうに変えたのか？

自明の問い。

今の自分なら、マッチ棒で帆船が作れるかもしれない。

ハノイの塔にだって、うってつけだ。

銀河系が消滅したって、待つことができるだろう。

これって、何だろう？

成長というのかな、と彼女は思った。

2

ボウリングのピンを連想させる浜松駅近くの高層ビルが見えてきた頃、萌絵も眠ってしまった。

彼女は夢を見た。

夢の途中で、夢だとわかった。

大きな教会らしい建物。

その屋根の上で、何故か仮面舞踏会をしている。

どうして、こんな傾斜したところでダンスを踊らなくてはならないのか、誰も教えてくれない。

　足場も悪く、歩くのも大変だった。

　犀川も仮面をつけていたが、すぐ彼だとわかった。いつもと同じネクタイだったからだ。彼女は、自分が誰の扮装をしているのかわからなかった。だが、自分も仮面をつけているのは明らかだ。とても視野が狭かったからである。

「犀川先生」萌絵は、犀川に近づいて声をかける。犀川がつけているのは能面のような真っ白の仮面で、その無表情さは、普段の犀川といい勝負だった。

「やあ、園之西《そののにし》君か」犀川は言った。

「園之西？」萌絵はきき返したが、すぐに納得がいく。

(そうか、ここでは名前を逆さまにしなくてはいけないんだわ。忘れていた……)

「川犀先生、それ、誰ですか？」萌絵は犀川が誰の扮装をしているのかを尋ねた。

「これは、園之西博士だよ」

「ああ、お父様か……、なるほど」萌絵は頷いた。そう言えば、そんな感じである。

(だけど……、お父様が歴史上の人物っていうのは、少し変じゃないかしら)

　でも、それが犀川の歴史なら、しかたがない、と妙に納得してしまう。

「園之西君は？　君は、それ、誰に化けているつもり？」

「えっと……」萌絵は躊躇する。

近くに鏡はなかったし、自分がどんな姿をしているのか、萌絵にはわからない。これは夢なのだ。たった今、この世界に飛び込んだばかりの彼女である。つまり、自分には過去がない。履歴がない。覚えもない。しかも、仮面の目に開いた穴は小さく、自分の姿が角度的にほとんど見えなかった。

「誰に見えますか？」しかたがないので、彼女はきいてみた。

「うーん、そうだね」犀川は萌絵の全身をじろじろと見ながら言う。「徳聖太子かな、それとも、カーストレィ司令官？」

「カーストレィ司令官？」

「冗談だよ」

犀川はそう言うと、ぴょんと飛び上がった。萌絵たちより上の方でダンスを踊っていた男が一人、酔っ払って倒れ、屋根の傾斜で転がってきたのである。犀川は上手にそれを避けた。その男は、そのままごろごろと転がっていき、屋根の一番端で雨樋《あまどい》に引っかかった。

そんな脱落者が、既に何人も雨樋に引っかかっていた。

「君の仮面には穴が開いてないよ」犀川は顔を近づけて囁く。

(あ、そうか……、それで、よく見えなかったんだわ！)

目が覚めた。

車窓の風景が目に入る。

　夢が実に鮮明だったので驚いた。非常に現実的な夢だった。しかし、よく考えてみると、しだいに納得がいかなくなる。不思議な点が沢山浮かび上がった。夢の中では何故、ああも簡単に納得してしまうのだろう。なるほど、と思いたがっている……、そんな人間の原始的な欲求の現れなのだろうか。

　隣を見ると、相変わらず犀川は眠っている。

　萌絵は静かに深呼吸をして、気を落ち着けた。

（びっくりした……、変な夢……）

　傾いた屋根、仮面舞踏会、雨樋に引っかかった脱落者。いったい何の暗示だろう。自分が考えたことなのに、とても不思議である。どうして、人の名前を逆さまにしなくちゃいけないのだろうか？

　飲みものを売りにワゴンが近づいてきたので、萌絵は片手を挙げて、売り子を呼ぶ。ホットコーヒーを二つ注文した。彼女がバッグから財布を出してお金を払っているとき、隣の犀川がようやく目を覚ました。グッドタイミングである。

「先生、コーヒーですよ」萌絵は犀川の前のテーブルを出して、発泡スチロールのカップを丸い窪みにのせる。「もう、いいかげんに起きて下さい」

　犀川は欠伸をしながら時計を見た。「ああ……、もうすぐ新横浜だね」

「お菓子、召し上がります？」

「あ、うん……」犀川はシートの背もたれを少し戻して、座り直した。「ああ、そうか、君と一緒に東京へ行くところだね」

「先生、車の調子はどうですか？」萌絵は尋ねる。犀川は一昨日、新しい車を買ったばかりだった。驚くべきことに、ボディカラーは黄色である。

「走る」煙草に火をつけてから、犀川は答えた。

「そりゃあ、走りますよ。新車なんですから」

「そうか」犀川は煙を吐く。

「あの、一つききたいことがあるんですけれど、もう、大丈夫ですか？」

「試してごらん」

「私の叔母から、簑沢家の事件のことを、先生、お聞きになっていたんですよね？」

「えっと……、そうだったね」シートの小さな灰皿の蓋を開けながら、犀川は返事をした。

「どうして、私に黙っていたのですか？」

「うーん。別に黙っていたというつもりはないんだけどね。西之園君が、きかなかったから……」

「だって、私が事件の説明をしているとき、先生、それなら知っているって、一言もおっしゃいませんでしたよ」

「同じ事象でも、人によって違うことを話すものだ。だから、ひととおりは聞いた方が良い。そう思っただけだよ。それに……」

　しばらく待ったが、犀川の言葉が続かない。

「それに、何です？」

「君は話したいのだろう、と思ったから」

「お優しいですね」萌絵は頰を少し膨《ふく》らませる。

「そうだよ」

「叔母様の話と、私の話と違う点がありましたか？」

「君の話の方は、主に……、そう、簑沢杜萌さんの目を通して観察されたものが基になっている。一方、佐々木夫人の話は、簑沢泰史氏か、あるいは彼が警察から聞いた話のまた聞きだった」

「どこがどう違いました？」

「いや、現象的には大きな違いはない。しかし、ニュアンスは全然異なっている」

「ニュアンス？」

「最大の差異は、この事件を、誘拐犯の殺人事件として見ているか、簑沢素生という青年の失踪事件として捉えているか、の違いかな」

「杜萌の方、つまり私は、後者ですか？」

　確かに、簑沢杜萌は執拗《しつよう》に兄のことを気にしていた、と萌絵は思う。

「そうだよ」犀川は煙草を美味しそうに吸っている。列車に乗るまえとは表情が別人のようだった。今は完全に目を覚ました犀川である。

「二つの事件は別件なんでしょうか？　駒ヶ根の殺人事件と素生さんの失踪事件とは、関係がないのかしら？」

「ある意味では、そうかな……」

「ある意味って、どんな意味です？」

「便利な言葉だろう？」犀川は微笑んだ。「意味がないときに、使うんだよ。ある意味では、ってね」

「はぐらかさないで下さい、先生」

「世津子が子供を産むんだ」犀川はすぐに言った。「西之園君、知っていた？」

「え？　本当ですか？」萌絵は、犀川が話を変えたことには気づいたが、抵抗しがたい話題であった。

「もうすぐ新横浜だから、思い出した」犀川はカップの蓋を開けてコーヒーを飲む。「双子だってさ」

「双子ですか？」萌絵はまた驚く。「儀同さん、全然、そんなことメールに書いてくれなかったわ。予定日は、いつです？」

「十月後半とか言っていた」

「いやだあ……、じゃあ、ずっと隠していたのですね」

「そう、隠していたんだ」犀川はコーヒーを飲みながら横目で萌絵を見る。「ほらね。人にきかれるまで、言えないことって、あるだろう？」

萌絵もコーヒーを飲もうとしたが、まだ熱かった。

「いつかきかれる、いつかきかれる、と思っているうちに、自分でも問わなくなる。周りも尋ねない。たぶん、人間がどこから来たのか、そして、どこへ行くのか、その質問と同じだ」

「あの、何のお話ですか？」萌絵は眉を寄せて囁いた。犀川の機嫌が良いことはわかったが、こういうときの彼の話には、一トンの水に溶けた一ミリグラムの物質を検出するほどの繊細さが要求される。

「簑沢家の事件の話ですよね？」

「違う。その事件から僕が学んだ一般論だよ」

「学んだ？」萌絵は少し可笑しくなって吹き出した。「学んだって、先生、何を？　どうして学べるんです？　だって、まだ何も……」

萌絵は犀川の顔を見て、はっとする。

「まさか……。先生……。わかっているのですか？」

犀川は煙草を消して、またコーヒーを飲む。それから、彼の視線は萌絵を通り越し、窓の外へ向けられた。

「犀川先生？　もう、問題は解けているのですね？」

「いや、何も」犀川は無表情で首をふった。

「嘘！」萌絵は犀川を睨みつける。

「ものごとを客観的に見たというだけのことだよ。それが正しいなんて、とてもじゃないけど言えないね。僕は、それを確かめたくもない。だけどね、客観したときに、初めて見える道筋というものは確かにある。誰もそれに気がついていないかもしれないが、まあ、そんな不安定な状況は長くは続かないだろう。つまり、いつか、誰かが必ず気がつくということ。今、誰も気がつかないのは、全員があまりにも当事者だからだ。この教訓については、あの天王寺《てんのうじ》博士の事件で、君も学んだはずだね。西之園君、君は、もっと複雑で度胆《どぎも》を抜くようなトリックのミステリィを沢山読んでいるんだろう？　君はそれらを全部見抜いてしまう。マジックを見てもすべて種がわかってしまう。それって、どうしてなのかな？　君が本の外や舞台の外に、いるからじゃないの？」

「客観的な立場にいる、ということですね？」

「そう……、その立場に身を置くこと自体、なかなか難しいことだと思うよ。中にいるのに、外から見ることが可能なのは、高度な思考力によるものだ。それに、非接触による観察は極めて難しい。何故って、どうしても、覗き見ているうちに、影響を受けてしまうんだ」

「でも、先生。私、こちらの事件には、全然のめり込んでなんていません。だって、有里匠幻さんの事件だけで精いっぱいだったんですもの……。ですから、今回ほど遠くから客観的に事件を見た、というのは初めての経験だと思います」

「遠くからね……。まあ、良いだろう」犀川は肩を竦めた。「僕には関係のないことだ」

「困ります」萌絵の声は少し大きくなり、周囲の客がこちらを向いた。彼女はもう一度小声で囁くように言い直した。「良くありません、先生」

「ほら、そういうのが客観的でない証拠だよ」犀川はコーヒーを飲み干した。「こんな事件、どうでもいいや、って考えてごらん」

「そんなの無理です」

萌絵は、少し冷めたコーヒーを飲むことにした。犀川の言っていることは全然理解できなかった。

(そもそも、先生は何がわかったのだろう？)

仮面が二つあった理由だろうか。それとも、素生失踪の謎だろうか。まさか、犯人が誰なのか、までわかるはずはない。萌絵や犀川が知らない人物が殺人犯である可能性が最も高いからだ。

それとも、ひょっとして、簑沢家の周辺の誰かが加害者なのか。そんなことがありうるだろうか。確かに、その可能性は萌絵も考えなかったわけではない。簑沢杜萌にその突飛な推理を電話で話したこともある。しかし、あれは、あくまでも仮説。そういうふうにも考えることができる、という程度の意味しかない。実現象を説明できているとは、とうてい思えない。仮説はいくらでも立てられるが、そうすることで、現実とのギャップは増大するばかり、逆に矛盾点を顕著に際立たせることにしかならないのだ。

「名前が逆だっていうのには、気がついていた?」突然、犀川はそう言った。

「は?」萌絵はきき返す。

聞こえなかったわけではない。犀川が口にした言葉は、はっきりと聞き取れた。

萌絵は戦慄し、鳥肌がたった。

ついさっき見ていた夢……。

自分の夢を犀川に見られた、と一瞬錯覚して、顔が熱くなった。だが、理性が直ちにそれを否定する。冷静な思考は瞬発的に立ち上がり、フル回転を始める。しばらく、彼女は呼吸を止めていた。

「あの……」溜息をついてから、彼女は口にする。「先生、それは……」

「どうでも良いことだった」犀川は少しだけ微笑んだ。「そんなことよりも、今、君が考えなくてはならないのは、仮面だね」

「あ……、はい……」萌絵の頭脳はまだ計算中で、表層部は上の空だった。

「それは、もう言ったっけ?」

「仮面に穴が開いていることを、確か、おっしゃいました」

「穴とは何かな?」

「穴は……、穴です」萌絵は犀川の顔を見る。冗談を言おうとしているのではなさそうだ。

「局所的に、物質、物体……、あるいは概念がない……状況を示す言葉です」

「物質がない? それは、連続していないという意味かな? しかし、原子レベルで見れば、物質そのものが連続ではない。つまり、すべてが隙間だらけだ」

「ある特定の範囲内に、その物質が存在しなくて、その外側の周辺には存在する……、これが穴の条件です。つまりは、密度差ですね」

「仮面に穴が開いている理由は?」

「見るためです。仮面を顔につけた人が、目でものを見るためです。えっと、つまり、光が通過するのに必要なだけ、遮蔽物が存在しない領域を確保するためですね」

「何故、君の友人を襲った男は仮面をかぶっていたのかな?」

「顔を見られたくなかったからだと思います」

「誰に?」

「杜萌……、私の友人にです」

「他には?」

「他には誰もいませんでした。屋敷には杜萌と、その仮面の男しかいなかったんです」

「それでは、もう一度きくよ。何故、仮面をかぶる必要があったのかな?」

「それは……」萌絵は一瞬躊躇《ためら》った。「杜萌に、顔を見られたくなかったから……」

「そう。しかし、もっと効率の良い方法がない?」

「杜萌に目隠しをすることですか?」

「そうだ」

「でも、杜萌には、車を運転させる必要がありました。駒ヶ根の山荘まで、彼女に運転させて……」

「目隠しをして、縛って、乗せていっても良かった」

「それはそうですけれど……」萌絵は頷く。「でも、杜萌が嘘をついているはずはありません」

「そういう問題じゃない」犀川はまた煙草を出して火をつけた。「君は、彼女からもらった写真で、仮面が二つなくなっていることに気がついた、と言ったね。その、写真を西畑っていう刑事には見せた?」

「ええ、もちろん。わざわざ、私の家まで取りにこられましたよ」

「何て言ってた?」

「西畑さんが、ですか?」萌絵は車内の天井を上目遣いで見た。「えっと……、別に……何も……」

「彼女のことで何か言ってなかった？」

「ああ、杜萌の洋服ですか？　ええ、だって、その写真の彼女は、ちょっと変なんですよ。高校生だった頃のスカートで、今の杜萌には似合わないんです」

「西畑刑事がそう言ったの？」

「いいえ、違います。西畑さんはそんなこと言いません。ただ、これはいつの写真かって？」

「でも、あの朝しかないんだね？」

「ええ、もちろんそうです。ただ……、杜萌が駒ヶ根の山荘に連れてこられたときの服装とは違っていたから……。西畑さん、そのことに気づいて、そう言ったんだと思います」

「じゃあ、その写真を撮ってから、彼女は服を着替えたんだね？」

「そうなりますね。その写真を一枚撮って、すぐ着替えたのでしょう」

「わざわざ一階まで下りてきたのに、だね？」

「え、ええ……」

「なるほど」犀川は頷く。「女性の心理は、僕には理解できないよ」

「何のお話ですか？　先生、ちゃんと説明していただけませんか？」

犀川は煙草の煙を吐き出して、上を向く。何か考えている様子だった。

萌絵はしばらく我慢して黙っていたが、一向に犀川は口をきこうとしない。列車は新横浜駅を通過して、トンネルに入る。

「説明しても、しかたがない」犀川はしばらくして呟いた。

「どうしてです？」

「誰も見ていない。審判はいない」

「意味がわかりません」萌絵は抗議した。

「わかった、そんなに言うのなら、説明しよう」犀川は口もとを斜めにした。「だけど、これは真実でも何でもない。つい先日も、世津子に話したんだけど、あいつだって笑っていたよ」

「え？　儀同さんに、ですか？」萌絵は少し驚く。自分よりもさきに儀同世津子に犀川が話したことが気に入らなかった。「どうして、私には話していただけなかったんですか？　一昨日の夜だって、充分に時間があったはずです」

「西之園君は、笑わないからね」

「あの……、ひょっとして、ジョーク？」

「まあ、そんなところかな」犀川はまだ煙草を吸っている。

品川の緩やかなカーブを過ぎ、列車は林立するビルディングの谷間をゆっくりと進んでいる。

「とにかくね、真実ではない。ただの仮説。そう、君が大好きな仮説だ。したがって、何も生まれない。何も解決しないんだ。僕は、僕なりに消化してはいるよ。でも、それは僕だけのことだから、他の人にとっては、ただの迷惑ってやつだね」

「私はかまいません」萌絵は犀川を見つめる。

「うん、じゃあ、帰りに話そうか」犀川は煙草を灰皿で消した。

「わかりました」萌絵は真面目な表情で頷いた。「それじゃあ、私も今日一日、全力を尽くします」

「何に？」

「考えてみます。それでも、わからなかったら、先生に教えてもらいます」

萌絵のその言葉に、犀川は軽く鼻息をもらした。

テーブルの上のスナックを紙袋に戻し、萌絵は身支度を整える。コーヒーをようやく全部飲むことができた頃には、列車は東京駅のプラットホームに滑らかに進入していた。

3

簑沢杜萌は、約束どおり、ホームの一番端で待っていた。

降りてくる人々の顔を彼女は順番に見る。やがて、西之園萌絵が出てきたので、駆け寄った。

「お疲れ」杜萌は片手を広げて言う。

西之園萌絵は、杜萌の顔を見てにっこりと微笑んだ。そして、後ろに立っている男の方をちらりと振り返る。

どこにでもいる特徴のない男であるが、髪の毛が立っていた。なるほど、この男か、と杜萌は思った。

「杜萌……。こちらが犀川先生」萌絵は彼を紹介した。

「こんにちは、簑沢といいます」杜萌は頭を下げる。

「おや……」犀川は驚いた顔をして、すぐに萌絵を見た。「友達って、簑沢さんのことだったのか」

犀川はもう一度、杜萌の方を見て、「犀川です。よろしく」と軽く頭を下げた。

「こちらこそ、よろしくお願いします」杜萌は再び頭を下げる。「西之園さんから、もう、先生のお噂は兼ね兼ね伺っています」

「どうせ、そうでしょう」犀川は無表情だ。

「犀川先生は、お食事は大丈夫?」萌絵は尋ねる。「一緒にお食事をする時間がありますか?」

「ある」犀川は時計を見る。「四十分くらいなら」

三人は、八重洲《やえす》の地下街に下り、レストランに入った。

シートに腰掛けて、お互いの顔を見合ったが、誰も口をきかない。

「杜萌、どうして黙っているの？」萌絵が笑いながらきく。

「緊張しているの」杜萌は素直に言った。

「先生、何か杜萌にお話しして下さい」萌絵は横の犀川に躰を寄せて言う。

「君はどんな形が好き？」犀川は杜萌に向かってきいた。

「形？　ですか？」杜萌はびっくりする。

「そう、三角形とか、五角形とか、立体でも良いよ」

杜萌は、笑いが込み上げてきて、ものが言えなくなる。

「ね？」萌絵もくすくすと笑う。

「あの……、犀川先生は、どんな形がお好きなんですか？」杜萌はようやく落ち着いて反撃してみた。

「三対四対五くらいの直方体だよ、一番好きなのは」犀川は真面目な表情で答える。「平面では、正七角形かな……。あるいは、一対一・三くらいの楕円も捨て難いけど」

杜萌はまた笑った。

「じゃあ、色はどうですか？　どんな色がお好きです？」杜萌はきいてみる。

「色は好きじゃない」犀川は口もとを斜めにして答えた。そして、隣の萌絵をちらりと見る。萌絵は小さく肩を竦めて、杜萌にウインクした。

「色彩は絶対的な概念ではないからね。物体が持つ性質でもないし、観察者の極めて主観的な評価に過ぎない。つまり、普遍的でもない。だから、その一瞬でしか評価できないわけだし、好きとか、嫌いとか、言ったとたんに、無意味になるよ」犀川は補足した。

「犀川先生は、萌絵のどこが気に入ったのですか?」思い切って杜萌は質問した。自分らしい大胆な質問だと思った。

「その質問をする君が、興味深い」犀川は煙草に火をつける。「質問は、質問する人を表現するんだ。それに対する返答なんかとは無関係にね」

「ね、はぐらかしのエキスパートでしょう?」萌絵が囁く。「それとも、理屈のミキサかしら」

ウエイタが注文をききにくる。三人とも同じランチメニューを頼んだ。店内は込み合っている。

「簑沢さんは大学院生?」犀川はきいた。

「はい。情報工学専攻です」

「何を研究しているの?」煙を吐きながら犀川が言う。

「暗号システムです」

「ああ、じゃあ数学だ」犀川は頷いた。「コンピュータは得意なの?」

「いいえ、全然」杜萌は首をふった。「先生はコンピュータがお好きだそうですね」

「そんなことはないよ。まあ、不特定多数の人間と一緒にいるよりは、コンピュータの相手をしている方が、いくらか落ち着くけれどね」犀川は少し横を向いた。

「杜萌。那古野のあの事件……、解決したのよ」萌絵はそのことが話したかったようだ。身を乗り出して嬉しそうに声を弾ませる。「ほら、テレビで大騒ぎだったマジシャンの事件。一昨日、ついに解決したの。新聞読んだ？」

「ああ、うん」杜萌は頷く。確か、昨日の朝刊に報じられていたはずだ。だが、あまり興味がなかったので、しっかりとは読んでいない。

「あのね……、あれ、私が解決したのよ」萌絵は口を結び、片方だけ笑窪をつくった。「今日は、貴女、覚悟しておいてね。その話を詳しく詳しく聞かせてあげるから」

「萌絵が？」杜萌には萌絵の冗談がわからなかった。「どうして？　貴女が解決したって、どういう意味なの？」

「あ・と・で」萌絵は顎を少し上げる。

「いいわ……。覚悟しましょう」杜萌は微笑んで答えた。

「それよりも、そちらの事件は？」萌絵は眉を少し上げて表情を切り換えた。「何か進展はないの？」

杜萌は犀川を見る。彼はレストランの奥の方をぼんやりと眺めていた。杜萌は萌絵に目で尋ねる。

「ああ、犀川先生なら大丈夫」萌絵は微笑んだ。「事件のことは全部ご存じなの。私と犀川先生はね、何ていったら良いかしら、愛知県警の顧問みたいなことをしているのよ」

「顧問？」杜萌はきき返す。

「顧問？」犀川もこちらを向いて言った。

「ええ、とにかく、大丈夫なの」萌絵は首を傾げて、一度大きな瞬きをする。

「よくわからないけど、ええ、別に私も、かまわないよ」杜萌は言う。「事件なら全然。あれから、何も連絡はないし、刑事さんも来なくなったわね。実家にはきいてないから、向こうはどんな具合なのか知らないけれど……。先週のお祖父様のお葬式以来、音沙汰なし。もう、ひょっとして、このまま何もなかったことになってしまうんじゃないかしら。私、そんな気がするんだけど」

「迷宮入りかぁ……」萌絵は囁いた。「いいえ、心配しないで、これから、西之園萌絵が考えますから。やっと、私、暇になったの」

「これから卒論だけどね」犀川が口を挟む。

「これは、考えたって解ける問題じゃないと思う」杜萌はすぐに言った。「条件が全然不足しているんだもの。萌絵の好きなパズルのように簡単にはいかないよ、きっと」

「もちろん、その条件も、これから調べ上げるわけよ」

「何を？　どこから調べるつもり？」杜萌はきく。「もう、二ヵ月近くも警察が調べているんだよ。あの長野の刑事さん、萌絵も知っているでしょう？　あの人、先週も、こちらに来たんだけど、なんだか落ち込んでいるみたいだった」

「西畑さんね」萌絵は頷いた。「そう……、きっと行き詰まっているのね」

「ええ、ええ、もうずばり、お手上げって感じだった。だけど、私も、本当のこというと、もう充分。もう忘れたい」杜萌は言った。

自分は本当に忘れたいのだろうか、と杜萌は自問する。

確かに、もう、どうなろうが知ったことではない、と思えるようになってはいた。だが、兄の素生のことだけは、まだ消化できていない。それは確実だった。

今でも、一日に何度か、それを意識する。

（お兄様は、どこにいるのだろう？）

たとえば、靴を履いているとき、カップを洗っているとき、階段の踊り場で窓を見上げたとき、そんなときどきに、ふと、それを考えている自分に気がつくのだった。

（まさか、ロッキィと同じように……、お父様が殺してしまったのだろうか？）

そんな恐ろしい仮想もあった。

けれど、彼女はもう驚かない。

恐ろしく感じない。

恐ろしいものなどない。

ただ……。

何も感じられない自分が、とても怖かった。

4

犀川助教授はレストランを出ると片手を挙げて去っていった。杜萌は人混みに消える犀川をずっと見ていたが、彼は一度も振り返らなかった。

西之園萌絵は、杜萌と二人だけになると、ずっと犀川のことをしゃべり続けた。どんなに彼が魅力的な人物であるかを萌絵は力説したが、根拠は実に曖昧で、しかも、まったく論理性に欠けていた。それは、彼女が理屈を強調すればするほど鮮明になった。こんなことは、従来の西之園萌絵にはありえなかったことだ。

(確かに、萌絵は変わった)

杜萌は黙って彼女の話を聞いていたが、心の中では半分呆れていたし、ますますこの友人が好きになった。

二人は有楽町まで一駅だけ電車で移動して、銀座に出た。そこで、少し歩くことにする。話しながら並んで歩いたが、小一時間の間に、萌絵は三度も買いものをして、たちまち一人では持てない荷物を作ってしまった。結局、その半分を杜萌が持つことになる。相変わらず、浪費家のようだ。

「買いものをするときはね、萌絵。自分で持ち歩ける量を、限界にしなさいよ」杜萌はしぶしぶ言う。

「本当……、そうだわ」萌絵は無邪気に微笑んだ。「ああ、そう、今日は車じゃないんだ。ごめんね、持たせちゃって」

「どういたしまして」

再び、東京駅に戻り、鬱陶《うっとう》しい大荷物をコインロッカに預けることにする。一番高いところしか空いていなかったので、萌絵は両手を挙げて、荷物を押し込んでいた。

それから、二人は地下鉄に乗った。

杜萌のマンションに到着したのは午後三時少しまえ。

「うわあ、いいなぁ」萌絵は部屋に入ると、ミュージカルのスターのようにぐるりと一廻りした。「素敵なお部屋ね」

「回らないで、回らないで」

「私も、こんなところで一人暮らしがしてみたいなあ」

「貴女、一人じゃない」

「うるさい年寄りがいるわよ。犬もいるし」萌絵は微笑む。

「自分で、食事とか作れるの？」

「そうね……」萌絵は肩を竦めた。「それは、ちょっと……」

萌絵には一人暮らしは無理だろう、と杜萌は思った。

さっそくコーヒー豆を挽《ひ》き、フィルタをセットする。そして、駅から来る途中で買ってきたチーズケーキの箱を開ける。食器棚から皿を取り出した。

萌絵は窓際に立って、外を眺めている。杜萌は、その萌絵の後ろ姿を見た。大して景色が良いとも思えない。ベランダに出ても、空気が良いわけでもない。面白いものは何一つない。ただ、少なくとも、どんな時間であっても人か車かネオンか、何か動いているものが必ず見える。それが田舎との違いだった。今では、都会のこの連続作動こそが掛け替えのないものだ、と杜萌は感じていた。それは、時計の中の機械仕掛けのように、動いているだけで見ている者を安心させる機能がある。止まらないことだけが、生きている証拠なのだ。

「萌絵が、男の人を好きになるなんてねぇ」杜萌はコーヒーを淹れながら言う。「考えてみたら驚きだよね。うん、とても、昔の貴女からは想像できないぞ」

「そうでしょう?」萌絵はこちらを向いてソファに座った。「あのね、これは理屈ではないの」

「そんな台詞、絶対言わなかったものね」

「例外なのよ」萌絵はあっさりと答える。「例外を見つけたんだわ、私」

「それは、けっこうなことで」杜萌は鼻で笑う。「もう、それくらいにしておいてね。そのさきは、うんざりだから」

「どうして?」萌絵は困った顔をした。

「冗談だよ」杜萌は笑う。

ケーキとコーヒーをテーブルに移し、杜萌はクッションの上に座った。

「チェスしましょうか?」萌絵が嬉しそうな顔できいた。

「OK、望むところよ」杜萌は頷く。「待ってて、今日はボードを出すから」

杜萌は再び立ち上がり、隣の部屋に入った。そして、押入の中から少し埃《ほこり》のかぶった箱を取り出す。それを使うのは何年かぶりのことだった。

「これ、八万円もしたんだぞ」杜萌は、箱から出した自慢のチェス盤をテーブルの上に置いた。

「本当、可愛い」萌絵は声を弾ませる。

シックな石造の盤である。鋳物《いもの》のチェスメンには、いずれも細かい塗装が施され、リアルな造りだった。イギリスで見つけた骨董品で、安い買いものをした、と今でも杜萌は思っている。

二人は、チーズケーキを口に運びながら、駒を動かし始める。萌絵はソファに座っていたが、やがて、杜萌と同じように床に腰を下ろし、膝を抱えて真剣な表情に変わった。

西之園萌絵のその表情が、杜萌は好きだ。

駒を見つめる彼女の視線が綺麗だ、と思う。

萌絵は弓やライフルをすると聞いていたが、杜萌は実際には見たことがない。けれど、的を狙うときの彼女の目は、おそらく、これと同じ目なのだろう。

それは、画家の叔父が話していた、モデルに必須の視線。つまりは、攻撃的な人間の目だ。

攻撃的な思考が、目に集中して現れる。

杜萌が見とれていると、萌絵は顔を上げて、微笑んだ。

「どうしたの？　杜萌の番よ」彼女はそう言うと、ケーキの残りを口に入れ、コーヒーカップを両手で持ち上げる。その瞬間には、今まで支配的だった攻撃の光は綺麗に消え去る。素早い緊張と、素早い緩慢の繰り返しが、息を飲むほど刺激的だった。

「犬の話、したかしら？」杜萌はルークを動かしながら言った。

「いいえ」

「ロッキィっていう犬がいたのよ、駒ヶ根の山荘に」

「ああ、その話なら……、ええ、昔、聞いたことがあるわ」

「やっぱり話してたか」杜萌は萌絵の顔を見る。

「高校のときだと思うわ。お父様が殺してしまった犬のことでしょう？　私、よく覚えている」萌絵はチェス盤を見たまま淡々と話した。「杜萌は、私には本当のことを話してくれる」

「そう」杜萌は頷いた。「良かった……。最近、急に思い出したものだから、貴女に話さなくちゃいけないと思ったの」

「忘れていたの?」萌絵は顔を上げた。

「ううん、忘れていたわけじゃない。でも、犬の名前が思い出せなかったのは確か……」

「ふうん」萌絵は首を傾げる。「そういう経験なら、私にもあるわ」

「え、どんな?」

「父と母が亡くなった事故のときのこと」萌絵はテーブルからカップを取る。「私、その夜のことを何年も忘れていたの。いえ、全部じゃないのよ。そのとき、自分が着ていた服が何だったか忘れてしまった。事故のとき、着ていたワンピースが汚れてしまって、あとで自分で洗濯をしたの。初めて自分で洗濯をしたのよ。でも、結局、そのワンピースは捨ててしまって……。ね? おかしいでしょう? そんな印象的なことがあったはずなのに、そのこと全部を忘れてしまったなんて」

「へえ……」杜萌は目を細める。「思い出して、辛《つら》かった?」

「いいえ」萌絵は首をふる。「なんだか、すっきりした。ちゃんと思い出してからは、もうあのときのことを、こうして普通に話せるようになったわ。今は全然平気」

「貴女の番」杜萌は萌絵に言う。

萌絵はカップを置いて、ナイトでポーンを取った。そのポーンにはビショップが当たっていた。

「忘れたいものがあると、何かをキーにして記憶の金庫に閉じ込めるのね。私の場合は、ワンピースがキーだっただけのこと」萌絵は髪を払って言った。「チーズケーキ、美味しかったね」

「あ、うん。あそこでいつも買ってくるんだ」

杜萌は、萌絵の黒いナイトをじっと見ていた。一瞬のうちに、幾つかの手が読めた。ちょっとした考えどころだった。

「今日のディフェンスは、変わっているわね」萌絵は窓の外を見ながら言う。

「え？　そうかしら」杜萌はとぼけて言った。だが、自分でも、明らかにいつもとは違う感じがしていた。

チェスをしている最中に、西之園萌絵がチェスの局面について話をしたことは、今までに一度もない。だから、杜萌は、何げない萌絵の言葉にとても驚いた。杜萌のディフェンスのことを萌絵が口にしたのは、奇跡的といえることだった。

杜萌は、萌絵のナイトを取らなかった。代わりにポーンを進めて、萌絵の表情を窺う。

萌絵は杜萌を見ない。彼女の目は瞬《また》きもせずチェス盤を見つめている。おそらく読みが外れたのだろう。

「最近もミステリィを読んでいるの？」

「時間がなくて、あまり読めなくなったわ」萌絵は上の空で答えている。彼女の目はまだ動かない。

「髪を伸ばすつもり？」杜萌は少し面白くなって、わざとくだらない質問をした。

「わからない」萌絵は答える。

「犀川先生とはいつ結婚するの？」

「わからない」

「貴女の番よ」

「ええ」

萌絵は片手を握って口に当てている。魅惑的で攻撃的な彼女の視線は、ずっとチェス盤に注がれている。

長い沈黙があった。

萌絵は、クイーンを大きくふった。それから、目を瞑った。

「ああ、わからない……」萌絵は小声で囁く。「どうして……」

「何が？」杜萌はきく。

「いえ……」

杜萌は再び盤上に並ぶ駒たちに集中する。しかし、萌絵のクイーンの動きは予期していたものだったので、次の手は既に決まっていた。その次の萌絵の手も一つしかない。

杜萌はキングを前に出し、コーヒーを飲む。

「今でも、バスは駄目?」萌絵は突然、顔を上げてきいた。

「バス?」

「酔うんでしょう?」

「ああ、うん」杜萌は微笑む。「何の話かと思ったら……。そうね、最近は少しなら大丈夫かな……。でも、好きではない。本当は電車も駄目」

「このまえ、新幹線で来たでしょう?」

「ええ、そうだっけ」

萌絵は駒を動かした。杜萌の予想したとおりの展開だった。杜萌は、次の手も決めていたが、少し時間をとった。

萌絵は立ち上がり、ソファに座り直した。脚を組み、頬に当てた右手の肘を膝にのせている。彼女の目は、再び盤上を見つめて微動だにしなくなる。もし、目で見ている盤と駒で思考しているのなら、視線が細かく動くはずだ。静止した視線は、彼女の思考に、視覚映像が使われていない証拠だった。

杜萌は次の駒を動かしてから、立ち上がった。ケーキの皿を片づけるためである。そして、キャビネットの上に置いてあったカメラを持って戻ってきた。

杜萌は、チェス盤を見つめている西之園萌絵の写真を撮った。フラッシュの光に、萌絵はびくっと震え、杜萌の方を見る。

「ああ、びっくりした」萌絵は小さな口を開いて言った。「何？　どうしたの？　チェス盤を撮ったの？」

「萌絵を撮ったんだよ」

「このまえのお返し？」萌絵は微笑む。「私、変な顔してた？」

「ええ、仮面みたいだった」杜萌は言った。

萌絵は肩を一度竦めてから、片手を伸ばして駒を動かした。

杜萌はカメラをテーブルに置き、クッションを抱えて座った。ずっと聞こえていなかった表通りの車の音が、急に耳に入る。コーヒーは既に冷めていたが、美味しかった。

杜萌の思考はチェスに集中する。目まぐるしい動きが、頭の中で展開される。パターンは早回しのフィルムのように次々に巡らされる。一瞬だけ息を止めている間に、杜萌は答を弾き出した。

白いナイトを杜萌は動かす。

西之園萌絵は小さな溜息をついた。

それから、彼女は首を少し傾げ、片目を細める。さきほどから、萌絵の白い顔は、セラミック製の人形のように表情を変えなかった。呼吸をしていないようにも見える。はめ込まれたガラス玉のような瞳も、ほとんど動かない。

とても声がかけられない、そんな感じがした。

杜萌は、萌絵が恐ろしい、と一瞬感じた。

本当に、この人間は今チェスをしているのだろうか？

細い小さな躰から、目に見えない強力な電磁波が発生しているのでは、と思いたくなる。

事実、頬に当てられた萌絵の小さな手は、自らの発振に共鳴して、小刻みに震えているようにさえ見えた。

萌絵は、唇を噛んで、黒い駒を動かす。

杜萌はそれとともに、感情的な意識を切り捨て、駒の配置に再び集中した。周囲のものは見えなくなり、音は聞こえなくなり、やがて、呼吸も血液の循環も停止するような加速感が、全身を襲う。

真の静寂の一瞬。

それは、生命の排除。

そして、次にやってくるものは、爆発的なリラクセーション。

耳鳴りとともに、意識が蘇《よみがえ》り、躰中が熱を帯びる。

杜萌の頭脳は、杜萌の右手に命令して、チェスの駒を動かした。

白い。

黒い。

白い。
見えるものは、区切られた世界。
杜萌はチェス盤から目を離せなくなった。
萌絵のビショップが動くはず……。
動け！
私のクイーンを取りにこい。
杜萌は額に汗をかいていた。
左手は自分の右肩を握っている。力強く。痛いくらいに。
来い！
萌絵の右手が杜萌の視野に入る。
（いいのよ、殺しても）
微笑んだ。
来い！
右肩が痛い。
キーンという耳鳴り。
無重力のような虚無感。
萌絵の右手が、黒いビショップを摑《つか》む。

スローモーション。
(私を殺しにこい)
微笑んでいる。
黒い。
白い。
黒い。
ビショップは、クイーンとキングに当たる。
「チェック」萌絵の優しい声。
綺麗な声。
なんという精悍《せいかん》な響きだろう。
萌絵の手がビショップから離れた。
(勝った!)
杜萌の躰は、さらに熱を帯びる。
だが、杜萌はそこで呼吸を再開した。
同時に、耳鳴りは止み、周囲の雑音が聞こえ始める。
視界は拡がり、ソファに座っている萌絵が、見えるようになった。
躰の中を流れる血液。

細い血管の中を音を立てて流れている。

杜萌は、肩の後ろに別の自分の存在を感じた。

重い右手。

動け。

キングの斜め前にルークを。

萌絵の躰が動く。

震えたように見えた。

杜萌は、高揚した意識とは逆に、ゆっくりと視線を上げる。

彼女の視線が、今、西之園萌絵を捉える。

萌絵はソファにもたれ、組まれていた脚をほどいた。

まるで、躰中のバネが外れたように、萌絵は両手をだらりと下げ、指の一本一本まで伸ばし、目を大きく見開いたまま、止まってしまった。

ああ、この人形は壊れた、と杜萌は思う。

萌絵は放心した表情で瞬きもせず、杜萌の顔を見つめている。

その目には、攻撃的な輝きはもうない。今は、小刻みに振動しているだけだった。

杜萌は萌絵の瞳を見る。

綺麗な瞳。

瞳孔がゆっくりと小さくなる。

萌絵の目が静かに瞬いた。その運動の滑らかさは、宙に浮く紙風船のようだ。

彼女の閉じた目が、再び開く。

そこには、既に攻撃も防御も存在しない。

全宇宙から集まったように、萌絵の右目に涙が溜まり、彼女の右頬にこぼれ落ちた。

速くなり、遅くなり、途中で大きくなり、また流れ落ちる。

頬を伝った涙は、冷たそうだった。

少し遅れて、左目から溢れ出た涙が、左の頬を流れる。

真っ直ぐに、僅《わず》かな軌跡を残して。

小さく開かれた唇は、何かを言いたそうに仄《ほの》かに動いたけれど、痙攣《けいれん》するように瞬間的な息を吸い込んで、短い密かな音を立てただけだった。

垂れた両手はまだ動かない。

「どうしたの？　大丈夫？」杜萌は優しくきいた。

萌絵はびっくりしたように、ますます目を見開いた。そして、ようやく、左手だけを持ち上げる。操り人形みたいな、ぎこちない仕草。左手は頬に運ばれ、指は涙に触れた。

それでも、涙は流れ続ける。

萌絵は震えだし、細かい息を始めた。しかし、そこに投げ出されたまま、といった力の抜けた姿勢で、しかも、表情を歪《ゆが》めるわけでもなく、ただ静かに涙を流しているのだ。顎から滴《したた》り落《お》ちたそれが、彼女の胸を濡らしていた。

「急にどうしたのよ?」杜萌はゆっくりと立ち上がって言う。「ええ、確かに、私の方が優勢だわ。だけど……」

「杜萌……の、勝ち……」萌絵は、途切れる呼吸の合間に、やっと聞き取れるほどの声で囁いた。

「ありがとう」杜萌は頷く。「でも、貴女らしくないよ。泣くことはないでしょう? いえ、それとも、これが、貴女らしいっていうのかな……、ええ、そうね。そういうところが、萌絵の綺麗なところなんだよね。貴女みたいに、真っ白で、素直な人なんていないから」

西之園萌絵は、ゆっくりと首を横にふった。彼女は泣いているのに、ほとんど無表情だった。本当に人形のように。

「コーヒーをもう一杯飲む?」杜萌はカップを持ち上げて尋ねる。

萌絵は反応しなかった。

しかたなく、杜萌は二人のカップを持ち上げて、キッチンへ行く。友人の突然の変貌には多少戸惑ったが、それは、とても純粋なものに触れたときの恥ずかしさに類似したものだった。

カップにコーヒーを注ぎ入れ、杜萌は戻った。テーブルにそれを置いて、もう一度萌絵を見た。

彼女はまだ泣いていた。だが、今は両手を顔に当て、背中を丸め、膝の近くまで項垂れている。

「もう……、そんなにショックだったの?」

杜萌は近づいて、萌絵の隣に腰を掛ける。そっと彼女の背に触れた。

突然、萌絵は杜萌に抱きついてきた。

「どうしたの?」杜萌は驚く。

萌絵は囁いた。震える小さな声で。

だが、それは、杜萌のすぐ耳もとだったので、彼女の躰中に響いた。

「貴女が……、殺したのね」

5

杜萌はそっと萌絵から離れ、立ち上がった。

彼女を見上げた萌絵の表情は、初めて本当に悲しそうに見えた。

「杜萌……、貴女が殺したのね?」

「チェスで、萌絵に勝ったのは初めてだよ」杜萌は言った。

「ええ、最高の試合だった」萌絵は頷いた。彼女はもう泣いていない。「貴女はクイーンもルークも、初めから捨てるつもりだったのね？　それに気がついたときには、もう遅かったわ」

「いつもの萌絵なら気がついたはず。今日は、貴女、どうかしちゃってるんだ」

「いいえ、杜萌には、そんなことできるわけがない」萌絵は首をふった。「貴女はこの二ヵ月で変わったのよ。だから……」

「だから？」

「だから、あれは……、貴女がやったことなんだって、わかったの」

「あれって？」

「貴女が、あの男を殺したのよ」

杜萌は小さく鼻息をもらす。意識してゆっくりと後ろに下がり、テーブルの反対側に座った。そして、大きなクッションを抱え、手を伸ばして、新しいコーヒーが入ったカップを持ち上げる。自分の一つ一つの動作に対して、意識的に命令をしてやらないと手足が動かなかった。

「どうして、私にそんなことができた？　だって、私は……」

「いいえ」萌絵は首をふる。「できた」

「山荘で撃たれた二人のことを言っているの？　だけど、あのとき、私は家にいたんだから」

「駒ヶ根の山荘にいた二人というのは、鳥井という男の人と、清水という女の人ということになっているけれど、それは違う。そう……、鳥井さんが、朝になって屋敷にやってきた男……。山荘にいたのが、赤松という人だったのね？」

杜萌は黙って萌絵を見つめる。

「山荘では、赤松さんが、清水さんを撃った。それは確かに朝の九時半頃だった。でも、同じ頃……、実は少しまえになるかしら……、貴女は、簑沢のお屋敷で、仮面をかぶっていた鳥井さんを撃った。そうでしょう？　鳥井さんに食事を出して、仮面を取ってもらおうと思ったのに、彼はそれを取らなかった。しかたがないから、貴女は、仮面をしたままの彼を撃ったんだわ。だから……、だから、仮面に穴が開いてしまった」

萌絵は、片手を頬に当てたまま、じっと杜萌を見据えている。それは本当に綺麗な瞳だ、と杜萌は思った。躰の力が抜けて、なんだか頭がぼうっとしてくる。萌絵の瞳が、まるで催眠術師のそれのように眩しかった。

（そう、あのときの銃声……）

自分が撃ったものなのに、杜萌は酷く驚いた。

仮面の額に穴が……。

「ピストルを貴女は持っていたのね？　小さな口径のピストルを……。杜萌、服を着替えたでしょう？　あの写真に写っていたのとは違う服装だったって、西畑さんが言っていたわ。服を着替えるときに、バッグの中にあったピストルを取り出したのね？　ピストルを東京から持ってきていた。だから、あの日、貴女は飛行機に乗れなかったんだわ。そのピストルで鳥井さんを撃った。かなり至近距離からだったのに、撃たれた鳥井さんの顔面には、硝煙反応があまり出なかった。それは、彼が仮面をしていたからだったの」

萌絵はそこで目を細める。

「仮面に穴が開いてしまって……、それで、その仮面を持ち去らなくてはならなくなった。それとは別に、穴の開いていない仮面も山荘の現場に残す必要がある。だから、どうしても二つ必要になった」

杜萌は黙っていた。

「もともとは、鳥井さんが付けていた仮面は家に残し、彼が触れていない別の仮面を持って山荘へ行く予定だった。髪や汗が付着しているかもしれないから、鳥井さんがつけていたものは持っていけない。代わりに、別の仮面を持っていって、山荘に着いてから、赤松さんが顔に一度かぶって、わざと痕跡を残す。死んだ男と屋敷にいた男が別人だという証拠を作るために……」

杜萌はコーヒーを飲んだ。その動作にしても、意識して命令しないと躰は動かなかった。まるで、自分の躰がばらばらの生命体になってしまったように感じられた。

ソファに座っている西之園萌絵は、コーヒーカップには手をつけなかった。

「でも、銃で穴が開いてしまった仮面……、もちろん、裏側には血が付着したと思う……、その仮面を、屋敷に残しておくことはできなくなった。だから、車で持ち出して、いずれ赤松さんに処分してもらおう、と貴女は考えた。それが、焼け残ったもう一つの仮面だわ」

「そっちの、穴は開いていたの？」杜萌はきいた。自分の声が震えているのがよくわかった。

「そのつもりで検査しないかぎりわからない、たぶん、それくらい焼けていたんでしょうね。でも、ちゃんと調べれば判明するかもしれないわ。残念だけど、貴女に勝ち目はない。ちゃんと始末をしたつもりかもしれないけれど、お屋敷だって鑑識がその気になって調べれば、今からだって何かきっと見つかるはずです」

「チェックメイトね」杜萌は微笑んだ。どうして、自分はこんなときに微笑むことができるのだろう、と彼女は冷静に思った。

「貴女は、屋敷の中で男を撃ち、死んだ男を車まで運んだ。いったい、どうやって運んだの？　車に乗せるのだって大変だったでしょう？」

「あんたには無理だよ」杜萌は微笑んだ。

「山荘からかかった電話に出たのは貴女だけだった。つまり、赤松さんは、最初から貴女と話していた。お父様と貴女はそのとき話をしたでしょう？　でも、もうそのときには、仮面

出るんじゃないかって思った」

「そう……」杜萌は頷いた。「でも、あのときは怖かった。あいつが起き上がって、電話に
の男は死んでいたはず」

「貴女は死体を乗せて車を運転した。そして、山荘の駐車場で待っていた赤松さんに会う。彼は、自分が撃ち殺した清水さんをワゴン車に運んで待っていたの。そこへ、貴女が来て、今度は、貴女の車から、貴女が殺した鳥井さんを、赤松さんは運び出した。彼は、そこで、穴の開いていない仮面に自分の汗や髪をつけて捨てる。そして、貴女が使ったピストルを空に向けて撃った。これは、そこに薬莢《やっきょう》を捨てるためだったのね。そのピストルは、清水さんに握らせた。鳥井さんには、清水さんを殺したピストルを持たせる。清水さんを撃ったとき、赤松さんは一発余分に発射してるから、薬莢は一つだけ拾っておかなくてはいけないわ。これだけのことをして、赤松さんは、貴女が乗ってきた車で逃げた。穴が開いたもう一つの仮面は、処分するために車にのせたままだった。その車には、鳥井さんの血がついていたでしょう？　すべて焼いてしまう必要があったんだわ」

杜萌はゆったりとした気分になっていた。何か恍惚とした穏やかな心地であった。どこかの神経が破断して、麻痺してしまったのだろうか、とぼんやり考えていた。

「もともと、清水さんを殺すことが貴女たち二人の目的だったのね。理由はわからない。でも、それが今回の計画。そうでしょう？　赤松さんには、清水さん殺害から逃れるために、

完璧なアリバイが必要だった。そのアリバイを作るために、山荘にいた清水さんを殺すことは物理的に不可能になる。鳥井さんは、赤松さんの身代わりとして屋敷に行かされ、貴女を誘拐した。でも、最後には口封じのために殺される計画だった」

「ええ、最初の赤松の計画では、鳥井さんは、山荘に到着してから殺されるはずだった」杜萌は話した。「山荘まで私と一緒に行って、そこで、彼を殺す予定だった。赤松は自分で二人とも殺すつもりだったの。もちろん、その場合は、鳥井さんの死体は現場には残しておけない。そんなことをすれば、確実に赤松は、殺人犯として追われることになってしまう。もともとは、そんな杜撰《ずさん》な計画だったんだ。ね？　可笑しいでしょう？」

「貴女がそれを変更したのね？」萌絵はきいた。

「ええ、そう、それこそ完璧なディフェンスだと思った」杜萌はそう言ってまた微笑んだ。自分は自然に微笑んでいる、と感じた。「もし、私が、屋敷で同じ時刻に鳥井さんを殺せば、赤松は殺人犯ではなくなる。そうでしょう？　事実そうだった。私の思ったとおりになったでしょう？　どうせ、殺すのなら、誰が殺したって同じことだわ。私は赤松のために、あれをやった。私の独断でやったの。私、あのとき、電話で彼にそれを言ったわ。あの人、どう思ったかしら？　まだ、清水千亜希を殺すまえだったのよ。私の方がさきに殺したんだから」

「赤松さんは何て言った？」

「予定外だって」

「もしかして、彼の気が変わらないように、杜萌は先手を打ったの？」

「そのとおり。それが動機だよ。先手必勝」

「清水さんを殺してほしかったのは……、杜萌だったのね？」

「そう、私……」杜萌は素直に頷く。「あの女を、殺してくれって、私が頼んだの。あの女を……、本当は私が殺してやりたかった。でも、そう、赤松が殺すことに意味があった。清水千亜希は赤松のまえの女なのよ。つまり、私のまえの……」

「杜萌は、今回のこと、どこまで知っていたの？」

「いつ実行されるのか知らなかったし、それに、誰が私の屋敷に来るのかも知らなかった。私、鳥井さんっていう人は一度も会ったことがない。だから、鳥井さんが私の部屋に忍び込んで、私を襲ったとき、本当にびっくりしたよ。でも、すぐにわかった。いよいよ、赤松が計画を実行したんだって。それなら、赤松が命令したはずでしょう？　私には絶対に傷をつけるなってね。萌絵……、何故、赤松が私に詳しい日程を教えなかったのか、わかる？」

「いいえ？」萌絵は首をふった。

「あの人は……、赤松は、私を信じていなかったのよ。それに、清水千亜希を殺すつもりなんてなかったのかもしれない。単に、お金が欲しかっただけ。そんな優柔不断なところがあるの。あとで、やっぱり殺せなかったって弁解するつもりだったかもね。そういう、だらしない男なんだ」

杜萌は、自分の目から涙が流れているのに気がついた。

それは笑いたくなるほど滑稽だ、と思った。

どうして、こんなことで、こんな情けないことで、泣かなくてはならないのだろう?

「そんな男のために……、どうして?」

「さあ、どうしてかしら……」言葉の後半で、本当に笑えてきた。

杜萌は目を瞑った。

本当に、どうしてなのだろう?

自分の動機は?

「でも、仮面の男に銃を突きつけられているうちに、私は決断したんだ。私がこの男を殺したら、あの人は、清水千亜希を殺してくれる。それで、あの人は……、もう私のものになる。それだけ。それだけで充分じゃない? ね? 私はクイーンもルークも捨てたんだよ! これは勝負なんだ……。勝つために、すべてが許される」

「貴女は、それで勝ったの?」

「勝ったわ」杜萌は頷いた。「勝った。ええ、私は勝った」

「勝ったのに、どうして泣いているの?」萌絵はきいた。

「たぶん、嬉し泣き」杜萌は顎を上げて目を開ける。

自分は嬉しいのだ。今、嬉しいのだ。

自分は勝った。

「私をどうする？」

そう言って、萌絵は杜萌を見たまま、微笑んだ。

杜萌は驚いた。

（ああ……、どうして、微笑むの？）

どうして、そんなふうに笑うことができるのか？

杜萌は萌絵の態度に息を飲んだ。

「どうするって？」杜萌は急に不安になった。

「私は、杜萌が殺人犯だって知ってしまったわ。貴女を警察に連れていかなくてはいけない。一緒に行ってくれる？　それとも……」

「貴女も殺す……、とか？」杜萌は自分で口にした冗談に、身震いした。

萌絵は首を僅かに傾け、優しい表情で瞬いた。

「杜萌……。私を殺しても……、いいよ」

6

「ああ……」杜萌は頭を抱えて声を上げる。
(思い出した!)
そう……、思い出した。
それは、素生が……、素生が言った言葉だった。
彼の言葉なのだ。
(殺しても、いいんだよ)
杜萌を押さえつけている美しい兄。
杜萌のすぐ目の前で、微笑んでいる兄。
何度も、何度も、杜萌は彼を殴った。
手に持っていた大きな石で。
素生の頭から流れる血が、彼女の顔に落ち、彼女の口に流れ込んだ。
その味を、杜萌は忘れない。
(殺しても、いいんだよ)
私が殺した……?

お兄様を、殺したのは、私……。

「ああ……」杜萌は、叫び声を上げる。

床に倒れ、両手で、顔面を押さえ。

痙攣する全身に。

白い。

黒い。

白い。

閃光が彼女の頭に。

喧噪の。

バネの捻《ねじ》れ。

石臼《いしうす》の回転。

摩擦。

深海魚。

真空の放電。

あらゆるものが、彼女の目の前に出現し、

青い稲光とともに散った。

白い。

黒い。
白い。
「杜萌!?」萌絵が呼ぶ声。
ラムネのビー玉。
ガラスの夏。
夏。
バスの停留所。
排気ガス。
ガス。
ソフトクリーム。
二人で。
ロッキィ。
ロッキィ!
ロッキィ!
「杜萌、どうしたの? 大丈夫?」
一瞬のうちに、四季を感じ。
一瞬のうちに、すべての色を見た。

すべてを……。

白い。

黒い。

白い。

杜萌は、顔からそっと両手を離し、仰向けになった。部屋の天井が間近に見え、ぶらさがるリングの蛍光灯が異様に傾いている。壁の平行は既に失われ、床の平面は歪《ひず》んでいた。

可笑《おか》しい。

笑いたい。

なんだ……。

そうだったのか……。

馬鹿みたい……。

「お兄様を殺したのも、私だったんだ」

そういうこと……。

なんだ、そういうこと……。

「なんですって？」萌絵がすぐ横に跪《ひざまず》いて、杜萌の顔に手を触れた。「大丈夫？」

「大丈夫じゃないよ」杜萌は友人に微笑んだ。

でも、嬉しい……。

「お願い、落ち着いて」萌絵は言う。彼女は眉を寄せ、困った顔を杜萌に近づける。「杜萌、気を確かにね……。えっと、無理かもしれないけど。私は、貴女の……」

可愛い……。なんて可愛い人。

「私の何？」

「友達よ」

「そう」杜萌は頷く。「萌絵、貴女、さっきから、言っていることが支離滅裂《しりめつれつ》だよ。でも、それが貴女らしい」

萌絵は黙った。

もう、大丈夫……。

ありがとう。

でも……。

「お兄様は、きっと、あの夏に死んだんだわ」杜萌ははっきりとした口調で言った。妨げる感情など既に残っていなかった。「きっと、そうだね。みんな、私にだけは隠していた。お父様が隠したんだ」

「あの夏って、三年まえのこと？」

「うん、そう」

「まさか、そんなこと……」

「お父様がそうさせたのに決まっている」杜萌は上を見たまま、しゃべっていた。もう、涙で目を開いていられない。右手首で彼女は両目を覆った。「駒ヶ根の山荘の近くよ。あそこのどこかに、お兄様の死体を埋めたんだ。きっと、そう……。ロッキィと……一緒に、どこかに……。ああ、きっと、そうなんだ。本当に、なんてこと……。どうして、こんな、こんな簡単なことに、私……、気がつかなかったのかしら。馬鹿みたい……。そうに決まっているじゃない！　三年も、私にだけ……、私にだけ、みんな、嘘をついていた。黙っていたんだ……。誰も教えてくれなかった。だって……、そうだよね？　私が殺したんだもの、しかたがないよ……」

「どうして、隠していたというの？」

「私が傷つくと思ったのね」

笑おうとしてできなかった。

今さら、どこに傷なんかつくものか。

今さら……。

「貴女のために？」

私のため？

違う……。

「それだけじゃない。お父様には、簑沢の家のことが心配だったんだと思う。だって、お兄様が死んでしまったら、簑沢家との血縁が完全に切れてしまうでしょう？　お祖父様のバックアップが、もしかしたらなくなるかもしれない。それに、莫大な遺産もね」

「遺産？」

「でも、もう、そのお祖父様も亡くなったんだから、お兄様の生死も、どうでも良くなったわけね。失踪していようが、気が狂っていようが、お祖父様が亡くなるまでは、とにかくお兄様が生きていることにしたかったんだ」

　きっと、そうだ……。

「でも、それじゃあ、今度の事件があったのに、どうして、あんな嘘をついたのかしら？　まるで、素生さんが、誘拐されたみたいに思われてしまったでしょう？　実は以前から家出したままだとか、何かもっとましな言い訳ができたんじゃない？」

「三人の口裏を合わせる余裕がなかったんでしょうね。それに、佐伯さんには、お兄様が三階にいるということになっていたんだから、しかたなく、その日まではいたなんて、苦しい嘘をつくしかなかったわけ」

「じゃあ、あのテープも？」

「ええ、お母様か、それともお姉様か……。そう、あのとき、二人とも二階にいたから、たぶん、お母様の寝室から電話をかけたのね。確か……、電話が終わってから、すぐに二人が下りてきたもの。きっと、お祖父様が亡くなるまで、お兄様のことで事を大きくしたくなかったんだ。私が詮索するのを止めさせたかったんじゃないかしら。馬鹿みたい。子供騙《だま》しじゃない。まったくの逆効果だったよね。お兄様の声を聞いて、生きていることがわかれば、私が諦めるとでも思ったのかしら。まったく、この歳になってもまだ子供扱いされているんだよ、私だけ。でも、何よりも、それが……、私がお兄様を殺してしまった証拠だといえる。みんなで腫《は》れものに触るように、私を見ていたんだ。ええ、そう……。でも、もう、私は子供じゃない」

杜萌は目を開ける。

私は独立している。

誰からも……。

「杜萌……」

萌絵の顔はすぐ近くにあった。

まるで、あの夏の素生のように、すぐ真上に、

萌絵の顔が、あった。

「もう……、いいわ」彼女は言った。「ええ、もうやめて」

7

大きな音がした。

玄関の扉が閉まる音だ。

萌絵はびっくりして振り返る。

男が入ってきた。

前髪が額にかかり、目が血走っている。日焼けした精悍《せいかん》な顔。その顔が萌絵を見て、驚く。

「赤松さんですね?」萌絵は立ち上がった。

倒れていた簑沢杜萌も起き上がる。彼女は両手で髪を掻き上げた。

「誰だ、お前は?」

「私の友達」杜萌がさきに答える。

「帰ってくれ」赤松は低い声で萌絵に言った。

「ええ、帰るわ」萌絵は頷く。そして、ソファのバッグを手に取った。「でも……、そのまえに、貴方、出ていって」

「何だと?」

「出ていって」萌絵はもう一度言った。

「待て……」赤松は首を大きく捻った。「お前、どうして俺の名を知っている？」

「出ていって！」萌絵は叫んだ。

男は、萌絵に近づく。

「おい、どうして……」

「帰って！　お願い！」杜萌が後ろで叫んだ。

「貴方なんか、いなければ良かったのよ！」萌絵は叫ぶ。「貴方のために、杜萌は……」

「何、言ってるんだ？」赤松は大声で言う。「何を知ってる？」

赤松は萌絵の振り上げた手を素早く摑んだ。彼女の両手首を大きな手が締めつけ、萌絵はそのまま、膝を曲げて、ぶら下がるような姿勢になった。

「全部、貴方がいけないのよ！　貴方なんか……」

萌絵は下を向いたまま、泣き叫んだ。目の前の男を思いきり殴ってやりたかった。でも、力が出ない。呼吸は乱れ、とても戦える状態ではなかった。

「お願い、その子、帰してあげて」杜萌が、近づいてくる。

「誰なんだ？　こいつ、知っているのか？　知っているなら……」

「もう、いいのよ」杜萌は、萌絵の手首を握っていた赤松の片手を開かせる。「もう……、全部、終わり」

「何が?」

「お願い……」

杜萌は、赤松を押して、キッチンの方へ連れていった。彼女は赤松に抱きついて、胸に顔を埋めている。やがて、二人は見えなくなった。

萌絵は、床に蹲《うずくま》った。赤松に摑まれていた手首がまだ痛かった。けれど、そんなことはどうでも良い。両手をついたフローリングの床を、彼女はしばらく見た。何をどう考えても、これ以上良くも悪くもならない、と思う。

答など、ない。どこにも、ない。

悔しくて、涙が出た。

どうしようもない。

何も打つ手はない。

時間を戻したい。

無力だ。

両手の間に、落下した涙。

それが戻ることは、もうない。

永遠に、ない。

何の解決も、ない。

「萌絵……」

見上げると、簑沢杜萌が立っていた。

萌絵は立ち上がれなかった。

「ごめんなさい。大丈夫だった？」杜萌は跪《ひざまず》く。

「どうするの？」萌絵はきいた。キッチンの方を見ると、赤松がこちらを窺っている。

「ええ……」杜萌はゆっくりと頷いた。「私たち、出ていく。お願い、もうしばらくだけ、見逃して。二人で、少しだけ時間が欲しいの。そのあとで、必ず出頭する」

「本当？　本当ね？」

「貴女に嘘をついたことはないよ」杜萌は微笑んだ。

「死んだりしない?!」萌絵は涙を流して叫んだ。その言葉を口にするだけで、胸が痛くなった。「そんなの許さないわよ。絶対絶対許さない！　死んだりしたら……、もう、杜萌の大事なもの全部、壊してやるから。めちゃくちゃにしてやるから！」

「大丈夫」杜萌は頷いた。

「また会うのよ、私たち」

「約束する」

「また、チェスをする」

「萌絵の提案を受け入れなかったことが、一度でもあった？」

「赤松さん」萌絵は男を見た。「約束して下さい」

しばらく時間をおいて、赤松は無表情で頷いた。

テーブルにあったはずのコーヒーカップが、床に転がり落ちている。萌絵はやっとそれに気がついた。杜萌が、カップを拾い上げ、片づける。彼女は、こぼれたコーヒーを布巾《ふきん》で拭いた。萌絵は床に座り込んだまま、ずっと杜萌を見ていた。彼女はキッチンに消える。キッチンから水の音が聞えた。カップを洗っているのだ。それは、ほんの少しだけ懐かしい生活の音だった。

杜萌は隣の部屋で着替えた。

小さなスポーツバッグを一つだけ持って、彼女は出てきた。

「さようなら」杜萌は萌絵に近づいて言う。「もう、メールは出せないよ」

「ごめんなさい」萌絵はやっと、その言葉を思い出す。

「貴女は何も悪くないじゃない」

「ごめんなさい」

「じゃあ……」杜萌は後ろに下がった。「ごめんね。萌絵」

二人は玄関から出ていった。

時間が止まったように、

音が消え、

光が止まる。

テーブルの上には、綺麗なチェスの駒。

萌絵はそっと手を伸ばす。

そして、黒のビショップで、杜萌のルークを取った。

8

どれくらい泣いていただろう……。

もう涙は乾いて、ただ、化石のように酷い頭痛だけが残った。

外は既に暗い。

あちらこちらに看板の明かりが灯っている。部屋の中は真っ暗だったので、外からの弱々しい光に向けて手首を捻り、萌絵は自分の時計を見た。六時半だった。

彼女は立ち上がる。

自分が立ち上がれることが不思議だった。

首筋が痛くて、天井を向いて深呼吸をする。

チャイムが鳴った。

部屋中に響き渡る音だった。久しぶりの音波だ、と彼女は思った。

萌絵は唾を飲み込み、玄関の方へ歩く。

しかし、その途中で扉が開いた。

見慣れた顔だ。

西畑刑事のぎょろっとした目が、すぐに萌絵を捉えた。

「西之園さん？」西畑は低い声できいた。

扉が大きく開かれ、玄関の外に犀川の姿が見える。

「こんばんは」萌絵はいつもの声を思い出して応える。

「どうしたんですか？　真っ暗じゃないですか」西畑が部屋の中に入ってきた。「簑沢さんは？」

「西之園君、大丈夫かい？」犀川が後ろから言った。

「彼女なら、出かけています」萌絵は答える。「ああ、私、居眠りしてしまったの。わぁ、いやだ……、もう、こんな時間ですか？　犀川先生、そろそろ帰らなくちゃ、帰りの電車が……」

「どこへ、出かけたんです？」西畑はすべての部屋を見渡してから低い声で言う。「いつ、帰ってくるって言ってました？」

「え？　誰が？」

「簑沢杜萌は、どこへ？」

「さあ……」萌絵は自分のバッグを持ち上げて答える。「近くに、お買いものだと思いますよ。あの……、西畑さんは、どうして東京へ？」

「犀川先生に呼ばれたんですよ」西畑はひょいと首をふって答えた。

「え？」萌絵は犀川を見る。

「先生、説明していただけますか？」西畑はきいた。

「あの……、僕の勘違いでした」犀川は煙草に火をつけながら言う。テーブルの上に灰皿を見つけたのである。

「何ですって？」西畑の高い声。

「すいません」

「ちょっと、先生！　それはないでしょう。電話でおっしゃったじゃないですか。簑沢杜萌が殺人犯だって」

「ええ……」犀川は肩を竦める。「でも、勘違いでした」

「待って下さいよ……。勘違いって……」

「彼女が殺人犯なら、今頃、西之園君が、こんなところで居眠りなんてしていませんからね」

「あの……、理屈が全然わかりませんな」西畑は言う。

「先生、もう、いいんです」萌絵は前髪を掻き上げた。「ええ、そんな嘘は良くありません。

犀川先生に嘘をつかせたんじゃ、私のプライドに傷がつきます」彼女は振り向いて西畑を見据える。「杜萌は、警察に自首するって言っていました」

「え？」西畑は目を丸くする。「ちょ、ちょ、ちょっと……」

「いつになるのか、それはわかりませんけれど、私に約束したから、間違いはありません。たぶん、今夜か、それとも明日の朝か。きっと、長野県警に出頭してきます。ですから、西畑さん、今日は、どうか、お引き取り下さい」

「ちょ、ちょっと待って下さいよ」西畑が萌絵に近づく。「今夜？　明日の朝？　何です、それ……。冗談じゃない！　どこへ行ったんですか？　今、どこにいるんです？」

「知りません」萌絵は首をふった。

「西之園さん、貴女、そんなことが通ると思ってるんですか？」

「ええ」萌絵は頷く。「通します」

「ああ……」西畑は舌を打って、苦笑いする。「あのですね、貴女のしていることは立派な妨害行為、犯罪なんですよ。貴女を逮捕しましょうか？」

「どうぞ」萌絵は微笑んだ。「一度、逮捕されてみたいと思っていたんです。それなら今が良いわ。きっと、犀川先生が優しくキスして下さるから。ああ、素敵……、こんなシチュエーションって、映画とか小説によくあるじゃないですか。そうそう、恋人が犯罪者っていうのが、一番ぐっとくるんですよね。うわぁ、もう感動、感動のドップラー効果っていうんですか？」

「言わないね」犀川が横で呟いた。

西畑は犀川を一瞥した。彼は、左手で煙草の先をくるくると回していた。

「ああ、まったく！」西畑は叫ぶ。「いいでしょう。いいでしょう。その代わり、ちゃんと納得のいく説明をしていただけませんかね」

「ええ、西畑さん」萌絵は彼に顔を近づけた。「もちろんですわ。私、説明がしたくて、もう死にそうなんですよ。このまま説明できなかったら、口の中にフィヨルドができてしまうわ。でもね、西畑さん、ごめんなさい。もう時間がないの。あ、帰りの新幹線の中でご説明しましょうか。そうだ、それが良いわ。駅弁を買いましょうね！　お腹がすいちゃったもの。犀川先生、お食事は？」

「まだだよ」

「西畑さんは？」

「西之園さん……。怒りますよ」西畑は萌絵を睨んだ。

「素敵……」萌絵は目を細める。「西畑さん、今の台詞……、もう一度、おっしゃって」

9

西畑刑事は、一緒に帰れないと言った。那古野まで新幹線で行くことを勧めたのだが、それでは遠回りになると、彼は辞退した。

萌絵は簡単に杜萌のことを話した。

西畑は驚かなかった。片目だけを少し大きくして、片方の眉を僅かに吊り上げただけで、彼は何度か頷いた。西畑は真相をほぼ見抜いていたのだ、と萌絵は感じた。

西畑は、杜萌の部屋から警察に電話をかけていた。犀川と萌絵が玄関から出て、エレベータを待っているとき、西畑が走ってきた。

「このまま、すぐ帰られますか？」西畑は萌絵の顔を見て言った。

「はい」

「やっぱり、今晩はここに残ります。また、明日にでも、お会いしたいんですが、よろしいですか？」

「私にですか？」

「ええ」西畑は頷く。

後ろでエレベータの扉が開いた。

「もう、この事件のことでは、何もお話ししたくありません」萌絵はエレベータに乗りながら答える。

犀川も黙って乗り込んだ。

「西之園さん……」西畑はエレベータの扉を抑えて言う。「私だってね、好きでこんなことやってるわけじゃありませんよ、誰一人、好きでやってる奴なんていやしないでしょう。違いますか？」

「僕が話しましょう。明日は大学にいます」犀川が言った。

「じゃあ、ええ……」西畑は苦笑した。「よろしくお願いします。西之園さん。では……」

「さようなら」萌絵は頭を下げる。

西畑が手を離し、ドアが閉まった。

エレベータの中で、二人は黙っていた。重力加速度が減少し、やがて増加する。マンションを出て、駅までの道は、賑《にぎ》やかな通りに沿った幅の広い歩道だったが、人通りが多く、すれ違う人々を避けるために、並んで歩くことは不可能だった。萌絵は犀川の背中を見ながら歩いた。

地下鉄の自動改札を通り抜けたとき、階段を下りながら、犀川が萌絵の方を振り返った。

「大人しいね」彼はそう言った。

「私、もともと大人しいんです」

「そうかもしれない」犀川は二度頷いた。「ああ、きっと、そうだね。それが本当の君だ」

電車がホームに入ってくる、彼女たちはそれに乗り込む。犀川は吊革に摑まって、天井からぶら下がっている広告を読んでいるようだ。萌絵は彼の隣に立ち、目の前の窓ガラスに映っている犀川をずっと見ていた。大きな音を立てて、暗闇の中を電車は疾走している。

「先生。帰りの電車でお話しすることが、なくなってしまいましたね」萌絵は犀川に言った。

彼は一度だけこちらを向いて、軽く頷いた。

駅に幾度も停車したが、犀川は何も言わない。萌絵も黙っていた。

しばらく、そうしていたかった。

誰とも話をしたくない。

考えたくもなかった。

ただ、電車に乗り込む人、ホームを歩いている人、眠っている人、本を読んでいる人、そんな、自分の人生には関係のない人々を見ているだけで、良かった。

関係ないものを沢山見て、薄めたかった。

忘れたかったのだ。

それが、どんなに難しいことでも……。

知らない人々。

みんなが勝手に生きている社会。

関係ないのに、大勢が存在しているだけで安心できる。

きっと、買ってきたばかりのスケッチブックのように、真っ白なページばかりが続いている、なんとなく気の休まる風景。

皆、仕事をして、疲れて、それでも何かを求めて、誰かを愛して、毎日、電車に乗り、階段を上り、汗をかいて、要求して、妥協して、喜んだり、怒ったり、それでも、忘れてしまう……、そう、最後には、全部忘れてしまうのだ。

何も残らない。

結局、スケッチブックは、真っ白のままで、終わってしまうのに違いない。

簑沢杜萠がしたことは、何かへの抵抗だったのだろう。

たぶん……。

いや、きっと……。

きっと、彼女は立ち止まっただけだった。

雑踏の無秩序な人の流れの中で、彼女は一瞬立ち止まっただけ。そんな些細な抵抗だったのではないか。

ずっと遠くへ自分は来ている、と萌絵は思った。

今まで経験したことのない、距離だった。

どこから、私たちは来たのだろう。

これから、どこへ行くのだろう。

私は誰だろう。

たまにこうして、考える。

それだけのために生きているのだろうか。

電車を下りて、犀川の後について歩く。彼は歩くのが速かった。東京駅のコンコースは人で溢《あふ》れ、まるで、銅線を流れる電子のようだ。マイナスからプラスへ、平衡《へいこう》を求めて、つまり、大いなる死を目指して、人々は絶え間なく流れている。

考えないようにすることは難しい。

何かを見ようとしても、すぐ見えなくなる。

音を聞こうとしても、聞こえなくなる。

杜萌の言った一言一言が思い出され、感情をコントロールするための理屈を構築し、泣かないためのバランサを配置し、新しいバリアを必死に張り巡らしている自分……。

ニューラルネットは、確固たる防御システムを一生かかって組み上げる。

自分は何を学んだのか?

たぶん、死ぬときまでに、死を恐れないシステムを作り上げる。

しかし、死を学習するために、生まれてきたというのか。

「西之園君」犀川が立ち止まって振り返った。

　萌絵は犀川にぶつかりそうになる。

「はい？　何ですか？」

「駅弁を買うんだろう？」犀川は横を見る。

　売店の前に二人は立っていた。

「あ！」萌絵は口もとに手をやる。「忘れてた！　私、コインロッカに荷物を……」

「どこの？」

「先生、さきに行ってらして下さい」萌絵は慌てて、バッグの中を探す。緑のホルダのついたキーが見つかった。「すぐ、そこだと思います。急いで取ってきますから」

　犀川は時計を見た。

「あと、十五分あるね。シートで待っているよ。じゃあ、駅弁は僕が買っておこう。何でも良いね？」

「お願いします」萌絵はそう言って、駆けだした。

　改札を一度出て、彼女は、コインロッカを探して走った。広い駅の構内のどの場所だったのか、記憶は曖昧である。頭上の標示板を見て、そちらに行ってみる。だが、そこにあったコインロッカのコーナは萌絵の預けた場所ではなかった。どうやら、別のところらしい。

　彼女はまた走りだす。

土産物売り場の角を曲がったとき、萌絵は、人と接触した。相手は倒れ、彼女もハンドバッグを落した。

「すみません！」萌絵は謝った。「ごめんなさい、急いでいたものですから……」

倒れていたのは、黒い服を着た小柄な長髪の男性で、サングラスをかけていた。

男は、一人で立ち上がったが、萌絵を見ない。彼の足もとに白い杖が落ちていた。萌絵はそれに気がついて、杖を拾い上げ、男に手渡した。

「あの、本当にすみませんでした」萌絵はもう一度謝った。

男はようやく、萌絵の方を向く。「いえ、大丈夫です」

その声は滑らかで、綺麗な発音だった。

萌絵は男の顔を見る。

彼女はじっと彼を凝視し、そして身震いした。

「もしかして、僕を知っていますか？」さきに男の方が小声で言った。

「ええ」萌絵は呼吸を止め、頷く。「私が、わかりますか？」

「そう……、杜萌のお友達の……、萌絵……さん、西之園萌絵さんですか？」

「はい」萌絵は答える。「あ、あの……」

売店から若い女が出てきた。Tシャツを来た学生風の痩せた女だ。

「どうしたの？　素生」女は言う。そして、ようやく、萌絵の方を見た。「あんた、誰？

素生の知り合い？」

「ええ」萌絵は頷く。

何を言えば良いのか、思いつかなかった。頭も回らない。

「行こう」女は素生の手を引いた。

「あの……」萌絵は片手を前に出す。

「何？」女が攻撃的な目で萌絵を睨む。

「私、時間がないんです」萌絵は早口で言った。「これ、コインロッカのキー。中に、今日買ったばかりのお洋服が五着入っているわ。それ全部、貴女にあげる」

萌絵はキーを差し出した。

「洋服？　なんで？」

「お願い、受け取って」萌絵は微笑む。「貴女なら、着られるわ。ね？」

「どうして、私にくれんのよ」

「私ね、昔……、素生さんのファンだったの。だから、代わりに……、何でもいい、素生さんのものを一つだけもらえない？」

「何言ってんの？　この人……」女は不機嫌そうな表情になった。

「西之園さん。これを」素生は、杖を腰に立てかけ、両手を首の後ろに回す。彼は金属製のネックレスを外して、萌絵に差し出した。

に手渡した。

「ありがとう」萌絵は素生からそれを受け取り、そして、代わりにコインロッカのキーを女

女はふんと鼻息をもらし、口もとを斜めにしたまま横を向いた。

「さようなら」萌絵は言う。

「さようなら」素生は微笑んだ。「あ、杜萌に会ったら……」

「え？　何です？」

「いや、何でもない」素生は笑って首をふった。「彼女、元気かな？」

「ええ」

「東京にいるんだね？」

「いえ、今は、アメリカです」萌絵は出鱈目《でたらめ》を言った。「彼女、留学しているの」

「そうか……」

「このネックレス。杜萌に会ったら渡します」萌絵は素生の片手に触れた。

素生はもう一方の手をゆっくりと差し出し、萌絵の頰に軽く触れる。

「西之園さん。何か……悲しいことがありましたか？」素生は優しく尋ねた。

「いいえ」萌絵は微笑んで答える。「じゃあ、私、これで」

彼女はそのまま、走りだした。

簑沢素生からもらったネックレスを握り締め、萌絵は二度と振り返らなかった。周りを歩

いている人々は、機械仕掛けの人形のように、無表情で、ランダムな方向に運動している。

彼女は、その間を縫うように、駆け抜けた。

10

ホームに駆け上がると、もう発車まで二分もなかった。

切符を確かめ、指定席の車両まで辿《たど》り着《つ》く。ホームのベルが鳴り、彼女の後ろでドアが閉まった。

列車はすぐ動き始める。

萌絵は深呼吸をして、髪を片手で掻《か》き上げた。

握っていたネックレスを大切にバッグに仕舞う。それから、両手を頬に当てて、自分の表情をチェックした。

（さて……）と気持ちを切り換える。

シートまでゆっくりと歩いた。

すぐに犀川の顔が見える。

彼は窓際で本を読んでいた。

「ぎりぎりだったね」犀川は顔を上げて少しだけ微笑む。「あれ？　荷物は？　諦めたの？」

「いえ、宅配便で送ってきました。ふう……、疲れた」彼女は勢い良くシートに腰を下ろす。「良かったあ、間に合って」

「忘れるなんて、君らしくないね」

「ええ、最近ちょっとぼうっとしているの。歳のせいかしら」

「そうだね」犀川は頷く。

「酷い、否定して下さいよ」萌絵は口を尖らせる。

「弁当を食べる?」

「あ、そうですね。でも、もう少し、あとにしましょう」

周りを見ると、シートは満席だった。ほとんどが、スーツを着たビジネスマンたちで、テーブルの上に缶ビールや弁当が置かれている。隣の三人掛けの席では、年配の男たちが、上着を脱いで弁当を忙しそうに食べていた。

綺麗な色彩の図形や文字が窓の外を通り過ぎていく。やがて、列車が高架に上がると、遠くのビルの細かい光が、シルエットになった街の奥行きをいっぱいに埋めて、この小さな惑星に生命が存在することを主張している光景が広がった。

萌絵は窓の外を黙って見ていた。

窓ガラスに映っている車内に気がつく。

犀川は煙草に火をつけて、シートに深くもたれ、天井を見上げていた。

「どうして、気がついた？」犀川は小声できいた。

「チェスに負けたからです」萌絵はすぐに答える。

「なかなか素敵なチェス盤だったね」犀川は煙を吐く。それから、彼は萌絵の方をちらりと見た。「彼女は泣いた？」

「はい」萌絵は頷く。

「そう……」犀川は微笑んだ。

「はい、心配いりません。大丈夫です」

「君は、大人になったね」犀川はますます小声で囁いた。窓際の右手は、指先で煙草を回している。

「わかりません」萌絵は苦笑しながら首をふる。「自分ではわかりませんよ、そんなこと。でも、先生がおっしゃるのなら、たぶん、そうなんですね」

「今年の夏も、大変だった。まったく、毎年、毎年ね……」

「ええ、忙しい夏でしたね」

「さて、それじゃあ……」犀川は背筋を伸ばした。「帰りは何の話をする？　朝は駄目だけど、この時間なら僕は万全だよ。二時間たっぷりと君の話につき合ってあげよう」

「子供みたいですね、先生って」

犀川はきょとんとした表情で萌絵を見た。

彼女は溜息をつく。

「お弁当食べたら、私、眠りたいわ」

冒頭の引用文は「夢野久作全集8」(筑摩文庫)によりました。

このサラリ感は一体なんなのだろう?

森　浩美

森毅先生も同じようなことを書いておられたが、僕も失礼ながらこの解説文の原稿依頼の話をいただくまで著者について存じあげなかった。なのに実際にこう書いてしまう図々しさ。本当に申し訳ない。

ただやはり、著者の名前についひかれてというのは事実。なんせ一字違いだもの。ついでに言えばこれも縁のものかと……。

＊

さて、この『夏のレプリカ』の登場人物には〝盲目の詩人〟がいるという出版社の方からのお話だったので、作詞家(実際には詩人と作詞家では全然ジャンルが違うんですけど……）の僕のところに依頼が回ってきたのかと思った訳です。それならばとりあえず、その詩人の立場から一応解説なんぞしてみましょうと意気込んで読み始めたのですが……。

待てよ、うーん解説ねぇ……。ちょっと戸惑うなぁ……。

と、言うのも、僕の作品も時折、評論家という人達が色々と書いてくれたりするのだけれど、まぁ大体僕の考えたこととは異なる場合が多い。

〝作者の作品〟と〝読者の作品〟とは微妙に別物だと諦めてはいるのですが……。

と、言うことで、僕が『夏のレプリカ』をああだこうだと解説したところできっと的外れになってしまうだろうし、著者に「ちょっと違うんだよなぁ」と思われるのは辛いものがある。

なので、これ以降は散文的なことでご容赦ください。

＊

それにしても、著者を含め日本のミステリィ作家は大変だ。日本人気質とでもいうのか、物語を楽しもうという姿勢で本と向かい合うのではなく、見破ってやろうという姿勢だから。

アメリカの友人がマジックショーについて同じような日米の相違を言っていたことを思い

出したりする。

僕も同じようなタイプで、さらに、物を書き始めてから、本に限らずテレビ、映画、すべての娯楽作品について、何か見つけてやろうとしている。本来はエンタテインメントとして単純に楽しまなければならないのに、ついつい仕事になっている。20年もやっていると、その感じが一層強くなる。やれやれ。

正直言えば、この作品を読み始めてすぐに犯人予想に走ってしまった。そして僕なりの仮説を立てて読み進む。「ハイ、犯人は素生です」「本当は盲目なんかじゃないんだよ」などなど……。こういう勝負（?）は早めに見破ってしまわなければ読者の負けだ。最終章あたりに入って犯人の目星がついても意味がない。

だが、著者は読者がそう疑うであろうと予測し、物語中盤で登場人物にそんな読者と同じ疑問を語らせる。

『でも……、もし、素生さんの目が見えたら、どう?』

ここで僕なんか「ほら来た」と少々いい気分にさせられる。ところが次の台詞でコケる。

『ミステリィの読み過ぎだよ』（ミステリィ作家がこの台詞を使うことに妙に面白さを感じてしまった）

……その通りだ。

「何、違うワケ？　うーん、でもなぁこのセンも捨て難いんだよなぁ」などと、読者がひとりでボケとツッコミをやらされてしまう。

たぶんこんな読者が多ければ多いほど著者はほくそ笑むんだろうなぁ。ちょっと悔しいが……。

でも、こういう「遊び」は僕的には結構好きだ。負け惜しみかな？

＊

読者の立場になるとミステリィもの、特に犯人を最後まで明かさず引っ張る作品には、結論にたどり着いたとき当然、整合性を求める。作業的に言っても、そのツジツマ合わせは大変だろうなぁと思う。

作詞は短距離走なので、ドンとなったら真っすぐ走ればまぁ大体よい。勿論捻《ひね》りも加えたりするけど、それでもハードル走くらいのもので済む。が、ミステリィはフルマラソンに加えて障害物レースを組み合わせたような作業だという気がしてならない。

ノンフィクションでない限り、作詞であろうがミステリィであろうが、基本的にはウソが含まれる。が、男女間の浮気の話じゃないが、ごまかそうとする場合、言葉数は少ない方がそのバレる確率は低い。ペラペラ喋ることによって次第にツジツマが合わなくなり、最終的に矛盾だらけになってしまう。だから長編をそうならずに最後まで書き上げるというのは至難のワザだと思う。

ところがどうだろう？　この著者は、そういう作業を実に軽快なフットワークでひょいひょいと進んでいる感じがする。実際にはとても悩んで書いていたりするのかも知れないが、僕にはそうは思えない。

このサラリ感は一体なんなのだろう？

勝手な感想を言えば、長文でありながら言葉の繋がり自体にリズムを感じるせいかもしれない。僕は自分の仕事でこういうことを「言葉が走る」とよく仲間内で表現する。「走る」とはつまり「スピード感」が出るという意味で、おそらくその感じがフットワークのよさに繋がっているのだろう。抽象的だが行間に風が吹き抜けるとでもいうのか……。それとも理系の作家ということと何か関係があるのだろうか？　あ、すみません、素人みたいな疑問を持って……。

ついでに作詞との相違という点で言ってしまえば、登場人物のネーミング、あるいはその選択の仕方だろう。

普通、僕等作詞家が書く〝詞〟の中には、滅多に名前は出て来ない。勿論そういう作品もあるにはある。でも大体「サチコ」とか「ジュンコ」程度であって、フルネームというのは僕の記憶にない。ましてや「西之園萌絵」というような小難しい名前はない。

著者はこういう登場人物の名前をどうやってつけていくのか？　きっと何か意味があるに

ちがいない。と、思っていたら、その筋（どの筋だ？）からの情報で、著者の周囲に実在する人から拝借していると聞いた。なんかまた一本やられちゃった感じだ。

でも、こんな小難しい名前の人達が実際にいるんだと、直接作品には関係ないが、もうひとつの「へー」が楽しめるのは僕だけだろうか？

ただ、ひとつだけ僕なりの苦情を言えば、このネーミングはちょっと困る。

翻訳ものの小説を読むときに、不慣れな名前の連続に、誰が「ジェファーソン」で「ジョンソン」で「ジェーンパーキン」なのか分からなくなってしまうことがある。「トム」とか「ジョン」くらいならついていけるのに。

もっともこういう文章から繰り出されるネーミングの弾丸をつかまえられなくなったというのは、僕も年をとってしまったということなんだろうか？

＊

最初に言ったように、今回このような縁で文章を書かせてもらった。これを機会に著者の他の作品も読んでみたいと思う。

そしていつかふと書店で手にする著者の作品が作詞家を主人公としたものであれば嬉しいような気がする。

ただ、矛盾した言い方だが、その際の主人公の名前は著者お得意の小難しくともかっちょいい名前にしてもらいたい。「作詞家・山田太郎」では行間に風は吹きそうもないので……。

〈作詞家〉

この作品は、一九九八年一月に講談社ノベルスとして刊行されました。

|著者|森 博嗣　作家、工学博士。1957年12月生まれ。名古屋大学工学部助教授として勤務するかたわら、1996年に『すべてがＦになる』（講談社）で第１回メフィスト賞を受賞しデビュー。以後、続々と作品を発表し、人気を博している。小説に『スカイ・クロラ』シリーズ、『ヴォイド・シェイパ』シリーズ（ともに中央公論新社）、『相田家のグッドバイ』（幻冬舎）、『喜嶋先生の静かな世界』（講談社）など、小説のほかに、『自由をつくる 自在に生きる』（集英社新書）、『孤独の価値』（幻冬舎新書）などの多数の著作がある。2010年には、Amazon.co.jpの10周年記念で殿堂入り著者に選ばれた。ホームページは、「森博嗣の浮遊工作室」（https://www.ne.jp/asahi/beat/non/mori/）。

夏《なつ》のレプリカ　REPLACEABLE SUMMER

森《もり》 博嗣《ひろし》

2000年11月15日第１刷発行
2024年５月28日第54刷発行

発行者――森田浩章
発行所――株式会社　講談社
東京都文京区音羽2-12-21　〒112-8001
電話　出版（03）5395-3510
　　　販売（03）5395-5817
　　　業務（03）5395-3615

Printed in Japan

講談社文庫
定価はカバーに
表示してあります

KODANSHA

デザイン―菊地信義
製版―――株式会社広済堂ネクスト
印刷―――株式会社KPSプロダクツ
製本―――株式会社KPSプロダクツ

ISBN4-06-273012-X

講談社文庫刊行の辞

二十一世紀の到来を目睫に望みながら、われわれはいま、人類史上かつて例を見ない巨大な転換期をむかえようとしている。

世界も、日本も、激動の予兆に対する期待とおののきを内に蔵して、未知の時代に歩み入ろうとしている。このときにあたり、創業の人野間清治の「ナショナル・エデュケイター」への志を現代に甦らせようと意図して、われわれはここに古今の文芸作品はいうまでもなく、ひろく人文・社会・自然の諸科学から東西の名著を網羅する、新しい綜合文庫の発刊を決意した。

激動の転換期はまた断絶の時代である。われわれは戦後二十五年間の出版文化のありかたへの深い反省をこめて、この断絶の時代にあえて人間的な持続を求めようとする。いたずらに浮薄な商業主義のあだ花を追い求めることなく、長期にわたって良書に生命をあたえようとつとめるところにしか、今後の出版文化の真の繁栄はあり得ないと信じるからである。

同時にわれわれはこの綜合文庫の刊行を通じて、人文・社会・自然の諸科学が、結局人間の学にほかならないことを立証しようと願っている。かつて知識とは、「汝自身を知る」ことにつきていた。現代社会の瑣末な情報の氾濫のなかから、力強い知識の源泉を掘り起し、技術文明のただなかに、生きた人間の姿を復活させること。それこそわれわれの切なる希求である。

われわれは権威に盲従せず、俗流に媚びることなく、渾然一体となって日本の「草の根」をかたちづくる若く新しい世代の人々に、心をこめてこの新しい綜合文庫をおくり届けたい。それは知識の泉であるとともに感受性のふるさとであり、もっとも有機的に組織され、社会に開かれた万人のための大学をめざしている。大方の支援と協力を衷心より切望してやまない。

一九七一年七月

野間省一

講談社文庫　目録

平岩弓枝　新装版 はやぶさ新八御用帳(九)〈王子稲荷の女〉
平岩弓枝　新装版 はやぶさ新八御用帳(十)〈幽霊屋敷の女〉
東野圭吾　放課後
東野圭吾　卒業
東野圭吾　学生街の殺人
東野圭吾　魔球
東野圭吾　十字屋敷のピエロ
東野圭吾　眠りの森
東野圭吾　宿命
東野圭吾　変身
東野圭吾　仮面山荘殺人事件
東野圭吾　天使の耳
東野圭吾　ある閉ざされた雪の山荘で
東野圭吾　同級生
東野圭吾　名探偵の呪縛
東野圭吾　むかし僕が死んだ家
東野圭吾　虹を操る少年
東野圭吾　パラレルワールド・ラブストーリー
東野圭吾　天空の蜂
東野圭吾　名探偵の掟
東野圭吾　悪意
東野圭吾　嘘をもうひとつだけ
東野圭吾　赤い指
東野圭吾　流星の絆
東野圭吾　新装版 浪花少年探偵団
東野圭吾　新装版 しのぶセンセにサヨナラ
東野圭吾　新参者
東野圭吾　麒麟の翼
東野圭吾　パラドックス13
東野圭吾　祈りの幕が下りる時
東野圭吾　危険なビーナス
東野圭吾　時《トキ》生《オ》〈新装版〉
東野圭吾　希望の糸
東野圭吾　どちらかが彼女を殺した〈新装版〉
東野圭吾　私が彼を殺した〈新装版〉
東野圭吾作家生活25周年祭り実行委員会　東野圭吾公式ガイド〈読者1万人が選んだ東野作品人気ランキング発表〉
東野圭吾作家生活35周年実行委員会 編　東野圭吾公式ガイド〈作家生活35周年ver.〉
平野啓一郎　高瀬川
平野啓一郎　ドーン
平野啓一郎　空白を満たしなさい(上)(下)
百田尚樹　永遠の0《ゼロ》
百田尚樹　輝く夜
百田尚樹　風の中のマリア
百田尚樹　影法師
百田尚樹　ボックス!(上)(下)
百田尚樹　海賊とよばれた男(上)(下)
平田オリザ　幕が上がる
東直子　さようなら窓
蛭田亜紗子　凜
樋口卓治　ボクの妻と結婚してください。
樋口卓治　続・ボクの妻と結婚してください。
樋口卓治　喋る男
平山夢明　魂《たま》豆《どう》腐《ふ》〈大江戸怪談どたんばたん(土壇場譚)〉
平山夢明 宇佐美まこと ほか　超怖い物件
東川篤哉　純喫茶「一服堂」の四季
東川篤哉　居酒屋「一服亭」の四季
東山彰良　流《りゅう》

講談社文庫　目録

森 博嗣 τ《タウ》になるまで待って〈PLEASE STAY UNTIL τ〉
森 博嗣 ε《イプシロン》に誓って〈SWEARING ON SOLEMN ε〉
森 博嗣 λ《ラムダ》に歯がない〈λ HAS NO TEETH〉
森 博嗣 η《イータ》なのに夢のよう〈DREAMILY IN SPITE OF η〉
森 博嗣 目薬α《アルファ》で殺菌します〈DISINFECTANT α FOR THE EYES〉
森 博嗣 ジグβ《ベータ》は神ですか〈JIG β KNOWS HEAVEN〉
森 博嗣 キウイγ《ガンマ》は時計仕掛け〈KIWI γ IN CLOCKWORK〉
森 博嗣 χ《カイ》の悲劇〈THE TRAGEDY OF χ〉
森 博嗣 ψ《プサイ》の悲劇〈THE TRAGEDY OF ψ〉
森 博嗣 イナイ×イナイ〈PEEKABOO〉
森 博嗣 キラレ×キラレ〈CUTTHROAT〉
森 博嗣 タカイ×タカイ〈CRUCIFIXION〉
森 博嗣 ムカシ×ムカシ〈REMINISCENCE〉
森 博嗣 サイタ×サイタ〈EXPLOSIVE〉
森 博嗣 ダマシ×ダマシ〈SWINDLER〉
森 博嗣 女王の百年密室〈GOD SAVE THE QUEEN〉
森 博嗣 迷宮百年の睡魔〈LABYRINTH IN ARM OF MORPHEUS〉
森 博嗣 赤目姫の潮解〈LADY SCARLET EYES AND HER DELIQUESCENCE〉
森 博嗣 馬鹿と嘘の弓〈Fool Lie Bow〉
森 博嗣 まどろみ消去〈MISSING UNDER THE MISTLETOE〉
森 博嗣 地球儀のスライス〈A SLICE OF TERRESTRIAL GLOBE〉
森 博嗣 レタス・フライ〈Lettuce Fry〉
森 博嗣 僕は秋子に借りがある I'm in Debt to Akiko〈森博嗣自選短編集〉
森 博嗣 どちらかが魔女 Which is the Witch?〈森博嗣シリーズ短編集〉
森 博嗣 喜嶋先生の静かな世界〈The Silent World of Dr.Kishima〉
森 博嗣 そして二人だけになった〈Until Death Do Us Part〉
森 博嗣 つぶやきのクリーム〈The cream of the notes〉
森 博嗣 ツンドラモンスーン〈The cream of the notes 4〉
森 博嗣 つぼみ茸《きのこ》ムース〈The cream of the notes 5〉
森 博嗣 つぶさにミルフィーユ〈The cream of the notes 6〉
森 博嗣 月夜のサラサーテ〈The cream of the notes 7〉
森 博嗣 つんつんブラザーズ〈The cream of the notes 8〉
森 博嗣 ツベルクリンムーチョ〈The cream of the notes 9〉
森 博嗣 追懐のコヨーテ〈The cream of the notes 10〉
森 博嗣 積み木シンドローム〈The cream of the notes 11〉
森 博嗣 妻のオンパレード〈The cream of the notes 12〉
森 博嗣 カクレカラクリ〈An Automaton in Long Sleep〉
森 博嗣 DOG&DOLL
森 博嗣 森には森の風が吹く〈My wind blows in my forest〉
森 博嗣 アンチ整理術〈Anti-Organizing Life〉
萩尾望都 森 博嗣 原作 トーマの心臓〈Lost heart for Thoma〉
諸田玲子 森家の討ち入り
森 達也 すべての戦争は自衛から始まる
本谷有希子 腑抜けども、悲しみの愛を見せろ
本谷有希子 江利子と絶対〈本谷有希子文学大全集〉
本谷有希子 あの子の考えることは変
本谷有希子 嵐のピクニック
本谷有希子 自分を好きになる方法
本谷有希子 異類婚姻譚
本谷有希子 静かに、ねぇ、静かに
茂木健一郎 「赤毛のアン」に学ぶ幸福《しあわせ》になる方法
森林原人 セックス幸福論〈偏差値78のAV男優が考える〉
桃戸ハル編・著 5分後に意外な結末〈ベスト・セレクション〉
桃戸ハル編・著 5分後に意外な結末〈ベスト・セレクション 黒の巻・白の巻〉
桃戸ハル編・著 5分後に意外な結末〈ベスト・セレクション 心震える赤の巻〉
桃戸ハル編・著 5分後に意外な結末〈ベスト・セレクション 心弾ける橙の巻〉
桃戸ハル編・著 5分後に意外な結末〈ベスト・セレクション 金の巻〉

2024年3月15日現在